W0346673

LE GRAND DICTIONNAIRE DES MOTS D'ESPRIT

Raymond Castans, journaliste, chroniqueur et auteur dramatique, a appartenu à l'état-major des plus grands médias français. Il a participé à la création de *Paris-Match*. Il en était rédacteur en chef à trente ans et en a dirigé la rédaction. Il a été directeur de l'antenne de RTL. Il a donné au théâtre de nombreuses comédies : *Le Pirate, Auguste, Comment réussir dans les affaires*, et a adapté quelques grands succès de Broadway : *Rendez-vous au Plaza, Le Grand Standing*, etc. Il a écrit des livres de souvenirs : *Les Meilleurs Amis du monde, Fernandel m'a raconté*, et a publié sur Marcel Pagnol, son ami, des albums et une biographie qui fait autorité. Il donne chaque dimanche au *Midi libre* sa « Chronique des quatre saisons ».

Paru dans Le Livre de Poche :

MARCEL PAGNOL

RAYMOND CASTANS

Le grand dictionnaire des mots d'esprit

Illustrations de Daniel Maja

ÉDITIONS DE FALLOIS

Cet ouvrage a été précédemment publié sous les titres : *Dictionnaire de l'esprit* et *Nouveau Dictionnaire de l'esprit*.

© Éditions de Fallois, 1991, 1994

PRÉFACE

Esprit, es-tu là ?

Il y a deux façons de poser la question. La première nécessite de réunir, dans le noir, quelques émules du spiritisme qui, ayant posé leurs mains sur une table, interrogent celle-ci. Il arrive que la table réponde par quelques secousses. Il ne faut pas rire de ces pratiques. De très grands personnages — Victor Hugo le premier — s'y sont adonnés. Quand la table s'est manifestée, il ne reste plus qu'à traduire ses soubresauts en langage articulé. Encore n'est-on jamais tout à fait sûr que l'esprit répondeur soit bien celui de l'interrogé.

Pour retrouver l'esprit véritable, celui de Chamfort, de Rivarol, d'Henri Monnier, d'Alphonse Allais ou de Sacha Guitry, se reporter à leurs œuvres est un moyen plus sûr. À la question « Esprit, es-tu là ? », ils répondent toujours par l'affirmative. À chaque nouvelle consultation, on découvre de nouvelles richesses. Plusieurs centaines de celles-ci sont réunies ici.

Comme s'y retrouvent aussi — c'est inattendu — des traits trouvés dans les écrits de personnages importants : Disraeli, Einstein, de Gaulle, par exemple, qui n'ont pas laissé dans l'histoire le souvenir de joyeux rigolos.

C'est une idée reçue ancienne : l'humour est anglais. Ce sont les Anglais qui l'ont inventé. Comme le football. Et ils en sont restés les champions. Les Grands Maîtres. Ce que pratiquent les Français, c'est l'« esprit », genre que l'intelligentsia considère une fois pour toutes comme futile, facile, de toute façon de niveau inférieur.

Quand ils évoquent l'humour, au contraire, les beaux esprits se pâment. L'humour — sans s'apercevoir du paradoxe —, on le prend au sérieux. Les philosophes, les sociologues, les exégètes, les critiques, les professeurs se sont penchés sur « l'humour ». Longuement. Lourdement. Ils l'ont pesé, étudié, analysé, disséqué. Ils ont élaboré à son sujet des théories savantes. Ils ont pondu toute une littérature absconse. Les cuistres s'en sont donné à cœur joie. Comment peut-on, traitant de l'humour, en manquer à ce point ?

Je l'avoue : à aucun moment, dans la préparation de ce dictionnaire, ne m'est apparue nettement la frontière qui sépare l'humour et l'esprit, ce qui les distingue l'un et l'autre. Le premier est-il davantage à base d'autodérision ? Le second plus souvent fondé sur l'observation des mœurs ? Peut-être. Tout cela reste bien subtil. Pour compliquer le tout, Noël Coward, auteur anglais, est considéré comme un prince de l'« esprit ». Et d'un autre côté, on salue dans notre Alphonse Allais un maître de l'humour. Allez vous y reconnaître !

Que le lecteur en soit prévenu : Humour ou Esprit, les citations rapportées ici ont été choisies pour leur vertu comique. Toutes celles dont l'intention moralisatrice hypothéquait la cocasserie en ont été écartées.

D'ordinaire, un livre se lit en commençant par le début, puis, page après page, on va (ou on ne va pas) jusqu'au bout. Après quoi, on le place dans sa bibliothèque d'où on ne le ressort plus.

Pour ce *Grand Dictionnaire des mots d'esprit*, il en va tout différemment. On peut le commencer à n'importe quelle page et on ne le finit jamais. On ne le met pas dans sa bibliothèque ; on le laisse à portée de la main, de façon à pouvoir l'ouvrir — n'importe où — et rire. Si, par exemple, on en fait son livre de chevet, on est sûr de s'endormir tous les soirs — il suffit d'y jeter un coup d'œil — le sourire aux lèvres.

Raymond CASTANS

Abandon

Un instant de tendre abandon ne diffère d'un attentat à la pudeur que par l'absence de gendarme.

RENÉ CLAIR

Abbé Pierre

J'ai arrêté d'envoyer des vêtements à l'abbé Pierre. Il ne les met jamais.

JOSÉ ARTUR

Abeille

L'apiculteur était communiste par amour des abeilles dont il admirait l'organisation. La reine lui posait un problème.

GILBERT CESBRON

Aberration

De toutes les aberrations sexuelles, la chasteté est la plus aberrante.

ANATOLE FRANCE

Aboulique

Atteint de procrastination, aboulique et velléitaire, longtemps, il remit son dernier soupir au lendemain.

MAURICE ROCHE

Absent

Les absents sont assassinés à coups de langue.

SCARRON

Les absents ont toujours tort de revenir. *

JULES RENARD

Abstinence

À consommer avec modération. *

ROBERT BENAYOUN

Absurdité

On ne saurait mieux comparer l'absurdité des demi-mesures qu'à celle des mesures absolues.

GEORGES COURTELINE

Académie

Corps de jolie femme ou de vieux messieurs.

JEAN-GABRIEL DOMERGUE

On a les femmes et les académies en se moquant d'elles.

VICTOR HUGO

Académie française

Distique :

Sommes-nous trente-neuf, on est à nos genoux
Et sommes-nous quarante, on se moque de nous.

FONTENELLE

J'aime mieux être de ces écrivains dont on se demande pourquoi ils ne sont pas de l'Académie, qu'un de ceux dont on se demande pourquoi ils en sont.

TRISTAN BERNARD

D'un candidat battu :

« Et j'en sais d'immortels qui sont de purs salauds. »

JEAN PAULHAN

Accent

C'est quand les accents graves tournent à l'aigu que les sourcils sont en accents circonflexes.

PIERRE DAC

Accident

Tous les mariages sont des accidents dangereux mais on en réchappe.

RENÉ CLAIR

Une jeune fille victime d'un accident dû à la bienveillance.

JULES RENARD

Accord

Les véritables accords sont les accords entre arrière-pensées.

PAUL VALÉRY

Un accord verbal ne vaut même pas le papier sur lequel il est écrit.

SAM GOLDWYN

Accouplement

Les deux seules créatures qui s'accouplent en se faisant face sont l'homme et le sandwich au pâté.

FRANÇOIS CAVANNA

Acrobate

Homme qui sait se rétablir sans avoir été malade.

LÉO CAMPION

Acte

Tout auteur dramatique est responsable de ses actes.

JULES RENARD

Acteur ✱

Un acteur, c'est quelqu'un qui, si tu ne parles pas de lui, ne t'écoute pas.

MARLON BRANDO

La chose la plus importante pour un acteur est de savoir rire ou de savoir pleurer. Pour pleurer je pense à ma vie sexuelle. Pour rire aussi.

GLENDA JACKSON

Actrice

Les actrices n'ont pas de mari. Elles ont quelqu'un qui s'occupe d'elles.

MARGARET ANGLIN

Adam

À l'origine Adam et Ève étaient aussi heureux qu'il est possible de l'être quand on n'a ni travail à faire, ni impôt sur le revenu, ni avocat, ni médecin, ni enfant, ni chien.

W. C. FIELDS

Adam n'a pas été seulement le premier homme. Il a été le premier cocu.

FRANÇOIS CAVANNA

Si Adam avait été homosexuel personne ne serait là pour le dire.

OSCAR WILDE

Adam et Ève étaient soviétiques : ils étaient nus, le fruit qu'ils mangeaient était défendu et, néanmoins, ils s'imaginaient être au Paradis.

ARTHUR KOESTLER

Heureux en amour, Adam nous eût épargné l'Histoire.

CIORAN

Si seulement Adam avait pu mourir avec toutes ses côtes dans le corps.

BOUGINGAULT

Adresse

Quel est le comble de l'adresse ? Mais le Bottin, voyons.

TRISTAN BERNARD

Adulte

L'adulte ne croit pas au père Noël. Il vote.

PIERRE DESPROGES

Adultère

La femme adultère, chez les Saxons, on la brûlait. Chez les Égyptiens, on lui coupait le nez. Chez les Romains, on lui coupait la tête. Aujourd'hui en France, on se moque de son mari.

ALPHONSE KARR

Le Christ a pardonné à la femme adultère. Parbleu ! Ce n'était pas la sienne.

GEORGES COURTELINE

Je sais qu'il y a des mariages blancs ; je ne crois pas beaucoup aux adultères blancs.

TRISTAN BERNARD

Adultère : c'est la distraction des femmes mariées.

FRANÇOISE PARTURIER

Tu ne commettras pas l'adultère, à moins d'en avoir envie.

W. C. FIELDS

Elle pouvait à la fois commettre l'adultère, se repentir de ses péchés et tirer de l'un et de l'autre le plaisir le plus grand.

JOYCE CARY

Âge

Dialogue :
« Quel âge a la baronne ?
— Trente-six ans.
— Trente-six ans ?
— C'est toujours ce que j'ai entendu dire. »

ALFRED CAPUS

L'âge des femmes se calcule en ajoutant l'âge qu'elles se donnent à celui que leur donne leur meilleure amie et en divisant par deux.

LÉO CAMPION

La femme qui dit son âge sera capable de dire n'importe quoi.

OSCAR WILDE

La femme parle toujours de son âge et ne le dit jamais.

JULES RENARD

L'homme a un an de plus chaque année, la femme tous les trois ans.

MAURICE DONNAY

Âge (mûr)

L'âge mûr, c'est quand vos camarades de lycée sont si ridés et si chauves qu'ils ne vous reconnaissent plus.

BENNETT CERF

L'âge mûr, c'est quand on vous conseille d'aller vous coucher et que c'est, non pas un policier, mais un toubib.

SIDNEY BRODY

Agneau

Le lion et l'agneau peuvent coucher côte à côte, mais l'agneau ne dormira pas bien.

WOODY ALLEN

Agréable

Ne rien faire n'est vraiment agréable que si l'on a beaucoup de travail en retard.

JEROME K. JEROME

Ah ! là ! là ! là ! là ! là ! là !

Prolonge la pensée de l'interlocuteur et montre que ses soucis sont les vôtres. Applicable à tous les domaines.

PIERRE DANINOS

Aide

Dialogue :
« Il n'est bon qu'à être cocu.
— Et encore, il faut que sa femme l'aide. »

GEORGES FEYDEAU

Ail

Mangez de l'ail. Ça rajeunit l'organisme et ça éloigne les importuns.

ALEXANDRE VIALATTE

Aile

Qui vole à pied froisse ses ailes.

CHAVAL

Ailleurs

Il est préférable d'être ailleurs lorsqu'autre part n'est plus ici.

PIERRE DAC

Si vous ne savez pas où vous allez, vous finirez probablement quelque part ailleurs.

LAURENCE J. PETER

Aimer

Je n'ai jamais aimé personne comme je m'aime moi-même.

MAË WEST

Pourquoi n'aimerait-on pas sa femme ? On aime bien celle des autres.

ALEXANDRE DUMAS

Quand on n'aime pas trop, on n'aime pas assez.

BUSSY-RABUTIN

Quand on vous voit, on vous aime. Alors quand on vous aime, où vous voit-on ?

SAINT-GRANIER

Il vaut mieux aimer qu'être aimé. C'est plus sûr.

SACHA GUITRY

Dire à une femme qu'on l'aime, c'est dire à toutes les autres qu'on ne les aime pas.

SACHA GUITRY

Aimez-vous les uns sur les autres.

JACQUES PRÉVERT

Air

Je ne connais que deux airs. L'un des deux est le *Yankee Doodle* et l'autre n'est pas le *Yankee Doodle*.

GÉNÉRAL GRANT

Aisé

On commence par être un mari facile ; on finit par être un mari aisé.

AURÉLIEN SCHOLL

Alcool

L'alcool tue lentement. On s'en fout. On n'est pas pressés.

GEORGES COURTELINE

N'essaye pas de noyer tes chagrins dans l'alcool. Ils savent nager.

YVES MIRANDE

Plus d'hommes se sont noyés dans l'alcool que dans la mer.

W. C. FIELDS

Alcoolique

Un alcoolique, c'est quelqu'un que vous n'aimez pas et qui boit autant que vous.

COLUCHE

Alcôve

L'alcôve tue lentement.

ROBERT ROCCA

Algèbre

Dans l'algèbre comme dans la police, il faut identifier X.

ANDRÉ FRÉDÉRIQUE

Allais (Alphonse)

Alphonse Allais voit, dans la rue, un petit garçon qui pleure toutes les larmes de son corps. Il demande à la maman la raison de ce désespoir.

« C'est, *répond-elle*, parce qu'il a vu un gâteau dans la vitrine du pâtissier et que je n'ai pas l'argent pour le lui acheter. »

Alors Alphonse Allais donne à l'enfant un billet de cinq francs. L'enfant va acheter le gâteau et lui rend la monnaie.

« Voilà, *dit Alphonse Allais à la maman.* Nous venons de faire quatre heureux d'un seul coup. Votre petit garçon parce qu'il a son gâteau. Vous parce qu'il ne pleure plus. Le pâtissier parce qu'il a vendu un gâteau. Et moi parce que j'ai fait passer un faux billet de cinq francs. »

Un jour de tempête il s'assied pour boire un verre avec un ami à la terrasse d'un café.
Il commande :
« Garçon, deux bocks... et un peu moins de vent. »

Allemand

L'allemand, c'est la langue où je me tais de préférence.

JULES RENARD

Alouette

Je ne suis pas de ceux qui s'imaginent qu'ils n'ont qu'à ouvrir la bouche pour que les alouettes y tombent toutes rôties, mais tout de même, j'ouvre la bouche de temps en temps.

ALPHONSE ALLAIS

Amabilité

Oh ! Muriel chérie ! Quelle robe ravissante. Elle est plus jolie tous les ans.

ROBERT DE FLERS

Amant

Les amis de nos amies sont nos amants.

NATHALIE CLIFFORD BARNEY

Quand ma femme prend un amant, je trouve inadmissible qu'un monsieur, qu'elle connaît à peine, soit informé de ma disgrâce avant moi.

SACHA GUITRY

Ambassadeur

On disait d'un ambassadeur américain en Europe qu'il avait abordé tous les problèmes, la bouche fermée et la braguette ouverte.

JOHN KENNETH GALBRAITH

Un ambassadeur est un honnête homme que l'on envoie mentir à l'étranger dans l'intérêt de son pays.

HENRY WOTTON

Ambiance

Dans une boîte de nuit, c'est la lumière qui baisse et les prix qui montent.

WILLIAM ATWOOD

Ambiguïté

Qu'un homme puisse aimer sa femme et surveiller la note de gaz est d'une ambiguïté difficile à supporter.

MICHEL AUDIARD

Ambition

Quand on ne sait rien faire, il faut avoir de l'ambition.

WOLINSKI

Âme

À son lit de mort, l'homme songe plutôt à élever son âme que des lapins.

COMMERSON

L'une des preuves de l'immortalité de l'âme est que des myriades de gens le croient. Ils ont cru aussi que la terre était plate.

MARK TWAIN

Américain

Nous ne serons jamais un pays civilisé aussi longtemps que nous dépenserons moins d'argent pour les livres que pour le chewing-gum.

ELBERT HUBBARD

Les Américains ne savent pas ce qu'ils veulent, mais ils sont prêts à mordre pour l'avoir.

WILL ROGERS

Amérique

Bien entendu, l'Amérique avait été découverte avant Colomb, mais le secret en avait été bien gardé.

OSCAR WILDE

La jeunesse de l'Amérique est sa plus vieille tradition. Elle dure depuis trois cents ans.

OSCAR WILDE

Ce fut admirable de découvrir l'Amérique mais ç'aurait été mieux de passer à côté.

MARK TWAIN

Amérique du Sud

Dès l'instant qu'une femme parle de Rio de Janeiro, il y a gros à parier que c'est de Buenos Aires qu'il s'agit.

PIERRE DANINOS

Ami

Entre deux amis, il n'y en a qu'un qui soit l'ami de l'autre.

ALPHONSE KARR

On ne couche pas avec les femmes de ses amis. Mais alors avec lesquelles ?

SACHA GUITRY

L'argent ne vous fait pas d'amis. Il vous donne seulement des ennemis de meilleure qualité.

NOËL COWARD

Ce que nous aimons dans nos amis, c'est le cas qu'ils font de nous.

TRISTAN BERNARD

Je n'aime pas tous mes amis, mais celui-là, je le déteste.

JEAN NOHAIN

Un ami, c'est quelqu'un sur qui vous pouvez toujours compter pour compter sur vous.

FRANÇOIS PÉRIER

Un ami dans une vie, c'est beaucoup ; deux, c'est trop ; trois, ce n'est pas possible.

HENRY ADAMS

Avec des amis comme ceux-là, on n'a pas besoin d'ennemis.

MAË WEST

Je ne suis pas de ceux qui disent : « Les femmes des amis, c'est sacré ; il faut qu'elles y passent. »

LUCIEN GUITRY

Amiral

Dans ce pays, il est bon que de temps en temps on tue un amiral pour encourager les autres.

VOLTAIRE

Amitié

L'amitié est un contrat par lequel nous nous engageons à rendre de petits services à quelqu'un afin qu'il nous en rende de grands.

MONTESQUIEU

J'ai renoncé à son amitié ; il ne me parlait jamais de moi.

CHAMFORT

Il y a toujours un peu de vide dans les amitiés les plus pleines.

JULES RENARD

Les vieilles amitiés s'improvisent.

GEORGES COURTELINE

Amour

L'amour est un je-ne-sais-quoi qui vient de je-ne-sais-où et qui finit je-ne-sais-comment.

MADEMOISELLE DE SCUDÉRY

En amour quand on manque le train de midi, il vaut mieux ne pas prendre celui du soir. Les nuits sont fraîches.

ALEXANDRE DUMAS FILS

Mes amours ? Je me suis éprise. Je me suis méprise. Je me suis reprise.

CÉCILE SOREL

L'amour, ça commence par la tête et ça finit par trois petites gouttes dans le tuyau du pipi.

SALVADOR DALI

Il y a deux sortes d'amour, l'amour insatisfait qui vous rend à tous odieux et l'amour satisfait qui vous rend idiot.

COLETTE

L'appétit vient en mangeant et l'amour en possédant.

VICTOR HUGO

L'amour est éternel tant qu'il dure.

HENRI DE RÉGNIER

Amoureux

Un homme amoureux est un homme qui veut être plus aimable qu'il ne peut ; et voilà pourquoi presque tous les amoureux sont ridicules.

CHAMFORT

Amour-propre

Le seul amour garanti fidèle, c'est l'amour-propre.

SACHA GUITRY

On blesse l'amour-propre, on ne le tue pas.

HENRY DE MONTHERLANT

Il est si simple de décider avec soi-même que les blessures d'amour-propre ne comptent pas. Elles ne font souffrir que si on le veut bien.

TRISTAN BERNARD

Amuser

Nous adorons nos amis non pas parce qu'ils nous amusent, mais parce que nous les amusons.

EVELYN WAUGH

Dieu nous dira souvent : « Vous n'êtes pas au ciel pour vous amuser. »

JULES RENARD

Andouille

Quand on fait l'andouille, on est mangé.

HENRI JEANSON

Andress (Ursula)

Mon rêve : devenir le collant d'Ursula Andress.

WOODY ALLEN

Anesthésie

Au docteur avant de se faire anesthésier :
« N'est-ce pas, docteur, c'est un "aller-retour" ? »

YVES MIRANDE

Ange

Au ciel un ange est un individu comme les autres.

GEORGE BERNARD SHAW

L'ange, parfois, reprend du poil de la bête.

GILBERT CESBRON

Anglais

J'espère bien que les Anglais garderont longtemps leur grand talent pour le silence.

THOMAS CARLYLE

Ce que les Anglais adorent : c'est, à la fin d'un banquet, torturer un des convives en l'obligeant à faire un discours et faire périr les autres d'ennui en les obligeant à l'écouter.

LORD HALSBURY

Ils avaient le regard triste et solennel des Anglais qui s'amusent.

SOMERSET MAUGHAM

Beaucoup de personnes du Continent pensent que la vie est un jeu ; pour les Anglais, seul le cricket est un jeu.

GEORGE MIKES

Les Anglais sont occupés, ils n'ont pas le temps d'être polis.

MONTESQUIEU

Si les Anglais peuvent survivre à leur cuisine, ils peuvent survivre à n'importe quoi.

GEORGE BERNARD SHAW

Un Anglais, c'est un type comme nous, sauf qu'on ne comprend pas ce qu'il dit.

DOMITILLE DE PRESSENSÉ

Anglaise

Les Anglaises ont deux bras gauches.

RIVAROL

Angleterre

Heureusement, en Angleterre, la pensée n'est pas contagieuse.

OSCAR WILDE

En Angleterre, hélas, nous n'avons pas d'autres distractions que le vice et la religion.

SYDNEY SMITH

Une longue expérience m'a enseigné qu'en Angleterre, personne ne va au théâtre sans avoir la bronchite.

WILLIAM AGAYE

En Angleterre, si vous ne voulez pas être renversé par une auto quand vous poussez une voiture d'enfant, attachez-y un chien.

GEORGE MIKES

Il n'est pas interdit de penser que si l'Angleterre n'a pas été envahie depuis 1066, c'est que les étrangers redoutent d'avoir à y passer un dimanche.

PIERRE DANINOS

L'Angleterre, ce pays si surpeuplé qu'il n'y a pas de beau temps pour tous ses habitants.

OSCAR WILDE

Animal

L'homme est un animal qui fait des affaires. Un chien n'échange pas son os contre celui d'un autre.

SYDNEY SMITH

Pourquoi les animaux ne louchent-ils pas ? C'est là encore un privilège de la nature humaine.

LICHTENBERG

Annapurna

L'ascension de l'Annapurna : l'art d'accommoder l'Everest.

ANTOINE BLONDIN

Anneau

Le mariage est une cérémonie où l'on passe un anneau au doigt de l'épouse et un autre au nez de l'époux.

HERBERT SPENCER

Anniversaire

J'ai aujourd'hui soixante-dix-sept ans. Mon père aurait cent un ans. Louis XIV, trois cents ans. Comme le temps passe !

TRISTAN BERNARD

Anonyme

Individu qui se signale par un manque de signalement.

TRÉBIA

Anormal

Anormal : ce qui est normal chez les anormaux.

LÉO CAMPION

Anthropophage

Anthropophage : un assassin qui a une excuse.

PIERRE VALDAGNE

Anti-

Les Arabes du Caire sont anti-sémites. Et les sémites sont anti-Caire.

RAYMOND DEVOS

Anticlérical

Un homme pour qui il ne saurait y avoir de bons offices.

ROBERT SCIPION

Antiquité

La femme remonte à la plus haute antiquité.

ALEXANDRE VIALATTE

Antistrophe

Il disait qu'il n'y a qu'une antistrophe entre femme folle à la messe et femme molle à la fesse.

RABELAIS

Apéritif

L'apéritif, c'est la prière du soir des Français.

PAUL MORAND

L'heure de l'apéritif est le seul moment où les gens ont figure humaine.

YVAN AUDOUARD

Apéro

Les verres de contact.

ANTOINE BLONDIN

À-peu-près

La vie serait impossible sans à-peu-près.

PAUL VALÉRY

Apôtre

Les Apôtres deviennent rares. Tout le monde est Dieu.

ALPHONSE KARR

Apparences

Les apparences sont bien en péril puisqu'il s'agit toujours de les sauver.

NATHALIE CLIFFORD BARNEY

Apparition

Les apparitions ont l'heureuse sagesse de n'apparaître qu'à ceux qui y croient.

CHAMFORT

Appât

Préparation qui rend l'hameçon plus agréable au goût. La beauté est le meilleur des appâts.

AMBROSE BIERCE

La modestie est le meilleur appât pour aller à la pêche aux compliments.

GILBERT K. CHESTERTON

Appendice

Propos de chirurgien :
« L'appendice n'est pas du tout un organe inutile. Grâce à lui, ma femme a pu se payer son vison. »

FRED ALLEN

Appétit

La société est composée de deux classes : ceux qui ont plus de dîners que d'appétit et ceux qui ont plus d'appétit que de dîners.

CHAMFORT

Appointements

Pourquoi dire mes appointements ? Pourquoi employer le pluriel pour si peu ?

ALPHONSE ALLAIS

Avez-vous remarqué qu'« appointement » a pour contraire « désappointement » ?

JEAN NOHAIN

Apprendre

N'apprenez jamais à faire quoi que ce soit ; si vous n'apprenez pas, vous trouverez toujours quelqu'un d'autre qui le fera à votre place.

MARK TWAIN

C'est pas possible ! Pour être aussi con, tu as appris ?

JEAN YANNE

Approbation

À propos d'un Premier ministre :
« Il est tellement sûr de lui qu'il ne supporte même pas l'approbation. »

AMBROISE ROUX

Après

On ne cause bien avec une femme qu'après.

VICTOR HUGO

Aragon

Dieu a envoyé Elsa à Aragon pour venger tous les gens qu'il a emmerdés.

ANDRÉ MALRAUX

Arbitraire

L'arbitraire est une arme à tant de tranchants que ceux qui la détiennent s'y couperont éternellement les doigts.

HENRI ROCHEFORT

Arc

Elle a beaucoup de cordes à son arc. Hélas, elle n'a pas d'arc.

FRANÇOIS PÉRIER

Archéologue

Mon mari est archéologue. Plus je vieillis, plus je l'intéresse.

AGATHA CHRISTIE

Archimède

Tout corps plongé dans une baignoire reçoit un coup de téléphone.

FRANCIS BLANCHE

Argent

Accumuler de l'argent suppose qu'on est assez intelligent pour le faire et assez sot pour que ça vous intéresse.

GILBERT K. CHESTERTON

L'argent ne fait pas le bonheur, mais ce n'est pas pour ça que tant de gens sont pauvres.

MARGARET CASE HARRIMAN

Si un homme court après l'argent, c'est un rapace. S'il en gagne, c'est un parvenu. S'il le dépense, c'est un play-boy. S'il le garde, c'est un pingre. S'il n'essaye pas d'en gagner, il n'a pas d'ambition. S'il le gagne sans travailler, c'est un parasite. Et s'il accumule une fortune après avoir beaucoup travaillé, c'est un imbécile qui n'a pas su prendre le temps de vivre.

VIC OLIVER

L'argent, ça sert à savoir que tu n'en as pas besoin.

SMAÏN

Quand j'étais jeune je croyais que la chose la plus importante dans la vie, c'était l'argent. Maintenant que je suis vieux, je le sais.

OSCAR WILDE

C'est déjà bien ennuyeux de ne pas avoir d'argent ; s'il fallait encore se priver.

PAUL MORAND

Paroles de femmes :
« Il n'y a pas que l'argent dans la vie, il y a aussi les bijoux, les fourrures, les voitures. »

MAURICE HENRY

Ce n'est pas que l'argent n'ait pas d'odeur. C'est que l'homme n'a pas d'odorat.

HENRI JEANSON

Il y a tellement de choses plus importantes que l'argent, mais il faut tellement d'argent pour les acquérir.

GROUCHO MARX

L'argent ne fait pas le bonheur de celui qui n'en a pas.

BORIS VIAN

Le manque d'argent aidant, je ne dépense rien.

MAURICE ROCHE

Argot

L'argot, c'est le latin des affranchis.

HENRI JEANSON

Albert Simonin et Auguste Lebreton dressés sur leurs argots...

MARCEL DUHAMEL

Argument

Un seul bon argument vaut mieux que trois arguments meilleurs.

TRISTAN BERNARD

Je déteste les arguments. Ils sont toujours vulgaires et quelquefois convaincants.

OSCAR WILDE

Si vous ne pouvez pas répondre à l'argument de quelqu'un, tout n'est pas perdu. Vous pouvez encore l'injurier.

ELBERT HUBBARD

Arithmétique

L'Arithmétique. Pendant l'absence de Zéro, le petit Un joue à cache-cache avec le petit Deux. Combien sont-ils ?

JEAN TARDIEU

Armée

La statistique a démontré que la mortalité dans l'armée augmente sensiblement en temps de guerre.

ALPHONSE ALLAIS

Arranger

Rien ne s'arrange, mais tout se tasse.

MARCEL ACHARD

Arrivé

Il est arrivé, mais dans quel état !

ALFRED CAPUS

Arriviste

Les arrivistes sont des gens qui arrivent. Ils ne sont jamais arrivés.

PAUL-JEAN TOULET

Arsouille

Un chevalier d'industrie qui mérite d'être promu officier.

LUCIEN GUITRY

Art

À côté du noble art de faire faire les choses par les autres, il y a celui, non moins noble, de les laisser se faire toutes seules.

LIN YU-T'ANG

Il n'y a rien de nouveau dans l'art excepté le talent.

ANTON TCHEKHOV

En art il n'est pas nécessaire de comprendre les choses pour en discuter.

BEAUMARCHAIS

Arthrite

J'ai eu ce prix et je ne le mérite pas : d'accord, mais j'ai aussi de l'arthrite et je ne le mérite pas non plus.

JACK BENNY

Artichaut

Les artichauts, c'est un vrai plat de pauvres. C'est le seul plat que, quand t'as fini de manger, t'en as plus dans ton assiette que quand t'as commencé.

COLUCHE

Article

Les articles de fond ne remontent jamais à la surface.

BORIS VIAN

Artillerie

La philosophie de l'artillerie : *Cogito ergo boum.*

SUZAN SONTAG

Artiste

Être artiste, c'est comme vivre en Suisse pendant une guerre mondiale.

TOM STOPPARD

Ascension

Dans votre ascension professionnelle, soyez toujours très gentil pour ceux que vous dépassez en montant. Vous les retrouverez au même endroit en redescendant.

WOODY ALLEN

Asperge

Il mettait au point la table en pente pour manger des asperges.

ALPHONSE ALLAIS

Aspirine

L'Amérique est le pays où vous pouvez acheter pour un dollar votre provision d'aspirine pour toute la vie et la terminer en quinze jours.

JOHN BARRYMORE

Ma petite amie vient de s'apercevoir qu'elle avait pris une aspirine au lieu de la pilule. Elle n'a plus mal à la tête. Moi, si.

ROWAN AND ALLEN

Assaisonnement

Dieu a créé l'aliment. Le diable, l'assaisonnement.

JAMES JOYCE

Assassin

Les têtes d'assassin, on ne les reconnaît qu'une fois dans le panier. Et encore pas toujours !

MICHEL AUDIARD

Assassinat

Évitez l'assassinat, il conduit au vol et ce dernier est presque toujours le chemin de la dissimulation.

HENRY SOM

Assis

Parler pour ne rien dire, marcher pour ne pas avancer. Vaut mieux se taire et rester assis.

RAYMOND SOUPLEX

Asticot

La seule égalité en ce monde : l'égalité devant l'asticot.

JEAN HENRY

Athée

Être athée, c'est croire qu'on ne croit pas.

RICHARD STEEL

Un athée est un homme qui croit qu'il est là par accident.

FRANCIS THOMPSON

Il ne faut pas que les athées fassent de leur athéisme un article de foi.

AURÉLIEN SCHOLL

Je suis athée, Dieu merci !

MARC-GILBERT SAUVAJON

Atout

Beaucoup d'Anglais se sont jetés dans la Tamise pour n'avoir pas joué atout.

ALPHONSE ESQUIROS

Attendu

C'est toujours agréable d'être attendu et de ne pas arriver.

OSCAR WILDE

Attention

Quand une jolie femme se marie, elle échange les attentions de beaucoup contre l'inattention d'un seul.

HELEN ROWLAND

Attribut

Cet attribut *(la Légion d'honneur)* me donne le privilège d'être écouté respectueusement par les imbéciles.

HENRI JEANSON
(Entrée des Artistes)

Au revoir

Je n'ai jamais compris pourquoi les gens se disent « au revoir » au téléphone.

ALBERT WILLEMETZ

Audace

Imprudence qui a réussi.

AMBROSE BIERCE

Au-delà

Si l'au-delà existe, c'est à quelle distance du centre-ville ? Et c'est ouvert jusqu'à quelle heure ?

WOODY ALLEN

Son au-delà lui gâche son ici-bas.

LÉON DAUDET

L'« au-delà », je n'ai pas d'opinion là-dessus, m'étant plutôt spécialisé dans l'« en deçà ».

TRISTAN BERNARD

Je ne crois pas à l'au-delà, mais j'emporte quand même un caleçon de rechange.

WOODY ALLEN

Auditoire

Le meilleur auditoire pour un orateur, c'est celui qui est très intelligent, très cultivé et un peu saoul.

ALBEN W. BARKLEY

Augmentation

Talleyrand à ses domestiques :
« J'ai une bonne nouvelle pour vous. Vous allez être augmentés. Vous étiez trois, vous serez quatre. »

SACHA GUITRY

Quand on paye des employés à ne rien faire il faut bien, si on leur donne du travail, les augmenter.

JEAN CAZALET

Autel

Quand je vois s'avancer vers l'autel un très jeune couple, j'ai le sentiment qu'il y a une victime, c'est lui. Et ils ont l'air, eux aussi, d'en être convaincus.

MARTHE BIBESCO

Auteur

Il n'y avait encore au monde que deux auteurs, Eschyle et Sophocle, que déjà le second passait pour avoir pillé le premier.

VICTORIEN SARDOU

Même pour son bien, je ne peux obliger personne à me considérer comme son auteur favori.

GEORGE BERNARD SHAW

Un bon auteur dramatique est celui qui n'écrit pas que de mauvaises pièces.

MARCEL ACHARD

Le seul bon auteur (à part moi) est un auteur mort.

JEAN DUTOURD

Autobiographie

Une autobiographie révèle habituellement que tout va très bien chez son auteur sauf sa mémoire.

FRANKLIN P. JONES

L'autobiographie est le genre idéal pour dire la vérité sur les autres.

GUEDALLA

Autoroute

Avec toutes ces autoroutes, l'Amérique est aujourd'hui l'endroit le plus merveilleux pour conduire si on n'a pas à s'arrêter.

FLETCHER KNEBEL

Autre

Dialogue :
« Je ne suis pas plus bête qu'un autre.
— Quel autre ? »

CLEMENCEAU

Qui on épouse n'a pas d'importance. Le lendemain matin on trouvera toujours quelqu'un d'autre.

SAMUEL RODGERS

Un homme en vaut un autre. Et même quelquefois plus.

WILLIAM THACKERAY

Ce qui rend furieux quand on est cocu, c'est la pensée qu'un autre va savoir de quoi on se contentait.

SACHA GUITRY

C'est une bonne maxime que de ne pas exiger des autres plus qu'ils ne peuvent donner sans en pâtir.

SOMERSET MAUGHAM

Tout est drôle, dès l'instant que ça arrive aux autres.

MARCEL ACHARD

Elle était belle comme la femme d'un autre.

PAUL MORAND

Il l'aime plus que les autres, mais il lui faut les autres pour s'en rendre compte.

NATHALIE CLIFFORD BARNEY

Ce qui vaut la peine d'être fait vaut la peine qu'on demande à quelqu'un d'autre de le faire.

AMBROSE BIERCE

Il y a quelque chose d'épatant avec les égoïstes. Ils ne parlent jamais des autres.

LUCILLE S. HARPER

Autruche

Ses idées sont comme les ailes de l'autruche. Elles lui permettent de courir, pas de s'envoler.

THOMAS BABINGTON

Autrui

Ne fais pas à autrui ce que tu voudrais qu'il te fasse. Vous n'avez pas forcément les mêmes goûts.

OSCAR WILDE

Ne fais pas à autrui le mal que tu ne voudrais pas qu'il te fît, ni le bien que tu sais qu'il ne te ferait pas.

FERNAND VANDEREM

C'est un péché de penser du mal d'autrui, mais c'est rarement une erreur.

HENRY L. MENCKEN

Auvergne

L'Auvergne est un pays où il y a plus de montées que de descentes.

ALEXANDRE VIALATTE

Avance

D'un champion cycliste :
« En avance sur son temps, il était allé trop loin. »

MAURICE ROCHE

Avances

Une femme commence à résister aux avances d'un homme, puis elle l'empêche de s'enfuir.

OSCAR WILDE

Avantage

C'est sans doute un terrible avantage de n'avoir rien fait, encore faut-il ne pas en abuser.

RIVAROL

Il était à la fois aveugle et paralytique et ne trouvait aucun avantage à la combinaison de ces deux états.

TRISTAN BERNARD

Avant-dernier

Si je ne suis pas l'avant-dernier des imbéciles. Je dis l'avant-dernier pour ne décourager personne.

GEORGES COURTELINE

Avarice

Elle était si économe qu'en faisant l'amour, elle regardait à sa jouissance.

PAUL LÉAUTAUD

Avenir

L'avenir contient de grandes occasions. Il révèle aussi des pièges. Le problème sera d'éviter les pièges, de saisir les occasions et de rentrer chez soi pour six heures.

WOODY ALLEN

Monsieur a son avenir devant lui et il l'aura dans le dos chaque fois qu'il fera demi-tour.

PIERRE DAC

Je ne pense jamais à l'avenir. Il vient bien assez tôt.

ALBERT EINSTEIN

Aventure

Dialogue :
« Comment vas-tu ? demandait un aveugle à un paralytique.
— Comme tu vois, répondit le paralytique, assez bien. »

LICHTENBERG

Il vaut mieux être cocu qu'aveugle. Au moins on voit les confrères.

GUILLAUME APOLLINAIRE

Aveu

Distique :
Devant la vérité, souvent, l'homme recule.
Qui donc ose avouer qu'il voudrait qu'on l'encule ?

JEAN COCTEAU

Il y a des avocats dont, les choisir, équivaut à un aveu de culpabilité.

JEAN CAZALET

Aveugle

Les femmes préfèrent être belles plutôt qu'intelligentes parce que, chez les hommes, il y a plus d'idiots que d'aveugles.

YVONNE PRINTEMPS

Avion

Un voyage en avion : quelques heures d'ennui coupées de quelques minutes de trouille intense.

AL BOLISKA

Avis

Je me suis aperçu que la meilleure façon de donner mon avis à mes enfants est de savoir ce qu'ils veulent et de le leur conseiller.

HARRY S. TRUMAN

À cette époque où il était plus malin qu'aujourd'hui, il me demandait souvent mon avis.

WINSTON CHURCHILL

Quand les gens sont de mon avis, j'ai toujours le sentiment de m'être trompé.

OSCAR WILDE

Quand A... n'est pas de mon avis, ça m'afflige pour lui. Quand il est de mon avis, ça m'inquiète pour moi.

AURÉLIEN SCHOLL

Avocat

À la minute où vous lisez quelque chose que vous ne comprenez pas, vous pouvez être sûr que c'est un avocat qui l'a rédigé.

WILL ROGERS

Je n'ai pas besoin d'un avocat qui me dise ce que je n'ai pas le droit de faire. Je veux un avocat qui me dise comment je peux faire ce que j'ai envie de faire.

J. PIERPONT MORGAN

Un avocat, c'est quelqu'un qui empêche quelqu'un d'autre de prendre votre argent.

LAURENCE J. PETER

Avoué

Avoué, le péché est à moitié pardonné. Caché, il l'est tout à fait.

PIERRE VÉRON

Aznavour

C'est le seul homme que je connaisse capable d'entrer debout dans une Rolls.

JACQUES BREL

Bac

Il a raté son bac du premier coup.

JEAN-MARIE GOURIO
(Brèves de comptoir)

Bacchantes

Prêtresses de Bacchus devenues moustaches.

PIERRE DANINOS

Bach

S'il y a quelqu'un qui doit tout à Bach, c'est bien Dieu.

CIORAN

Bâiller

Dans la bonne société anglaise, le talent le plus utile est de savoir bâiller, la bouche fermée.

OSCAR WILDE

Bain

Donnez-moi un bain sans eau, je n'ai pas le temps de me sécher.

CELMAS

Bain (de foule)

La trempette de la renommée.

JEAN CAZALET

Baïonnette

On peut tout faire avec une baïonnette sauf s'asseoir dessus.

DEAN WILLIAM R. INGE

Baisemain

Je suis en faveur de la coutume qui veut qu'un homme baise la main d'une femme la première fois qu'il la voit. Il faut bien commencer quelque part.

SACHA GUITRY

Baiser

Je lui fermais la bouche d'un baiser derrière l'oreille.

ALPHONSE ALLAIS

Pour une femme le premier baiser est la fin du commencement. Pour un homme, c'est le commencement de la fin.

HELEN ROWLAND

Poème :
Je tâche en vain sous mes baisers
De ranimer l'âme éphémère,
C'est fini. Le charme est brisé.
Et tu ressembles à ta mère.

PAUL GÉRALDY

Les baisers sont bons partout où on les trouve.

HENRI JEANSON

Baiser (volé)

Un baiser légal ne vaut pas un baiser volé.

GUY DE MAUPASSANT

Balayeur

Vous avez des étrangers qui viennent en France comme balayeurs. Après, ils restent comme Noirs.

COLUCHE

Balzac

Après la mort d'un oncle dont il avait hérité :
« Depuis ce jour, mon honorable parent et moi, nous avons commencé une vie meilleure. »

HONORÉ DE BALZAC

M. de Balzac a l'air d'être occupé à finir, comme il a commencé, par cent volumes que personne ne lira.

SAINTE-BEUVE

Banalité

C'était un homme qui n'avait d'extraordinaire que le degré suprême où il poussait la banalité.

SOMERSET MAUGHAM

Bande dessinée

Les bandes dessinées ne seront jamais aussi tarées que ceux qui aiment ça.

WOLINSKI

Banque

Ceux qui se fréquentent à hauteur de leur compte en banque.

ARLETTY

Une banque est un endroit où l'on vous prête un parapluie quand il fait beau et où on vous le reprend quand il pleut.

JEROME K. JEROME

Banque Hypothécaire Sur Parole d'Honneur.

ALPHONSE ALLAIS ET TRISTAN BERNARD

Georges dort dans une banque tous les jours de 10 heures à 4 heures sauf le samedi où on le met à la porte dès midi.

JEROME K. JEROME

Banqueroute

La banqueroute, c'est quand vos créanciers saisissent votre veston et quand vous avez mis votre argent dans la poche du pantalon.

TRISTAN BERNARD

Banquier

Un banquier est toujours en liberté provisoire.

RAYMOND POINCARÉ

Un banquier est quelqu'un qui est d'accord pour vous consentir un prêt à condition que vous lui apportiez la preuve indiscutable que vous n'en avez pas du tout besoin.

HERBERT PROCHNOV

Baptême

Avec du savon, le baptême peut être une bonne chose.

ROBERT G. INGERSOLL

Barbe

Dialogue :
« Du côté de la barbe est la toute-puissance.
— Où placez-vous la barbe ? »

VICTOR HUGO

Les vieillards et les comètes ont été vénérés pour les mêmes raisons : leur longue barbe et leur prétention à prédire les événements.

JONATHAN SWIFT

Depuis que je me suis rasé la barbe, je ne reconnais plus personne.

CAMI

Un barbu est un barbu. Trois barbus, c'est des barbouzes.

MICHEL AUDIARD

Barman

Un bon écrivain ne fait pas forcément un bon critique. Pas plus qu'un bon ivrogne ne fait un bon barman.

JIM BISHOP

Baromètre

Ingénieux instrument qui nous indique le temps qu'il fait.

AMBROSE BIERCE

Barricade

Je veux bien monter sur les barricades pour défendre la grasse matinée mais pas avant midi.

J.-M. ROCHE

Basset

Le basset est le meilleur ami du paveur.

FRANÇOIS CAVANNA

Bastille

On n'a quand même pas pris la Bastille pour en faire un opéra.

PIERRE DESPROGES

Bataille

Dans les armées, il y a quelque chose qui fait plus de morts que les batailles, ce sont les piqûres.

MARCEL PAGNOL

Bâtard

Il y a une différence entre un bâtard et un enfant d'un second lit. Ne confondons pas un erratum et une variante.

VICTOR HUGO

Distique :
Trois mois avant ses noces, Hélène eut un moutard.
En arrivant trop tôt, on arrive bâtard.

ALPHONSE ALLAIS

Bâton

Il y a des femmes qui sont comme le bâton enduit de confiture de roses dont parle le poète persan : on ne sait par quel bout les prendre.

ALPHONSE ALLAIS

Battre

On peut battre une femme quand il n'y a pas d'autre moyen de la faire taire.

GEORGES COURTELINE

Si tu bats ta femme sans savoir pourquoi, ne t'inquiète pas, elle le sait.

LAO TSEU

Baudelaire

Faut du Baudelaire, c'est entendu. Mais pas trop n'en faut.

ALPHONSE ALLAIS

Beau

Le bon a besoin de preuves ; le beau n'en demande pas.

FONTENELLE

Il vaut mieux être beau que bon, mais il vaut mieux être bon que laid.

OSCAR WILDE

Beau-frère

Il y a des gens qui me disent, pour me complimenter : « Vous, vous pouvez dire que vous faites rire mon beau-frère. »

FERNAND RAYNAUD

Beaumarchais

On évoquait son manque de scrupules et sa chance :
« Il sera pendu, mais la corde cassera. »

CHAMFORT

Beauté

La beauté, comme les verres de contact, est dans les yeux de celui qui regarde.

LEW WALACE

Pour un homme, la beauté fait gagner quinze jours.

FRANÇOISE SAGAN

La beauté sera comestible ou ne sera pas.

SALVADOR DALI

Bébé

Les gens qui vous disent qu'ils dorment comme un bébé, en général, n'ont pas de bébé.

LEO J. BURKE

Becque (Henry)

À un général qui lui demandait dans un dîner de dire un mot amer :
« Est-ce que je vous demande à vous de tirer le canon ? »

HENRY BECQUE

Bed

To bed or not to bed.

FRANÇOISE PARTURIER

Beethoven

Beethoven n'a pas été maladroit dans sa publicité. C'est elle qui l'a fait connaître, je crois.

ERIK SATIE

Beethoven était tellement sourd que, toute sa vie, il a cru qu'il faisait de la peinture.

FRANÇOIS CAVANNA

Bègue

Quand on parle du loup entre bègues on n'en voit jamais la queue.

FRANÇOIS CAVANNA

Beigne

Je ne connais pas de spectacle plus sain, plus réconfortant que celui d'un monsieur recevant de main de maître une beigne qu'il avait cherchée.

GEORGES COURTELINE

Belge

Ce n'est pas une tare d'être belge, mais vraiment, il n'y a pas de quoi se vanter.

FRANCISQUE SARCEY

Belle-mère

Dans toute femme, il y a une belle-mère.

JULES RENARD

Il n'y a pas de bonheur parfait comme disait l'homme à qui l'on présentait la note de l'enterrement de sa belle-mère.

JEROME K. JEROME

À propos d'une belle-mère très malade :
« Elle descend la pente, mais elle freine. »

FLEURE

Belote

Votre belote, monsieur, qui est l'argot du bridge.

HENRI JEANSON
(Pépé le Moko)

Bénéfice

Si pour gagner deux fois plus, il faut travailler deux fois plus, je ne vois pas où est le bénéfice.

RAYMOND CASTANS

Entre truands, les bénéfices ça se partage. La réclusion ça s'additionne.

MICHEL AUDIARD

Béni-oui-oui

Je ne veux pas de béni-oui-oui autour de moi. Je veux que chacun me dise ce qu'il pense, même si ça doit lui coûter sa place.

SAM GOLDWYN

Bérard (Christian)

Il était très snob, très baisemain :
« Le peintre Courbette. »

JEAN COCTEAU

Bérénice

Après s'être débarrassé de Bérénice, Titus a dû dire :
« Allons, je n'ai pas perdu ma journée. »

TRISTAN BERNARD

Béret

L'Américain arrive à Paris avec quelques formules trouvées dans un guide de conversation ou entendues d'un ami qui a un béret.

FRED ALLEN

Berl (Emmanuel)

Emmanuel Berl qui à force de se fréquenter est devenu antisémite.

HENRY TORRES

Berlioz

À propos de la Rédemption de Faust *de Berlioz :*
Si vous prenez la précaution d'arriver longtemps après le début et partez pas mal de temps avant que cela ne finisse, vous n'aurez pas éprouvé trop d'ennui.

GEORGE BERNARD SHAW

Besoin

Ce sont toujours ceux qui auraient le plus besoin d'argent qui en ont le moins.

HENRI MONNIER

Conseil de l'hôtelier polonais à son client :
« Si vous avez besoin de quelque chose, appelez-moi. Je vous dirai comment vous en passer. »

COLUCHE

Bête

Après l'amour on est tout de même un peu moins bête.

JULES RENARD

Être bête, égoïste et avoir une bonne santé, voilà les trois conditions voulues pour être heureux. Mais si la première vous manque, tout est perdu.

GUSTAVE FLAUBERT

Être bête présente cet avantage, ce danger aussi, que soi-même on ne s'en aperçoit pas.

TRISTAN BERNARD

Je ne suis pas bête pour deux sous. Mais pour un million, je deviens complètement idiot.

PIERRE DANINOS

Bêtise

Il y a des bêtises que j'ai faites, uniquement pour avoir le plaisir de les raconter.

SACHA GUITRY

La bêtise humaine est la seule chose qui donne une idée de l'infini.

ERNEST RENAN

Biais

Dites la vérité, mais dites-la de biais.

EMILY DICKINSON

Bible

Ce qui me trouble dans la Bible, ce ne sont pas les passages que je ne comprends pas. Ce sont ceux que je comprends.

MARK TWAIN

La Bible nous demande d'aimer notre prochain et aussi d'aimer notre ennemi. Sans doute parce qu'en général, il s'agit de la même personne.

GILBERT K. CHESTERTON

La Bible ne fait pas le moine.

ALEXANDRE BREFFORT

La femme est, selon la Bible, la dernière chose que Dieu a faite. Il a dû la faire le samedi soir. On sent la fatigue.

ALEXANDRE DUMAS

Bibliothèque

D'un plagiaire :

« Il y a des gens qui mettent leurs livres dans leur bibliothèque. M... met sa bibliothèque dans ses livres. »

CHAMFORT

Si je perdais ma bibliothèque, j'aurais toujours le métro et l'autobus. Un billet le matin, un billet le soir et je lirais les visages.

MARCEL JOUHANDEAU

Ne prêtez pas vos livres. Personne ne les rend jamais. Les seuls livres que j'ai dans ma bibliothèque sont des livres qu'on m'a prêtés.

ANATOLE FRANCE

Bide

Dialogue :

« J'ai vu jouer votre pièce, avant-hier.
— Ah ! C'était vous ? »

FERNAND VANDEREM

Le caissier du théâtre se frotte les mains mais c'est parce qu'il a froid.

MAURICE DONNAY

Bidet

Petit cheval qui n'a pas de tête mais autant de derrières que l'on veut.

MIGUEL ZAMACOÏS

Bien

Les gens vous pardonnent quelquefois le bien que vous leur avez fait, mais rarement le mal qu'ils vous ont fait.

SOMERSET MAUGHAM

Génitif douteux : un marchand de biens n'est pas toujours un homme de bien.

JEAN CAZALET

Vouloir du bien à une femme, est-ce en vouloir à son mari ?

BEAUMARCHAIS

Le bien mal acquis profite toujours à quelqu'un.

PAUL LÉAUTAUD

Bienfaitrice

C'est la bienfaitrice du pays. Tout le monde se ferait un plaisir d'aller à son enterrement.

JULES RENARD

Bière

Bois dont on ne se chauffe plus.

ROMAIN COOLUS

Bigamie

La bigamie, c'est d'avoir une femme de trop ; la monogamie aussi.

JOHN HEYWOOD

La bigamie présente le double avantage de vous éviter les démarches fastidieuses du divorce et le coût élevé de la pension alimentaire.

OLIVER HERFORD

Bijoutier

S'il fallait que les femmes s'occupent d'où vient l'argent qu'elles dépensent, les bijoutiers pourraient plier boutique.

MICHEL AUDIARD

Bikini

Les statistiques, c'est comme le bikini. Ce qu'elles révèlent est suggestif. Ce qu'elles dissimulent est essentiel.

AARON LEVENSTEIN

Bilan

Bilan : document qui interdit de se raconter des histoires un mois sur douze.

PHILIPPE BOUVARD

Birkin (Jane)

Elle est plate. Et pourtant elle tourne.

SIM

Birmanie

J'avais demandé à un Birman pourquoi les femmes qui, depuis des siècles, marchaient derrière les hommes allaient dorénavant devant. Il me répondit qu'il y avait encore, dans le pays, beaucoup d'endroits où les Japonais avaient laissé des mines qu'on n'avait pas encore fait sauter.

ROBERT MUELLER

Bizarre

La pauvreté paraît bizarre aux riches. Ils ont du mal à comprendre pourquoi ceux qui ont faim ne sonnent pas pour qu'on leur serve le déjeuner.

WALTER BAGEHOT

Blanc

Lu sur le portail d'une église suisse :
« Dieu lave plus blanc. »

DUCOURET-NÈGRE

Blanc-bec

Si les hommes vivaient en moyenne six cents ans, les centenaires auraient l'air de blancs-becs.

PIERRE DAC

Blanche (Francis)

Mon grand-père François Blanche a eu un fils qui n'a pas vécu et qui s'appelait Francis. Je vais parfois sur sa tombe pour m'habituer.

FRANCIS BLANCHE

Son épitaphe :
« Laissez-moi dormir, j'étais fait pour ça. »

Blasphème

« N'oublie pas de dire tes blasphèmes du soir », dit la maman athée à son petit garçon.

FRANÇOIS CAVANNA

Blé

Blé, céréale dont on arrive, non sans peine, à tirer un assez bon whisky et qu'on utilise pour faire du pain.

AMBROSE BIERCE

Blonde

Quand son troisième mari est mort, elle est devenue blonde de chagrin.

OSCAR WILDE

Blücher

Dialogue :
« Il arrive, Grouchy ?
— Non, Sire.
— Ah le salaud : il arrive toujours pas ?
— Sire. Y a mieux, mais c'est Blücher. »

BORIS VIAN

Bobard

Un homme ne doit pas avaler plus de bobards qu'il ne peut en digérer.

BROOKS ADAMS

Bœuf

Qui vole un bœuf est vachement musclé.

CHAVAL

Boire

L'homme ne tue pas seulement pour manger. Il boit aussi.

ALPHONSE ALLAIS

Une femme m'a poussé à boire et je n'ai même pas eu la courtoisie de la remercier.

W. C. FIELDS

Aucun animal n'a jamais inventé rien d'aussi navrant que d'être saoul, ni rien d'aussi épatant que de boire.

GILBERT K. CHESTERTON

À force de boire, je me suis altéré.

MAURICE ROCHE

Boissons

L'abus des boissons alcoolisées fait vivre bien des familles sobres.

CHAVAL

Bon

Le mot « bon » peut avoir plusieurs sens. Par exemple si un type réussit à tuer sa grand-mère avec une carabine à une distance de cinq cents yards, je dirai que c'est un « bon » tireur, mais certainement pas un « bon » petit-fils.

GILBERT K. CHESTERTON

Bon à rien

En dehors de mon métier d'écrivain, je ne suis bon à rien. En conséquence on peut dire qu'un bon à rien peut facilement devenir un écrivain.

FRANÇOIS MAURIAC

Bon Dieu

À la place du bon Dieu, je ne serais pas flatté de n'amener à moi que des gens qui ne trouvent pas mieux.

HENRI ROCHEFORT

Bon sens

Le bon sens qui fait trouver dans l'Histoire d'hier les moyens de ne rien comprendre à ce qui se passera demain.

PAUL VALÉRY

Nous ne trouvons guère de bon sens qu'à ceux qui sont de notre avis.

LA ROCHEFOUCAULD

C'était un homme de bon sens. Il ne parlait pas et riait aux bons endroits.

WILLIAM HAZLITT

Bonheur

Le bonheur, c'est une station sur la route entre le pas assez et le trop.

CHANNING POLLOCK

Quelle vie merveilleuse j'ai eue ! J'aurais seulement souhaité m'en apercevoir plus tôt.

COLETTE

L'argent ne fait pas le bonheur. Celui qui a dix millions de dollars n'est pas plus heureux que celui qui en a neuf millions.

HOBART BROWN

Sensation agréable que nous éprouvons au spectacle du malheur d'autrui.

AMBROSE BIERCE

Si l'argent ne fait pas le bonheur, rendez-le.

JULES RENARD

Le bonheur à deux, ça dure le temps de compter jusqu'à trois.

SACHA GUITRY

Les gens ne connaissent pas leur bonheur, mais celui des autres ne leur échappe pas.

PIERRE DANINOS

Si l'on bâtissait la maison du bonheur, la plus grande pièce serait la salle d'attente.

GILBERT CESBRON

Quand je vois quelqu'un qui veut faire mon bonheur, je passe sur le trottoir d'en face.

ALEXANDRE BREFFORT

Bonheur (Gaston)

Poète, écrivain et journaliste, il était directeur de Paris-Match.

Au propriétaire du magazine qui lui reprochait de faire des notes de frais élevées :
« Les oiseaux-lyres ne chantent que dans des cages dorées. »

Bonne

Jamais nous ne sommes plus heureux que quand nos plaisanteries font rire la bonne.

JULES RENARD

Bonne chère

Il n'y a pas d'amour plus sincère que celui de la bonne chère.

GEORGE BERNARD SHAW

Bonne mine

Il y a trois âges dans la vie : la jeunesse, l'âge mûr et l'âge vous-avez-très-bonne-mine.

CARDINAL SPELLMAN

Bonniche

Il y a des bonniches dans tous les milieux. La bonniche, ce n'est pas un état ; c'est une mentalité.

BORIS VIAN

Bonté

Dieu, dans sa grande bonté, veut qu'un seul moment nous sauve ; encore faut-il que ce soit le dernier.

ANATOLE FRANCE

Booz

Variation sur le dernier vers de Booz endormi *:*
« Et d'une sainte en rut, fit une Ruth enceinte. »

JEAN RIEUX

Borgne

C'est un infirme qui n'a droit qu'à un demi-chien.

JULES RENARD

Le borgne qui achète un appareil stéréoscopique se double souvent d'un imbécile.

CHAVAL

Quand un borgne ne dort que d'un œil, il importe qu'il choisisse le bon.

FRANÇOIS VALORBE

Bossu

Dialogue :
« Il était fait comme un doigt de pied.
— Quand un cor y fait une bosse. »

VICTOR HUGO

Boston

Je rentre de Boston ; c'est la seule chose à faire si vous vous y trouvez.

FRED ALLEN

Botanique

La botanique, c'est l'art de dessécher des plantes entre deux pages d'un livre et de les injurier en grec et en latin.

JULES RENARD

Bouche

Une bouche si belle que vraiment on ne saurait dire qu'elle a une lèvre inférieure.

JULES RENARD

D... dit des choses si sottes qu'on peut s'étonner qu'il le fasse avec la bouche.

LICHTENBERG

Bouger

Une fois, alors que nous faisions l'amour, elle eut presque l'air de bouger.

WOODY ALLEN

Bougie

Vous savez que vous êtes vieux le jour où, pour votre anniversaire, les bougies coûtent plus cher que le gâteau.

BOB HOPE

Bouillotte

Les continentaux ont une vie sexuelle. Les Anglais ont des bouillottes.

GEORGE MIKES

Boulette

Dieu, quand il a pétri la terre, a fait une grosse boulette.

ALEXANDRE BREFFORT

Bourgeois

C'est plus facile pour un bon ouvrier de devenir un bon bourgeois que pour un bon bourgeois de devenir un bon ouvrier.

WOLINSKI

Bourreau

Peut-être que certaines exécutions sont nécessaires. Mais pourquoi les bourreaux ont-ils toujours de sales gueules ?

MICHEL AUDIARD

Bourse

Dialogue :
« La Bourse est un jeu dangereux. On gagne un jour. On perd le lendemain.
— Eh bien moi je ne jouerai que tous les deux jours. »

HENRI MONNIER

Il y a deux cas dans lesquels l'homme ne devrait pas spéculer en Bourse. 1. Quand il n'en a pas les moyens. 2. Quand il en a les moyens.

MARK TWAIN

Boute-en-train

Le boute-en-train joue pour les juments poulinières le même rôle que les jeunes premiers de l'écran pour les spectatrices que quelqu'un attend à la maison.

FRANCIS CLAUDE

Bouteille

Les bouteilles à la mer ne ramènent pas souvent les réponses.

ANTOINE BLONDIN

Boutique

La boutique est la patrie du boutiquier. Il est prêt à mourir pour elle. Personne ne mourra pour une grande surface.

WOLINSKI

Braguette

Vieillir : c'est très mauvais signe quand on oublie de reboutonner sa braguette après avoir pissé, mais c'est pire quand on oublie de la déboutonner avant.

MAURICE CHEVALIER

Brahms

Il n'y a que le mort qui puisse supporter avec patience le Requiem de Brahms.

GEORGE BERNARD SHAW

Bras

Il vaut mieux être accueilli par quelqu'un à bras ouverts que par personne à Brazzaville.

SIM

Brassens

Cancre *honoris causa* de l'Université de Montpellier.

RENÉ FALLET

Bravo

Bravo ! Nous ne savons même pas le dire en français.

JULES RENARD

Bravoure

La bravoure, c'est quand on est seul à savoir qu'on a peur.

FRANKLIN P. JONES

Brevet

Lorsque Dieu a créé l'homme et la femme, il a bêtement oublié d'en déposer le brevet, si bien que maintenant le premier imbécile venu peut en faire autant.

GEORGE BERNARD SHAW

Brice Lalonde

C'est incroyable qu'un garçon aussi peu gâté par la nature soit si peu rancunier.

PIERRE DESPROGES

Bronchite

Je me suis souvent demandé et je me demande encore ce qui peut bien différencier une mauvaise bronchite d'une bonne.

PIERRE DAC

Bruit

Pour faire du bruit on choisit les petites gens et les tambours.

LICHTENBERG

Rien ne vous rend plus tolérant au bruit d'une soirée chez vos voisins que d'y être invité.

FRANKLIN P. JONES

Buffle

On peut mener un buffle partout où il a décidé d'aller.

JAMES OLIVER CURWOOD

Bureau

Encore un instant, Monsieur le Bureau.

ROBERT SABATIER

Ne pas avoir de bureau où aller. Pour un homme, c'est une épreuve dont vous ne pouvez pas vous faire une idée.

GEORGE BERNARD SHAW

Buste

Au Théâtre-Français :

« Tristan Bernard me dit ce mot drôle : “Ah mon cher Jules. Vous aurez quelque jour un buste ici, si vous vous mettez à la sculpture.” »

JULES RENARD

Poitrine pour une jeune femme et sculpture pour un vieux monsieur.

ALFRED CAPUS

Buvard

Il ne travaille qu'en sous-main.

LÉO CAMPION

La femme est un papier buvard. Elle retient tout, mais à l'envers.

GRAHAM GREENE

Cabotin

Dialogue entre cabotins :
« Je gagnais trente mille francs par mois.
— La moitié.
— Un peu plus. »

MAURICE DONNAY

Cacahouète

Je déteste la télévision comme je déteste manger des cacahouètes. Mais je ne peux pas m'empêcher de manger des cacahouètes.

ORSON WELLES

Cadavre

On me dit qu'il fait un très beau cadavre et qu'il met prodigieusement son cercueil en valeur.

OLIVER GOLDSMITH

Café

Le café est un breuvage qui fait dormir quand on n'en prend pas.

ALPHONSE ALLAIS

Cage

La fidélité n'est pas plus naturelle à l'homme que la cage ne l'est au tigre.

GEORGE BERNARD SHAW

Calamité

La différence entre un malheur et une calamité : Gladstone tombe dans la Tamise, c'est un malheur. On le repêche, c'est une calamité.

DISRAELI

Caleçon

Pour bien nager, un joli caleçon de bain ne vaudra jamais une belle étendue d'eau.

LÉO CAMPION

Californie

La Californie est un endroit merveilleux à condition d'être une orange.

FRED ALLEN

Call-girl

Demoiselle qui fait le trottoir par téléphone.

GEORGES-ARMAND MASSON

C'est une fille qui a laissé s'accumuler une telle note de téléphone qu'elle est obligée de se vendre pour la payer, d'où le nom de call-girl.

ART BUCHWALD

Cambrioleur

Homme qui trouve son bien là où il le prend.

TORQUET

Cambronne

Cambronne à Waterloo a enterré le Premier Empire dans un mot où est né le Second.

VICTOR HUGO

Caméléon

Le caméléon n'a la couleur du caméléon que lorsqu'il est posé sur un autre caméléon.

FRANÇOIS CAVANNA

Campagne

Je n'aime pas la campagne. C'est un tombeau qui est bon pour la santé.

SYDNEY SMITH

La campagne n'a de charme que pour ceux qui ne sont pas obligés d'y habiter.

ÉDOUARD MANET

On devrait construire les villes à la campagne. L'air y est plus pur.

RALPH WALDO EMERSON

La campagne, c'est bien pour penser à rien.

WOLINSKI

Campagne (électorale)

C'est l'art de gagner les voix des pauvres avec l'argent des riches en promettant à chacun des deux de les protéger contre l'autre.

OSCAR AMERINGER

En une semaine de campagne électorale on en apprend plus sur soi-même qu'en six mois de psychanalyse.

ADLAÏ STEVENSON

Canada

Le climat du Canada, c'est neuf mois d'hiver et trois mois où il fait un peu plus froid.

EVAN ESAR

Le Canada, c'est comme la « vichyssoise ». C'est froid. C'est à moitié français et c'est difficile à remuer.

STUART KEATE

Canadien

Propos d'un Canadien :
« Je passe tellement de temps à expliquer aux Américains que je ne suis pas anglais et aux Anglais que je ne suis pas américain qu'il ne m'en reste plus pour être canadien. »

LAURENCE J. PETER

Canard

Faire l'amour à sa femme, c'est comme tirer un canard endormi.

GROUCHO MARX

Caniveau

Paris est la ville où les caniveaux sont les plus propres du monde parce que les chiens les respectent.

ALAIN SCHIFRES

Cannibale

Gastronome de l'ancienne époque qui conserve les goûts simples et s'en tient au régime naturel de l'ère préporcine.

AMBROSE BIERCE

Chaque fois que les cannibales sont sur le point de crever de faim, Dieu, dans sa bonté suprême, leur envoie un missionnaire bien grassouillet.

OSCAR WILDE

C'est un homme qui entre au restaurant et qui commande un garçon.

ANDRÉ FRÉDÉRIQUE

C'est un homme qui aime son prochain avec de la sauce.

JEAN RIGAUX

La triste aventure d'un missionnaire dans un village de cannibales : le matin, il n'était pas cru. Le soir, il était cuit.

DUCOURET-NÈGRE

Caoutchouc

Il recherchait un procédé pour enlever au caoutchouc cette élasticité qui le rend impropre à tant d'usages.

ALPHONSE ALLAIS

Capitalisme

Le défaut du capitalisme, c'est qu'il répartit inégalement la richesse. La qualité du socialisme, c'est qu'il répartit également la misère.

WINSTON CHURCHILL

Le capitalisme, c'est l'exploitation de l'homme par l'homme. Le communisme c'est le contraire.

PETER USTINOV

Capitaliste

Dieu dit : « Je suis celui qui est » ; le capitaliste : « Je suis celui qui a. »

ANONYME

Capus (Alfred)

Capus et son manteau de 2 000 francs dont chaque poil a été planté à la main.

JULES RENARD

Capus ! Lorsqu'on parle avec lui depuis cinq minutes, il s'installe dans votre opinion et il vous en fait les honneurs.

TRISTAN BERNARD

Deux dames dans un salon demandent à Capus :
« Cher Maître, nous avons fait un pari... Quel âge avez-vous ? »
Réponse :
« Cela dépend de vos intentions, Mesdames. »

Jules Renard lui dit un jour :
« Je viens de rencontrer le nouveau directeur de l'Odéon. Desbeaux. Vous lui ressemblez, c'est extraordinaire. »
Réponse de Capus :
« Et pourtant, je ne l'ai jamais vu ! »

En sortant du Figaro *Capus tous les jours faisait l'aumône à un pauvre, toujours le même, posté au même coin de rue. Il lui donnait toujours un franc. Un soir, ne trouvant pas dans sa poche de pièce de un franc, il lui donne cinq sous.*
« Oh », *fait le pauvre, déçu.*
Alors Capus :
« Vous les donnerez à un pauvre. »

De retour du cercle où il avait perdu sa chemise, Capus croise, dans les escaliers du Figaro, *un correcteur assez minable.*
« Vous avez l'air bien triste, mon ami, *lui dit Capus.*
— Monsieur le Directeur, *répond le correcteur*, j'ai perdu ma femme.

— Ah, *répond Capus, la tête ailleurs*, vous aussi, vous êtes joueur. »

Car

Poème :

C'est un hôtel très calme et fier
Qui se trouve un peu à l'écart
On peut s'y ficher du tiers
Mais pas du car.

TRISTAN BERNARD

Caractère

Peu de femmes et encore moins d'hommes ont assez de caractère pour ne rien foutre du tout.

E. V. LUCAS

Carême

Il était de ces gens avisés qui créent une boucherie le jour du carême.

JAMES BAILEY

Carmen

De toute façon, une liaison qui commence par une rencontre de hasard à la sortie d'une manufacture de tabac, comment penser que ça aurait pu durer toute la vie ?

ARTHUR MARSHALL

Carroll (Lewis)

Que de bruits pour avoir offert une glace à une petite fille !

ROBERT SCIPION

Carte

Je dois me plaindre que les cartes sont mal battues jusqu'à ce que j'aie un bon jeu.

JONATHAN SWIFT

Comme joueur de cartes, Chico était le meilleur. Je reconnais que comparativement aux œuvres d'Einstein, Beethoven et Platon cette qualification peut sembler dérisoire, mais il vaut mieux être le premier dans sa spécialité que le dernier à table.

GROUCHO MARX

Chez nous, on mangeait à la carte. Celui qui tirait l'as de pique, mangeait.

WOODY ALLEN

Carte postale

Pourquoi, dans les villes où l'on passe, s'applique-t-on à choisir douze cartes postales différentes puisqu'elles sont destinées à douze personnes différentes ?

SACHA GUITRY

Casque

Qui sème le casque bleu, récolte la tempête.

ALEXANDRE VIALATTE

Casse-pieds

Personne ne serait assez riche s'il fallait acheter le droit d'être à ce point casse-pieds.

JOHN KENNETH GALBRAITH

Catastrophe

Les catastrophes, ce sont les fêtes des pauvres.

GUILLAUME HANOTEAUX

Je me suis marié deux fois : deux catastrophes. Ma première femme est partie. Ma deuxième est restée.

FRANCIS BLANCHE

Catastrophique

C'est le propre des imbéciles de se tirer d'une situation fâcheuse en tombant dans une catastrophique.

JEAN DUTOURD

Catholicisme

Quoi qu'on dise, le catholicisme est la forme la plus acceptable de l'indifférence religieuse.

ANATOLE FRANCE

Cause

Les véritables héros sont ceux qui meurent pour des causes auxquelles ils ne croient pas.

MURRAY KEMPTON

Cave

Pendant la Grande Guerre :

« On prétend que les caves voûtées sont les plus sûres. R... est voûté et il n'est pas sûr du tout. »

CLEMENCEAU

Caviar

Du caviar à la louche ! Faut être snob. C'est pas meilleur à la louche.

COLUCHE

Cécité

Cécité : Point de vue.

MICHEL LACLOS

Ceinture

Cela va beaucoup mieux. Dans mes débuts je me serrais la ceinture. Maintenant c'est la ceinture qui me serre.

SMAÏN

Célèbre

Quand un type devient célèbre, il ne faut pas longtemps pour que surgisse quelqu'un qui était assis à l'école à côté de lui.

FRANCK MC KINNEY HUBBARD

Devenir célèbre, c'est comme recevoir un collier de perles. La première joie passée, on se demande si les perles sont véritables ou de culture.

SOMERSET MAUGHAM

Ce siècle va trop vite ; il faut y être célèbre avant d'être connu.

ALEXANDRE VIALATTE

Célébrité

Célébrité : être connu de ceux que nous ne connaissons pas.

CHAMFORT

La célébrité : un buste avec des jambes pour courir partout.

JEAN COCTEAU

La célébrité crée ses propres standards : un type qui crispe ses lèvres, ce n'est jamais qu'un type qui crispe ses lèvres, sauf si c'est Humphrey Bogart.

SAMMY DAVIS JR.

La célébrité, c'est un nom propre qui devient un nom commun.

GILBERT CESBRON

La célébrité, c'est le ridicule moins la honte.

ROLAND DUBILLARD

Célibataire

Il est bien dommage que personne ne sache quoi faire d'une femme mariée sinon un célibataire.

GEORGE COLMAN

Il y a des gens qui n'ont que ce qu'ils méritent. Les autres sont célibataires.

SACHA GUITRY

La plupart des ménages sont composés de célibataires mariés.

SAN-ANTONIO

Les célibataires connaissent mieux les femmes que les hommes mariés ; sinon ils seraient mariés.

ALFRED CAPUS

Donnez aux femmes le droit de vote et dans cinq ans, vous aurez un impôt sur les célibataires.

GEORGE BERNARD SHAW

Céline (Louis-Ferdinand)

Un Rabelais qui aurait lu Zola.

PAUL VALÉRY

Censure

L'assassinat est la forme suprême de la censure.

GEORGE BERNARD SHAW

Cent francs

Quand je donne un billet de cent francs, je donne le plus sale.

JULES RENARD

Cent sous

Tout homme qui a cent sous me doit deux francs cinquante.

LÉON BLOY

Centenaire

On aura beau dire et beau faire ; plus on ira, moins on rencontrera des centenaires ayant connu Napoléon.

ALPHONSE ALLAIS

Je n'ai jamais rencontré un centenaire qui présente quelque autre intérêt.

JOSH BILHY

Dialogue :
« C'est dur de vivre jusqu'à cent ans ?
— Je n'en suis pas mort ! »

ROBERT ROCCA

Si je deviens centenaire, je me lèverai chaque matin pour lire les faire-part nécrologiques des journaux. Si mon nom n'y est pas, je retournerai me coucher.

PAUL LÉAUTAUD

Pour devenir centenaire, il faut commencer jeune.

MAURICE ROCHE

Cercle

Caressez un cercle, il devient vicieux.

EUGÈNE IONESCO

Le cercle est un rond plus rond que les autres.

RAOUL MARTY

Le cercle est le plus long chemin d'un point au même point.

TOM STOPPARD

Cercueil

Le lit est le terrain d'entraînement du cercueil.

WOODY ALLEN

Cerné

Quand les yeux sont cernés, la place est prise.

WILLY

Cerveau

Appareil grâce auquel nous pensons que nous pensons.

AMBROSE BIERCE

Pour marcher au pas, point n'est besoin de cerveau. La moelle épinière suffit.

ALBERT EINSTEIN

Le cerveau est un organe merveilleux qui se met en marche au moment où vous vous réveillez et s'arrête au moment précis où vous arrivez au bureau.

ROBERT FROST

César (Jules)

Jules César fut le premier homme au monde qui accoucha par une césarienne.

FRANÇOIS CAVANNA

Chagrin

Le chagrin, c'est comme le ver solitaire. Le tout, c'est de le faire sortir.

MARCEL PAGNOL

Chagrin (d'amour)

Il n'y a point de chagrin d'amour qu'un repas vraiment bon ne dissipe au moins pour quelque temps.

HENRY DE MONTHERLANT

Chaîne

La chaîne du mariage est si lourde qu'il faut se mettre à deux pour la porter, quelquefois trois.

ALEXANDRE DUMAS

Chaleur

On dit quand il fait chaud, il fait trente-six degrés à l'ombre. Mais qui vous oblige à rester à l'ombre ?

PIERRE DAC

Chamfort

À propos d'un évêque obèse :
« Il a été créé et mis au monde pour montrer jusqu'où peut aller la peau humaine. »

À un homme très riche qui lui proposait de l'aider :
« Je vous prie de croire que je n'ai pas besoin de ce qui me manque. »

À l'heure de sa mort, alors que ses amis le suppliaient d'accepter les derniers sacrements dont il ne voulait pas :
« Je vais faire semblant de ne pas mourir. »

Champignon

Les amours sont comme les champignons. On ne sait s'ils appartiennent à la bonne ou à la mauvaise espèce que lorsqu'il est trop tard.

ALPHONSE ALLAIS

Chance

La chance est la forme laïque du miracle.

PAUL GUTH

La chance, c'est la seule explication des succès de ceux qui nous sont antipathiques.

ANDRÉ ROUSSIN

Parole d'un milliardaire à son chauffeur :
« Vous irez acheter mon billet de la Loterie nationale. Vous avez toujours eu plus de chance que moi. »

Don

Chandelle

Quand on brûle la chandelle par les deux bouts, on la fait tenir par le voisin.

François Cavanna

Changer (d'idée)

Le seul homme qui peut changer d'idée est celui qui en a une.

Edwards Noyes Westcott

Chanteuse

Chanteuse, elle attrapait toute note au-dessus du la avec les sourcils.

Montague Glass

Chapeau

Les chapeaux, le deuil et les scrupules ne se portent plus.

Albert Willemetz

Quand je mets le mien il y en a qui médisent : « Pour porter un pareil chapeau, il faut être malade. » Et d'autres qui me disent : « Avec ce chapeau, tu as bonne mine. » Les avis sont partagés.

Raymond Devos

Quand il salue, c'est pour montrer qu'il a un chapeau neuf.

Henri Jeanson

Charité

Charité : hypocrisie qui donne dix sous d'attention pour recevoir vingt francs de gratitude.

JULES RENARD

Nous avons nos raseurs comme les dames charitables ont leurs pauvres.

ROBERT SABATIER

La charité a ceci de commun avec l'amour : on les fait avec les biens des autres.

PAUL-JEAN TOULET

Faire la charité, c'est bien. La faire faire par les autres, c'est mieux. On oblige ainsi son prochain sans se gêner soi-même.

ALPHONSE ALLAIS

Chaste

Pisser, c'est la jouissance du chaste.

LOUIS JOUVET

Chat

Automate moelleux et indestructible fourni par la nature pour recevoir des coups de pied quand les choses se gâtent dans le cercle de famille.

AMBROSE BIERCE

Les chats voient clair la nuit, mais ça ne leur sert à rien. Les chattes voient clair aussi.

FRANÇOIS CAVANNA

Si je préfère les chats aux chiens, c'est parce qu'il n'y a pas de chat policier.

JEAN COCTEAU

Châteaubriant

Le châteaubriant est un filet tellement délicieux qu'il a donné son nom à un grand écrivain.

HENRI ROCHEFORT

Châteauroux

Pourquoi n'y aurait-il pas de vie sur les autres planètes ? Il y en a bien à Châteauroux.

PATRICK TIMSIT

Chatouille

Je suis comme les vieilles poules. Je ne ponds que si on me chatouille.

EUGÈNE LABICHE

Chauve

À un chauve qui se plaignait ; son genou lui faisait mal :
« Un peu de migraine ? »

TRISTAN BERNARD

Chauve-souris

La chauve-souris n'est pas un oiseau mais elle ne le sait pas et elle continue à voler et à pondre des œufs.

FRANÇOIS CAVANNA

Chef-d'œuvre

L'homme est le chef-d'œuvre de la création, mais c'est lui qui le dit.

ELBERT HUBBARD

Chemise

Mais qu'y a-t-il entre eux ? Rien ! Pas même une chemise.

WILLY

Réflexion de femme :
« Un homme en chemise, c'est trop ou trop peu. »

ALFRED CAPUS

Il faut être juste avant d'être généreux comme on a des chemises avant d'avoir des dentelles.

CHAMFORT

Chemise (de nuit)

Contrairement à la croyance populaire, les femmes anglaises ne portent pas des chemises de nuit de tweed.

HERMIONE GINGOLD

Les chemises de nuit n'ont pas de poches.

MARCEL PAGNOL

Chèque

Au téléphone le mensonge le plus fréquent tient en ces cinq mots : « Le chèque est déjà parti. »

JEAN RIGADE

Cher

Je donnerais cher pour être riche.

JOSÉ ARTUR

Pourquoi les femmes qui coûtent le plus cher sont-elles celles qui ne valent pas grand-chose ?

ALBERT WILLEMETZ

Chercheur

La plus grave des décisions à laquelle un chercheur risque de se trouver confronté, c'est d'avoir à acheter la machine mise au point pour le remplacer.

JEAN MAGADY PETER

Cheval

Le seul animal dans lequel on puisse planter des clous.

JULES RENARD

Les Anglaises adorent le cheval, mais elles ignorent le bidet.

ALPHONSE ALLAIS

Il y a des femmes qui se jettent à votre tête comme à celle d'un cheval pour vous faire croire que vous êtes emballé.

SACHA GUITRY

Le cheval de trait est la plus noble conquête de l'esprit.

CHAVAL

Chevalerie

La chevalerie : délivrer de belles vierges des châteaux des autres pour les enfermer dans le sien.

LEVISON

Cheveux

On sait que les cheveux considérés au microscope sont creux, ce qui explique l'expression : tuyau de poil.

ALPHONSE ALLAIS

La femme est un animal aux idées courtes et aux cheveux longs.

SCHOPENHAUER

Chèvre

Pour le bouc, ce qu'il y a de plus beau, c'est la chèvre.

MARCEL PAGNOL

Chien

Il avait toutes les qualités du chien excepté la loyauté.

P. Sore

Pour son chien, tout homme est Napoléon. C'est ce qui explique la grande popularité des chiens.

Aldous Huxley

Pourquoi aboyer soi-même quand on a un chien ?

Austen Chamberlain

On n'est jamais trahi que par les chiens.

Alphonse Allais

Un être qui déteste les chiens et les enfants ne peut pas être tout à fait mauvais.

W. C. Fields

Personnellement je ne comprends pas pourquoi un homme n'aurait pas le droit d'avoir à la fois un chien et une femme. Mais si vous n'avez pas les moyens de vous offrir les deux, achetez plutôt un chien.

Groucho Marx

Chimie

De nos jours, une bonne catholique, pour éviter d'être enceinte, est autorisée à avoir recours aux mathématiques, pas à la chimie.

Henry L. Mencken

Chinois

Pour avoir l'air d'un Chinois en Chine, il faut ne jamais rougir.

Edmonde Charles-Roux
(Manuel de Savoir-Vivre)

Chirurgien

Un chirurgien est un homme qui défend chèrement la vie des autres.

ALBERT WILLEMETZ

Dialogue avec un chirurgien :
« Vous l'avez opéré pour... ?
— Cent livres.
— Non, je veux dire, il avait quoi ?
— Cent livres. »

ALFRED CAPUS

Chloroforme

Quand on l'a sous le nez, on ne peut plus le sentir.

ROBERT SCIPION

Choix

Il faut choisir d'aimer les femmes ou de les connaître : il n'y a pas de milieu.

CHAMFORT

À trente ans, une femme doit choisir entre son derrière et son visage.

COCO CHANEL

Je n'aime pas l'idée d'avoir à choisir entre le ciel et l'enfer : j'ai des amis dans les deux.

MARK TWAIN

Toute la vie est affaire de choix. Cela commence par : « La tétine ou le téton ? » Et cela s'achève par : « Le chêne ou le sapin ? »

PIERRE DESPROGES

C'est la femme qui choisit l'homme qui la choisira.

PAUL GÉRALDY

En littérature comme en amour, nous sommes toujours étonnés de ce que choisissent les autres.

ANDRÉ MAUROIS

Chômage

J'ai attrapé le chômage. Mon patron me l'avait dit : « T'as pas l'air bien, rentre chez toi, repose-toi. T'as dû attraper le chômage. » On m'a collé 500 jours sous ASSEDIC. Puis on m'a envoyé en cure à Superphénix. J'étais le seul à savoir manier du plutonium à mains nues.

MARC JOLIVET

Chopin

Chopin a promu le piano au rang de la phtisie.

CIORAN

Chose

Elle était revenue de bien des choses, ce qui ne l'empêchait pas d'y retourner.

NATHALIE CLIFFORD BARNEY

Chou

Légume familier cultivé dans les jardins potagers et qui égale à peu près en grosseur et en sagesse la tête d'un homme.

AMBROSE BIERCE

Chrétien

Un chrétien est un homme qui se repent le dimanche pour ce qu'il a fait le samedi et qu'il refera le lundi.

THOMAS R. YBARRA

Je n'ai jamais rencontré dans ma vie un homme capable de supporter le malheur d'un autre aussi parfaitement qu'un chrétien.

ALEXANDER POPE

Christie

Agatha Christie : la femme à qui le crime a rapporté le plus depuis Lucrèce Borgia.

PHILIPPE BOUVARD

Chrysanthème

Je suis dans la fleur d'un âge qui commence à sentir le chrysanthème.

LASSU

Churchill (Winston)

Quelques jours après sa défaite aux élections à Dundee :
« J'ai été pendant quinze ans le représentant de Dundee et je le serais encore si, en l'occurrence, j'avais été le seul que l'on eût consulté. »

Pendant le blitz :
« Les cloches des églises ne sonneront pas le signal de l'invasion si par malheur elle arrivait. Rien n'est prévu pour les remplacer. Je ne peux m'empêcher tout de même de penser que la nouvelle de l'événement ne manquerait pas de filtrer assez rapidement. »

En janvier 42 quand on commença à penser que l'Angleterre allait gagner la guerre et qu'on se mit à discuter sa politique :
« Quand j'ai été invité à devenir Premier ministre, il y a près de deux ans maintenant, il n'y avait pas beaucoup de candidats pour le poste. Depuis lors, le marché s'est sensiblement amélioré. »

Devant un contradicteur qui bouillait de colère :
« Mon honorable collègue devrait essayer de ne pas produire plus de vapeur qu'il n'en contient. »

« Pendant tout le temps que j'ai été à la Chambre des communes, je me suis fait une loi de ne jamais interrompre l'orateur et j'ai toujours été incapable de la respecter. »

Sur la fin de sa vie il avait accepté comme une corvée de présider un dîner mondain chez Christopher Soames qui avait épousé sa fille. L'assistance était très ennuyeuse. Churchill n'avait pas desserré les dents de la soirée. Voulant le dérider, le maître de maison lui demande :
« Et quelle a été pendant la guerre la personnalité qui vous a fait la plus forte impression ? »
Churchill :
« Mussolini. »
Étonnement des convives. Personne n'attendait cette réponse. Soames lui demande :
« Mussolini. Et pourquoi Mussolini ? »
Réponse de Churchill :
« Il a fait fusiller son gendre. »

La dernière phrase de son dernier discours :
« Le voyage de la vie vaut d'être fait. Une fois. »

Chut

Il avait dépassé les quatre-vingts ans. Un mendiant à qui il avait donné une aumône importante lui dit :
« Je parlerai de vous à Dieu dans mes prières.
— Chut », *lui dit Tristan Bernard.*

TRISTAN BERNARD

Quand une femme dit « Chut », c'est qu'elle n'est pas loin de tomber.

ALBERT WILLEMETZ

Chute

Chute de femme : rien de cassé, à peine une déchirure.

JULES RENARD

Cible

Celui qui peint une cible sur la porte de son jardin peut être certain qu'on tirera dedans.

LICHTENBERG

Cicatrice

Fermeture pour cause de réparation.

MICHEL LACLOS

Le cœur n'a jamais de rides. Il n'a que des cicatrices.

FRANCIS CARCO

Cid

Conversation entre Racine et Corneille :
« Et le Cid, ça marche ?
— Bourré tous les soirs ! »

PHILIPPE NOIRET

Ciel

Lieu où les méchants cessent de vous importuner en parlant de leurs affaires personnelles et où les bons vous écoutent attentivement pendant que vous exposez les vôtres.

AMBROSE BIERCE

Ce cher Arnold est allé au ciel, bien sûr, mais il n'aimera pas Dieu.

ROBERT LOUIS STEVENSON

Il y a une foule de femmes très bonnes qui, arrivées au ciel, veulent savoir si Dieu sort le soir.

ED HOWE

Que ce Dieu est bon ! Il a fait le ciel pour nous tous.
Y va qui veut, mais peu y vont. C'est un peu haut.

STANISLAS DE BOUFFLERS

Cieux

Notre Père qui êtes aux cieux. Restez-y.

JACQUES PRÉVERT

Cigare

À l'incinération de Moréas :
Ce cher poète ! Il s'en va comme un cigare.

ALPHONSE ALLAIS

Une femme n'est qu'une femme, mais un bon cigare est un régal.

RUDYARD KIPLING

C'est quand le cigare éclate qu'on sait que c'est un pétard.

LAURENCE J. PETER

Je me suis fixé comme principe de ne jamais fumer plus d'un cigare en même temps.

MARK TWAIN

L'amour, c'est comme un cigare. S'il s'éteint vous pouvez toujours le rallumer, mais il n'a plus le même goût.

LORD WAWEL

Cigarette

Aimer sans être aimée, c'est vouloir allumer une cigarette à une cigarette déjà éteinte.

GEORGE SAND

Ci-gît

Ci-gît X... à la seule place qu'il n'ait jamais demandée.

AURÉLIEN SCHOLL

Cimetière

Les cimetières sont pleins de gens arrivés.

HENRI JEANSON

Les cimetières sont pleins de gens irremplaçables et qu'on n'a pas remplacés.

FRANÇOISE GIROUD

Le Père-Lachaise est un lieu très poétique. C'est un cimetière où l'on sait vivre.

ANTOINE BLONDIN

Cinéma

Comme j'ai fait beaucoup de cinéma, on croit souvent que je suis analphabète.

MARCEL PAGNOL

Cinq-Mars

Cinq-Mars fut exécuté à la même date.

COPIE D'ÉCOLIER

Cinquante

Je refuse d'admettre que j'ai plus de cinquante ans, même si cela doit rendre mes enfants illégitimes.

LADY ASTOR

Quand j'étais jeune on me disait : vous verrez quand vous aurez cinquante ans. J'ai cinquante ans. Je n'ai rien vu.

ERIK SATIE

Cinquante-cinquante

Il y a des gens qui, dans un partage à cinquante-cinquante, veulent pour eux les deux cinquante et même le trait d'union.

D. SYRUS

Citadelle

Je pense des femmes comme Vauban, des citadelles. Toutes sont faites pour être prises. Toute la question est dans le nombre des jours de siège.

VICTOR HUGO

Citation

L'art de répéter — en se trompant — les paroles d'un autre.

AMBROSE BIERCE

Les auteurs de recueils de citations sont comme ces gens qui mangent des cerises, qui commencent par les meilleures et qui finissent par les manger toutes.

CHAMFORT

Je me cite souvent moi-même. Cela ajoute du piquant à la conversation.

GEORGE BERNARD SHAW

Civil

Président-directeur général, Secrétaire général, etc. :
« Un homme n'est vraiment comblé dans le civil que s'il est général. »

PIERRE DANINOS

Civilisation

Un Anglais disait que dans le monde civilisé, il n'y a que trois endroits où un homme est à l'abri des femmes : le couvent, le tombeau et son club.

GURBIN

Clarinette

Je me suis mis à la clarinette. C'est ce qui se rapproche le plus de l'anglais.

RAYMOND DEVOS

Classe

Que veut la classe laborieuse ? La classe laborieuse veut ne plus travailler.

ALPHONSE KARR

Classique

Un classique est un livre que tout le monde voudrait avoir lu et que personne ne veut lire.

GEORGE BERNARD SHAW

Le premier qui a comparé une femme à une rose était un poète. Le second était un imbécile.

GUSTAVE FLAUBERT

(À quoi ROGER CAILLOIS ajouta : le troisième était un classique.)

Claudel (Paul)

Claudel, un monsieur qui croit qu'on peut aller au ciel en pullman.

ANDRÉ GIDE

Clé

Dans la vie il y a les clés et les bouchons. Tu jettes une clé et un bouchon dans un seau d'eau. Il n'y a pas d'exemple qu'une clé soit remontée à la surface. Il n'y a pas d'exemple qu'un bouchon soit resté au fond.

MARCEL PAGNOL

Poème :

L'homme a reçu des dieux, Madame, cette clé
Au moyen de laquelle il doit, en sa demeure,
Remonter sa moitié, chaque vingt-quatre heures.

VICTOR HUGO

Je laissais toujours la clé sur la porte dans l'espoir qu'une dame d'une grande beauté et entièrement nue entrerait chez moi, se trompant d'appartement.

ALPHONSE ALLAIS

Clémence

La clémence : une élégance des tyrans pour se faire de la publicité.

JEAN ANOUILH

Clemenceau (Georges)

Il venait d'être nommé ministre de l'Intérieur et vient visiter les bureaux. Le chef du personnel lui ouvre les portes. Premier bureau : personne. Deuxième bureau : personne. Troisième bureau : personne. Au quatrième : tout de même, un employé : il dort. Le chef du personnel veut le secouer. Clemenceau l'arrête : « Ne le réveillez pas. Il partirait. »

À la Chambre des députés, un de ses adversaires politiques après un long discours conclut :
« Après cela, Messieurs, on ne pourra pas dire que je ne suis pas large. »
Alors, Clemenceau, de son banc :
« Pour un con, c'est pas une qualité. »

Cléopâtre

Le nez de Cléopâtre plus long, voilà toute la face du monde changée. Et la sienne, donc.

PAUL-JEAN TOULET

Clergyman

Un homme qui se charge de nos problèmes spirituels pour mieux régler ses problèmes matériels.

AMBROSE BIERCE

Une des raisons pour lesquelles les maisons des clergymen sont si tristes, c'est que le clergyman est souvent chez lui.

JEROME K. JEROME

Clochard

À partir de novembre, pour les clochards il n'y a plus que deux solutions : la Côte d'Azur ou la prison.

MICHEL AUDIARD

Parole de clochard :
« Rothschild ! S'il m'avait écouté celui-là ! »

JEAN BELLUS

Clown

Quand j'étais jeune, je voulais être ministre ou clown. J'ai choisi la deuxième option car je suis un garçon sérieux.

SIM

Club

Les dîners en solitaire à leur club poussent bien des célibataires au mariage, mais pas autant que le mariage pousse des hommes mariés à venir dîner en solitaire à leur club.

GEORGE MIKES

Au club :
« Je vous demande pardon, Monsieur, mais est-ce que vous lisez le journal sur lequel vous êtes assis ? »

JEROME K. JEROME

Un mausolée où les membres des classes dirigeantes passent insensiblement de l'état de morts vivants à celui de morts décédés.

CHESTER ANTHONY

Clystère

Qui se place dans un clystère se retrouve dans un cul.

RABELAIS

Cocagne

Chacun de nous est un moi de cocagne.

SAN-ANTONIO

Cocher

Plus les galets ont roulé, plus ils sont polis. Pour les cochers, c'est le contraire.

ALPHONSE ALLAIS

Cochon

Dialogue :
« Nous sommes amis comme cochons.
— Vous êtes plus cochons qu'amis. »

VOLTAIRE

Toi et moi, cochon, nous ne serons estimés qu'après notre mort.

JULES RENARD

Cocktail

La mode des cocktails avant les repas a été lancée par un cuisinier qui avait brûlé le rôti.

CHESTER ANTHONY

Un cocktail, ce sont des gens qui viennent écraser leurs cigarettes sur votre moquette à six heures et qui, à huit heures, vont dîner sans vous avec d'autres invités dans un endroit plus rigolo.

P. J. O'ROURKE

Cocteau (Jean)

Un Rostand qui fait le fol.

ANDRÉ SUARÈS

Un crépitement d'étincelles, mais pas la plus petite flamme.

PIERRE BRISSON

Cocu

Cocu : il vaut mieux être plusieurs sur une bonne affaire que seul sur une mauvaise.

TRISTAN BERNARD

Un entier qui partage sa moitié avec un tiers.

ALPHONSE ALLAIS

C'est un cocu et c'est pour cela que je le trompe.

SACHA GUITRY

Il n'est cocu qui veut. Si tu es cocu, ergo ta femme sera belle, ergo tu seras bien traité d'elle, ergo tu auras des amis beaucoup, ergo tu seras bien traité.

RABELAIS

J'ai peur d'être cocu si je me marie, car vous savez qu'on en voit beaucoup cette année.

BEAUMARCHAIS

Je vais faire trente cocus d'un coup. Je vais coucher avec ma femme.

ANCELOT

Étrange : ce petit mot n'a pas de féminin.

JULES RENARD

Qui veut être cocu longtemps doit l'être de bonne heure.

RAOUL PONCHON

Je connaissais une femme très vertueuse. Elle a épousé un cocu. Depuis elle couche avec tout le monde.

SACHA GUITRY

Est-ce que tu crois que c'est drôle d'être la femme d'un cocu ?

ÉMILE MAZEAUD

Cocuage

Quand on l'ignore, ce n'est rien. Quand on l'apprend, c'est peu de chose.

LA FONTAINE

Code

Il est malheureusement établi qu'il suffit neuf fois sur dix à un honnête homme échoué dans les toiles d'araignée du Code de se conduire comme un malfaiteur pour se retrouver aussitôt dans la légalité.

GEORGES COURTELINE

Cœur

Quand on a un cœur d'or, il faut le garder pour soi.

HENRI JEANSON

Cognée

Faut pas jeter la cognée devant la charrue.

MARCEL ACHARD

Coiffeur

Il ouvrit un salon de coiffure où il engagea des garçons sourds-muets... Ainsi les clients étaient-ils autorisés à penser qu'on les tondait et à choisir eux-mêmes leurs favoris dans la cinquième.

W. C. Fields

Colette

On lui annonçait la mort de son premier mari Henri de Jouvenel :

« Il est mort subitement. Du cœur.
— Pas possible ! »

Collège

Il est indispensable d'aller au collège. C'est le seul moyen d'apprendre ce qui n'a aucune importance.

Ed Howe

Colomb (Christophe)

Et si on avait dit à Christophe Colomb : « Chris, fiston, n'y va pas maintenant. Attends que nous en ayons fini avec nos priorités nº 1 : la guerre et la famine, la pauvreté et la criminalité, la pollution et la maladie, la haine et le racisme et la conférence de la reine Isabelle pour la Sécurité internationale, etc.

Ambrose Bierce

L'Américain qui le premier a découvert Colomb a fait une fâcheuse découverte.

Lichtenberg

Ces nègres s'écriant « Christophe Colomb » et qui ajoutent « Nous sommes découverts ».

Jean Cocteau

Colonisation

Le climat de leur pays a beaucoup favorisé la vocation des Britanniques pour la colonisation.

Russel Green

Coma

La fin du moa.

LÉO CAMPION

Comédie

Une comédie qui se termine par un mariage, c'est une autre qui commence — ou bien un drame.

SACHA GUITRY

Quand le rideau se lève, la question est : baiseront-ils ? S'ils baisent, c'est une comédie ; s'ils ne baisent pas, c'est un drame.

MARCEL PAGNOL

Comédien

L'art du comédien consiste à empêcher les gens d'éternuer.

SIR RALPH RICHARDSON

Tout le monde est bon comédien, sauf peut-être quelques acteurs.

SACHA GUITRY

Comestible

Comestible : bon à manger et facile à digérer. Ce qui est le cas du ver pour le crapaud, du crapaud pour le serpent, du serpent pour le porc, du porc pour l'homme et de l'homme pour le ver.

AMBROSE BIERCE

Comité

Un comité est un groupe de gens dont chacun ne peut rien faire individuellement mais qui décide, en groupe, qu'il n'y a rien à faire.

FRED ALLEN

Un comité ne peut réaliser quelque chose que s'il est composé de trois membres seulement dont deux sont absents.

STEWARD HARROL

Commandement

Le premier et le plus sacré des commandements est : Ne les laisse pas t'emmerder !

SCARE DAVIS

Commander

Pour un colonel en retraite qui, avec brio, a commandé un régiment devant l'ennemi, rien n'est plus démoralisant ni plus déprimant que de se voir réduit à commander une choucroute dans une brasserie.

PIERRE DAC

Commerce

S'il faut toujours dire la vérité à la clientèle, il n'y a pas de commerce possible.

MARCEL PAGNOL
(César)

Communauté

Le mariage est une communauté composée d'un maître, d'une maîtresse et de deux esclaves, ce qui fait en tout deux personnes.

AMBROSE BIERCE

Communication

La plus géniale et la plus subtile idée de la publicité, c'est d'avoir réussi, en quelques années, à se hisser dans l'opinion au niveau d'un art. Désormais les journaux bon chic, bonne gauche analysent minutieusement à longueur de colonnes les allégories paraphréniques sous-jacentes dans le message Canigou... On s'entre-décerne des trophées comme à Cannes et on ne dit plus qu'on fait de la publicité. On fait de la communication.

PIERRE DESPROGES

Communiste

Donnez-leur le Sahara ; dans cinq ans, il leur faudra acheter du sable ailleurs.

COLUCHE

Compagnie

Un raseur, c'est quelqu'un qui vous prive de votre solitude sans arriver à être une compagnie.

GIAN VINCENZO LAVINA

Compassion

Il avait des trésors de compassion. Après avoir assisté à une catastrophe minière épouvantable, il fut incapable d'achever une deuxième portion de gaufre.

WOODY ALLEN

Complication

Je rêve de voir ériger dans un square un groupe allégorique symbolisant « la crainte des complications facilitant la tâche de la vertu ».

FRANC NOHAIN

Sauf complications, il va mourir.

JULES RENARD

Compliment

À Yvette Guilbert qui lui disait :
« N'est-ce pas que je suis la femme la plus laide de France ?
— Du monde, Madame, du monde. »

OSCAR WILDE

Quand quelqu'un refuse les compliments qu'on lui adresse une première fois, c'est souvent parce qu'il voudrait bien qu'on les lui renouvelle.

LA ROCHEFOUCAULD

Les femmes ne sont jamais désarmées par les compliments. C'est cela la différence entre les sexes.

OSCAR WILDE

Vous avez du génie, et même du talent, je dirai plus, de la facilité.

Compliment fait à Cocteau par un lecteur inconnu

Avec un compliment, je fais une semaine.

MARK TWAIN

Compliqué

Il n'est de situation si compliquée qu'une absence de décision ne puisse résoudre.

LAO TSEU

Comportement

Supposer (comme nous le supposons tous) que nous pourrions être riches et ne pas nous comporter comme un riche, c'est comme supposer que nous pourrions boire toute la journée et n'être pas saoul.

LOGAN PEARSALL SMITH

Comprendre

Je parle l'anglais bien mieux que je ne le comprends, parce que quand je le parle, c'est moi qui choisis les mots.

JEAN CAZALET

Les femmes préfèrent les hommes qui les prennent sans comprendre à ceux qui les comprennent sans les prendre.

MARCEL PRÉVOST

Les femmes d'aujourd'hui comprennent tout à l'exception de leur mari.

OSCAR WILDE

Compter

Ils furent très heureux et ils eurent tant d'enfants, tant d'enfants, qu'ils renoncèrent bientôt à les compter.

ALPHONSE ALLAIS

Ne compter que sur soi-même, et encore pas beaucoup.

TRISTAN BERNARD

Con

Il y a plus de cons que de femmes.

RAOUL PONCHON

Il ne suffit pas d'être con. Il faut être fier de l'être.

FRANÇOIS CAVANNA

Le mot « con » appartient à la langue française et à elle seule. Aucune langue étrangère ne peut se flatter de posséder un mot tout à fait équivalent au mot « con ». Cette carence grammaticale est d'autant plus surprenante que, nous le savons depuis toujours, tous les étrangers sont des cons.

PIERRE DESPROGES

Ne saurait s'appliquer qu'à quelqu'un avec qui l'on n'est pas d'accord.

SAN-ANTONIO

Le vrai con est presque toujours béni.

GEORGES FILIOUX

« Con » exige un adjectif qui l'accompagne. Le vrai con, le sale con, le petit con, le pauvre con, etc. Sinon, ça ne veut rien dire.

JEAN RIGADE

Il était si con que lorsqu'il disait quelque chose d'intelligent, il se retournait pour voir si ce n'était pas un autre.

WOLINSKI

Plus on est con, plus on a peur de passer pour un con.

FRANÇOIS CAVANNA

Concessions

Faire des concessions ? Oui. C'est un point de vue, mais sur un cimetière.

SACHA GUITRY

Conciliateur

Les conciliateurs sont des gens qui croient que si on continue à jeter des steaks à un tigre, il deviendra végétarien.

HEYWOOD BROWN

Conclusion

Une conclusion, c'est quand vous en avez assez de penser.

MARTIN H. FISHER

Concours

Il est sorti premier d'un concours de circonstances.

PAUL CLAUDEL

Concubinage

Dieu a inventé le concubinage. Satan le mariage.

FRANCIS PICABIA

Concupiscent

C'est pas un mot. C'est un rébus.

FRANCIS BLANCHE

Condamné

Un juge disait naïvement à un de ses amis :
« Nous avons, ce matin, condamné trois hommes à mort. Il y en avait deux qui le méritaient bien. »

CHAMFORT

Condition féminine

Il faut améliorer la condition féminine. Les cuisines sont trop petites, les lavabos sont trop bas. Et la queue des casseroles est mal isolée.

WOLINSKI

Conduire

L'eau conduit l'électricité, mais si tu mets du vin dedans, elle a plus le droit de conduire.

JEAN-MARIE GOURIO
(Brèves de comptoir)

Conduire (se)

La seule manière de se conduire avec une femme est de faire l'amour avec elle, si elle est jolie, et avec une autre si elle ne l'est pas.

OSCAR WILDE

Conférence

Certains hommes parlent pendant leur sommeil. Les conférenciers parlent pendant le sommeil des autres.

ALFRED CAPUS

Quand je fais une conférence, j'accepte volontiers que quelqu'un regarde sa montre, mais je ne tolère pas qu'après l'avoir regardée, il la porte à son oreille pour savoir si elle n'est pas arrêtée.

MARCEL ACHARD

L'Amérique n'a jamais perdu une guerre ni gagné une conférence de paix.

WILL ROGERS

Au cours d'une conférence de presse :
« Je vais répondre à une question qui, au fond de la salle, ne m'a pas été posée. »

DE GAULLE

Confiance

Ne jamais faire confiance à un mari quand il est loin ni à un célibataire quand il est près.

HELEN ROWLAND

Un de nos amis qui n'avait confiance en personne se déguisait pour aller au téléphone.

LÉON-PAUL FARGUE

Vos amis qui vous ont prédit des malheurs en arrivent bien vite à vous les souhaiter, et ils les provoqueraient au besoin pour garder votre confiance.

SACHA GUITRY

Inscription sur la porte d'un bistrot :
« Ici nous faisons confiance à Dieu, mais c'est la seule exception. »

ALEXANDRE BREFFORT

Depuis Adam se laissant enlever une côte jusqu'à Napoléon attendant Grouchy, toutes les grandes affaires qui ont foiré étaient basées sur la confiance.

MICHEL AUDIARD

Confidence

Dure généralement trop longtemps : dans la vie des autres, il y a toujours des longueurs.

FRANCIS DE CROISSET

Confiture

La confiture n'est bonne que s'il faut monter sur une chaise pour attraper le pot dans le placard.

ALEXANDRE VIALATTE

Confraternité

Je ne lis rien de peur de trouver des choses bien.

JULES RENARD

La confraternité, cette haine vigilante.

CARMEN TESSIER

Confrère

Si l'on voulait assembler une riche collection de sourires, cueillerait-on le plus jaune sur les lèvres du confrère qui fait un compliment ou sur celles du confrère qui le reçoit ?

JULES RENARD

C'est un confrère que j'aime beaucoup. Il est simple, pas poseur et modeste. C'est si rare quand on n'a pas de talent.

SOMERSET MAUGHAM

Confusion

À ma grande confusion, je suis né dans un lit avec une femme.

BELLA ABZUG

Congrès

C'est étrange, le Congrès. Un type prend la parole et ne dit rien. Personne ne l'écoute. Et tout le monde vote contre.

BORIS MARSHALOV

Conjugal

Les mots « devoir conjugal » disent bien ce qu'ils veulent dire.

CLAUDE DULONG

Connaissance

Quand quelqu'un de ma connaissance passe, je me retire bien souvent de la fenêtre, non point tant pour lui épargner la peine de me faire une révérence que pour m'éviter à moi la gêne de le voir passer sans me saluer.

LICHTENBERG

Une connaissance est quelqu'un que nous connaissons assez pour lui emprunter de l'argent, mais pas assez pour lui en prêter.

AMBROSE BIERCE

Connaisseur

À condition qu'ils parlent les premiers, je suis toujours de l'avis des connaisseurs.

WILLIAM CONGREVE

Connerie

Les conneries, c'est comme les impôts, on finit toujours par les payer.

MICHEL AUDIARD

Si la connerie se mesurait, il servirait de mètre étalon. Il serait à Sèvres.

MICHEL AUDIARD

Connes

Les hommes adorent les connes. C'est pour ça qu'ils ont tout fait, au cours des siècles, pour qu'elles le restent.

WOLINSKI

Connue

Dialogue :
« Elle gagne à être connue.

— Combien ? »

ANONYME

Conquête

La femme est la plus noble conquête du cheval.

ALFRED JARRY

Conscience

De bons amis, de bons livres et la conscience somnolente, voilà le secret du bonheur.

MARK TWAIN

La conscience est cette voix intérieure qui nous avertit qu'il y a peut-être quelqu'un en train de nous regarder.

HENRY L. MENCKEN

La conscience, comme l'appendice, ne sert à rien, sauf à rendre l'homme malade.

ALEXANDRE VIALATTE

Conseil

C'est toujours un tort de donner des conseils, mais en donner de bons ne vous sera jamais pardonné.

OSCAR WILDE

Si quelqu'un vous donne ce qu'on appelle un bon conseil, faites le contraire. Neuf fois sur dix, vous aurez fait le bon choix.

ANSELM FEUERBACH

« Sois toi-même » est le pire conseil que tu peux donner à certains.

TOM MASSON

On ne donne rien si facilement que les conseils.

LA ROCHEFOUCAULD

Personne n'accepte de conseils mais tout le monde accepte de l'argent, donc l'argent vaut mieux que les conseils.

JONATHAN SWIFT

Si on vous donne un bon conseil, refilez-le vite à un autre.

OSCAR WILDE

Un bon conseil vaut mieux que de le suivre.

AMBROSE BIERCE

Conseil d'administration

Assemblée de gens importants, dont chaque minute vaut une fortune et qui consacrent les trois quarts du temps de leur réunion à fixer la date de la suivante.

JEAN CAZALET

Conservateur

Révolutionnaire parvenu au pouvoir.

AMBROSE BIERCE

Un conservateur est un homme qui reste assis et qui réfléchit ; qui reste assis surtout.

WOODROW WILSON

Un conservateur est un homme qui pense que rien ne peut être fait dans un premier temps.

FRANK VANDERLIP

Conservatoire

Critique d'une élève comédienne au concours de sortie du Conservatoire : « Quant à Mademoiselle X... retenez bien ce nom. Vous n'en entendrez plus jamais parler. »

HENRI JEANSON

Consolation

Elle est d'une intelligence exaspérante, mais d'une laideur bien consolante.

DAPHNÉ DU MAURIER

La plupart de nos déboires seraient supportables sans les consolations de nos amis.

CHARLES COLTON

Consulter

Consulter : demander à quelqu'un d'être de notre avis.

ADRIEN DECOURCELLE

Contraception

Je vais vous raconter une histoire terrible sur la contraception orale. J'ai demandé à cette fille de coucher avec moi. Elle m'a dit « non ».

WOODY ALLEN

Contradiction

Intelligence militaire est une contradiction.

GROUCHO MARX

Contraire

Faire exactement le contraire s'appelle aussi imiter, c'est même expressément imiter le contraire.

LICHTENBERG

Les contraires s'attirent, les extrêmes se couchent.

WILLY

Contrarier

En Angleterre, contrarier le client est le seul vrai plaisir du vendeur.

CHESTER ANTHONY

Contre

Les femmes ? Je suis contre, tout contre.

SACHA GUITRY

Contredire

Pourquoi contredire une femme ? Il n'est pas rare qu'elle change d'avis.

JEAN ANOUILH

Contre-jour

Elle arrive à paraître quarante ans au crépuscule et à contre-jour.

WILLIAM GILBERT

Contrôle (des naissances)

Chaque fois que j'entends parler de contrôle des naissances, je pense que ma mère a eu huit enfants et que je suis le huitième.

CLARENCE DARROW

Conversation

L'art de ne rien dire en parlant beaucoup.

CHESTER ANTHONY

Dans la conversation, gardez-vous bien d'avoir le dernier mot, le premier.

SACHA GUITRY

Si l'on songe à la stupidité des gens dans leurs agissements et à l'agrément de leur conversation, on se dit que le monde irait peut-être mieux s'ils parlaient davantage et s'ils agissaient moins.

SOMERSET MAUGHAM

Si les autres se mettent à parler, la conversation devient impossible.

JAMES MC NEIL WHISTLER

L'embêtant avec elle, c'est qu'elle est incapable de conversation, mais pas de parler.

GEORGE BERNARD SHAW

Le véritable art de la conversation n'est pas de dire ce qu'il faut quand il faut, mais de ne pas dire ce qu'il ne faut pas quand on en a tellement envie.

DOROTHY NEVILL

Être doué pour la conversation, c'est être capable de dire quelque chose qui déplaît et tout de même de continuer à parler.

DWIGHT MAC DONALD

Converti

Quand il est converti, un cannibale, le vendredi, ne mange que des pêcheurs.

EMILY LOTNEY

Convertir

J'aime ces peuples jaunes et noirs qui n'ont jamais eu l'indécence, ni l'indiscrétion de nous envoyer des religieux nègres ou chinois pour nous convertir à leurs dieux.

MAURICE SACHS

Coquet (James de)

Lors d'un dîner à l'ambassade de France à New Delhi où le menu était des plus menus, l'ambassadeur lui ayant expliqué que dans un pays où sévissait encore la famine, il fallait savoir se priver.

« Je vois, *dit-il*, en somme le couvert de Gandhi est toujours mis chez vous. »

Cor (de chasse)

Il avait un souffle si puissant qu'il déroulait les cors de chasse.

ROBERT DESNOS

Corbillard

Le ciel ! Quel dommage qu'on ne puisse y aller qu'en corbillard.

STANISLAS J. LEE

Corne

Bien des hommes acceptent d'être cocus s'il doit leur pousser des cornes d'abondance.

GILBERT CESBRON

Les cornes, c'est comme les dents. Ça fait mal quand ça pousse. Après, on mange avec.

RODIN

Corps

Son corps est comme un défi d'en trouver un plus beau. Cela donne envie de chercher.

SACHA GUITRY

Ton corps est tatoué.

ALEXANDRE BREFFORT

Tout corps plongé dans un liquide éprouve une bonne satisfaction.

MAURICE FOMBEURE

Corps électoral

Les femmes chez nous représentent la moitié du corps électoral. Vu comme ça, le corps électoral, ça m'excite.

GUY BEDOS

Corse

La Corse exporte des fonctionnaires et importe des retraités.

Me MORO-GIAFFERI

La Corse, c'est le pays où, quand on avance, le travail recule.

TINO ROSSI

La Corse : l'« homo, ça pionce ».

PHILIPPE BOUVARD

Costume

L'Académie ? Non. Le costume est trop cher. J'attendrai qu'il en meure un de ma taille.

TRISTAN BERNARD

Côte

Il est idiot de monter une côte à bicyclette quand il suffit de se retourner pour la descendre.

PIERRE DAC

Côté

Il faut mettre de l'argent de côté pour en avoir devant soi.

TRISTAN BERNARD

Dialogue :
« Faut toujours voir le bon côté des choses.
— D'accord. Retournez-vous. »

BORIS VIAN

Côtelette

Il n'est pas nécessaire pour l'écrivain de dévorer un mouton entier pour être capable d'en dire le goût. Il lui suffit de manger une côtelette.

SOMERSET MAUGHAM

Coucou

Le printemps venu, la femelle du coucou, au lieu de construire un nid, s'en va déposer ses œufs dans les pendules.

FRANÇOIS CAVANNA

Pendulette champêtre qu'on peut — à l'occasion d'un voyage en Suisse — rapporter comme cadeau-souvenir à des amis qui ouvrent le paquet, s'extasient, puis après votre départ montent le tout au grenier d'où ça ne redescendra plus.

GEORGE MIKES

Couillon

Amis, vous noterez que par le monde il y a beaucoup plus de couillons que d'hommes et de ce, vous souvienne.

RABELAIS

Pour que, dans le cerveau d'un couillon, la pensée fasse un tour il faut qu'il lui arrive beaucoup de choses et de bien cruelles.

LOUIS-FERDINAND CÉLINE

Coup de tête

Il y a des coups de tête qui partent de plus bas.

JEAN-GABRIEL DOMERGUE

Coupable

Rien ne ressemble plus à un innocent qu'un coupable qui ne risque rien.

TRISTAN BERNARD

Coupé

Coupé par le mauvais bout (un castrat).

LICHTENBERG

Coupure

Il y a des gens qui se mettent au lit pour une coupure de presse.

JACQUES PRÉVERT

Courage

Le courage, c'est de traverser tout nu un village de cannibales.

LOUIS LÉONARD LEVINSON

Le courage, c'est l'art d'avoir peur sans que cela paraisse.

PIERRE VÉRON

N'écoutant que son courage qui ne lui disait rien, il se garda d'intervenir.

JULES RENARD

Courageux

Si Dieu nous voulait courageux, pourquoi nous a-t-il donné des jambes ?

MARVIN KITMAN

Courir

Courir après les femmes n'a jamais fait de mal à personne. C'est les rattraper qui est dangereux.

GEORGE BERNARD SHAW

Pourquoi courir — quand elles marchent ?

SACHA GUITRY

Courroux

Courroux : colère noble ne convenant qu'à des gens de la taille d'Assurbanipal ou de Nabuchodonosor.

PIERRE DANINOS

Courses

L'institution des courses ne repose que sur une divergence de point de vue.

MARK TWAIN

Le seul homme qui gagne de l'argent en suivant les courses est celui qui les suit avec une pelle et un balai.

ELBERT HUBBARD

Je connais les propriétaires des écuries de courses, les meilleurs entraîneurs, je suis le confident des jockeys, j'ai les meilleurs tuyaux de Paris, mais comme je n'ai pas de veine, je joue le contraire de ce que me rapportent mes informateurs. Eh bien, voyez-vous, je perds quand même.

JEAN TISSIER

Les chevaux et les jockeys sont adultes très tôt. C'est la raison pour laquelle les chevaux commencent à courir à deux ans et les jockeys avant même d'avoir à se raser.

DICK BEDDOES

Courteline (Georges)

Il se retrouvait chaque soir avec des amis, Richepin, Auriol, Lajeunesse, et quelques autres dans un grand café des Boulevards. Et bien entendu chaque fois que l'un d'eux quittait l'assemblée pour rentrer chez lui, ceux qui restaient parlaient de lui sans le ménager. Un soir qu'ils ne restaient plus que deux, Courteline et Lajeunesse, celui-ci, s'en allant, lui dit :

« Je ne suis pas mécontent de vous laisser seul. Au moins vous ne pourrez pas dire du mal de moi. »

Lajeunesse s'éloigne. Courteline alors appelle le garçon et lui dit :

« Vous voyez, ce monsieur qui s'en va, là-bas, c'est un con. »

Courtisan

À la fin du règne de Louis XIV, après les défaites de Turin, d'Audenarde, de Malplaquet, de Ramillies, d'Hochstedt, un courtisan disait : « Au moins le Roi se porte bien ; c'est le principal. »

CHAMFORT

Les courtisans sont des pauvres, enrichis par la mendicité.

CHAMFORT

Parole de courtisan : ne se fâche pas avec moi qui veut.

CHAMFORT

Il est utile à un courtisan d'être un homme plat. Il est désastreux pour une courtisane d'être une femme plate.

VICTOR HUGO

Cousteau

Cousteau est devenu célèbre en faisant des ronds dans l'eau qu'il a versés sur son compte en banque.

JOSÉ ARTUR

Couvent

Lieu de retraite destiné aux femmes qui souhaitent avoir des loisirs pour méditer sur le vice d'oisiveté.

AMBROSE BIERCE

Crampes

On n'attrape pas des crampes avec du vinaigre.

JEAN-MARIE GOURIO
(Brèves de comptoir)

Cravate

De toute éternité, Dieu a tout choisi pour nous, même nos cravates.

CIORAN

Une femme peut courir des heures pour chercher un cadeau pour un homme. Ça finit toujours par une cravate.

EARL WILSON

Créanciers

Les seuls qui se rapprochent de vous dans le malheur sont les créanciers.

ORSON WELLES

Je n'ai jamais refusé d'argent à personne sauf à mes créanciers.

ALEXANDRE DUMAS FILS

Création

La création fut le premier acte de sabotage.

CIORAN

Mais que foutait Dieu, avant la création ?

SAMUEL BECKETT

Crétin

Passer pour un crétin aux yeux d'un imbécile est un délice de gourmet.

GEORGES COURTELINE

Crever

Crever gros ? Crever maigre ? La différence est pour les porteurs.

FRANCIS BLANCHE

Cricket

Beaucoup de personnes du Continent pensent que la vie est un jeu. Pour les Anglais, seul le cricket est un jeu.

GEORGE MIKES

Les Anglais ont offert le cricket au reste de l'humanité qui n'en a pas voulu.

GEORGE MIKES

Criminalité

La courbe de la criminalité a beaucoup décru depuis la Genèse. Songez qu'à l'époque d'Abel et de Caïn, il y avait cinquante pour cent d'assassins.

DUCOURET-NÈGRE

Criminel

Si l'Angleterre traite ses criminels aussi mal qu'elle m'a traité, elle ne mérite pas d'en avoir.

OSCAR WILDE

Critique

Ces gens qui vous demandent des critiques veulent seulement des éloges.

SOMERSET MAUGHAM

Un critique, c'est un cul-de-jatte qui veut vous apprendre à marcher.

CHANNING POLLOCK

Pour échapper à la critique. Ne rien faire. Ne rien dire. N'être rien.

ELBERT HUBBARD

Ne fais pas attention à ce que dit la critique : on n'a jamais élevé une statue à un critique.

JOHN SIBELIUS

Pour faire leurs mauvais coups, les critiques dramatiques ne sortent qu'après la tombée de la nuit.

JEROME K. JEROME

M. de Balzac a l'air d'être occupé à finir comme il a commencé par cent volumes que personne ne lira.

SAINTE-BEUVE

La critique : elle s'enrichit à nos dépens et se nourrit de petits fours.

SACHA GUITRY

Parole de critique : une première impression est toujours la bonne, surtout quand elle est mauvaise.

HENRI JEANSON

J'ai eu la critique la plus courte qu'on ait jamais publiée sur une pièce. Elle disait : « Hier soir au Théâtre on a joué "Domino". Pourquoi ? »

MARCEL ACHARD

Aucun auteur ne songe à mettre en doute l'auteur d'une critique favorable.

JEAN-JACQUES GAUTIER

La nouvelle critique : un sujet, un verbe, un compliment.

ANONYME

Critique (dramatique)

Hélas, on n'est pas sûr, quand la critique est mauvaise, que le spectacle soit bon.

COLUCHE

Crocodile

Ce n'est pas au crocodile de crier : « Attention au crocodile. »

HENRI MICHAUX

Ne traite pas le crocodile de sale gueule avant d'être complètement sorti du marigot.

ALEXANDRE VIALATTE

Un conciliateur c'est quelqu'un qui nourrit un crocodile en espérant qu'il sera le dernier à être mangé.

WINSTON CHURCHILL

Ce n'est pas parce qu'on a trempé un million de fois un bâton dans un marigot qu'il devient un crocodile.

KOFFI YANGNAMÉ

Croire

Je ne crois à rien, mais j'y crois fermement.

HENRI JEANSON

Croire (en Dieu)

Dans la vie réelle, Keaton croit que Dieu existe. Mais elle croit aussi que si la radio marche, c'est qu'il y a de tout petits nains dans le poste.

WOODY ALLEN

Dialogue :
Baudelaire : « Je ne crois pas en Dieu. »
Veuillot : « Il en sera contrarié. »

LOUIS VEUILLOT

Croître

Le commandement « Croissez et multipliez » a été promulgué, avec l'accord des autorités, au temps où la population du globe était composée seulement de deux personnes.

DEAN WILLIAM R. INGE

Croupe

Il y a loin de la croupe aux lèvres.

BORIS VIAN

Cruche

M... disait d'un sot sur lequel il n'y avait pas de prise : « C'est une cruche sans anse. »

CHAMFORT

Cuir

Le lundi de Pâques et le lundi de Pentecôte sont des jours fait-rien.

PELOSI

Cuisine

La cuisine anglaise, si c'est chaud c'est de la soupe, si c'est froid c'est de la bière.

Rapporté par CLAUDE GAGNIÈRE

Devant la cuisine anglaise, il n'y a qu'un mot : soit !

PAUL CLAUDEL

Cuisinier (chinois)

D'un pilon de poulet, il fait un plat pour quatre.

ROBERT RAYON

Cuisinière

La cuisinière faisait de la bonne cuisine comme le font les bonnes cuisinières et comme le font les bonnes cuisinières, elle partit.

HECTOR SAKI

Entre une mauvaise cuisinière et une empoisonneuse, il n'y a qu'une différence d'intention.

PIERRE DESPROGES

Cuisse

Point d'argent — point de cuisse.

PAUL BOURGET

Cul

Cette fille a un si beau cul qu'il mériterait d'être devant.

CÉSAR

Le cul est la chose du monde la mieux partagée.

ANTOINE BLONDIN

Faites des grimaces dans mon dos tant que vous voulez, mon cul vous contemple.

GUSTAVE FLAUBERT

Chaque femme devrait savoir qu'elle s'assied sur une fortune.

FRED ALLEN

Il n'est beau cul que de Paris.

CÉSAR

Cul-de-jatte

« Donnez-moi un aller simple pour Lourdes, dit le cul-de-jatte, je reviendrai à pied. »

FRANÇOIS CAVANNA

Consolation du cul-de-jatte : « Je ne partirai pas les pieds devant. »

ROBERT LASSUS

Culinaire

De tous les arts, l'art culinaire est celui qui nourrit le mieux son homme.

PIERRE DAC

Culotte

Qui n'a pas de fond de culotte doit faire face.

FRANÇOIS CAVANNA

Culture

Il avait juste assez de culture pour faire des citations fausses.

LORD BYRON

La culture, c'est comme la confiture, moins on en a, plus on l'étend.

MURS DE LA SORBONNE 68

Curé

Qui ça intéresse-t-il de se marier de nos jours, à part quelques curés ?

LOUISE DE VILMORIN

Il n'y a pas de curé sans Dieu.

JACQUES STERNBERG

Cygne

Les cygnes chantent avant de mourir. Je connais des gens qui feraient mieux de mourir avant de chanter.

COLERIDGE

Cynique

Le cynique, c'est celui qui, lorsqu'il sent des fleurs, cherche le cercueil.

HENRY L. MENCKEN

Le cynique est quelqu'un qui cherche un honnête homme avec une lanterne volée.

EDGAR A. SHOAFF

Le cynique est un homme qui connaît le prix de tout et la valeur de rien.

OSCAR WILDE

Cynisme

Je possède ce don d'observation appelé vulgairement cynisme par ceux qui en sont dépourvus.

GEORGE BERNARD SHAW

Le cynisme, c'est une façon déplaisante de dire la vérité.

LILIAN HELMAN

Cythère

Elle croyait embarquer pour Cythère. Il la menait en bateau.

YVAN AUDOUARD

Dali

Génie, mais connu.

ROLAND BACRI

Daltonien

Pour les daltoniens, le homard est rouge quand il est cru et devient vert quand il est cuit.

PIERRE DAC

Danger

Le comble du bonheur, c'est d'échapper seul à un danger commun.

ROBERT BEAUVAIS

Danse

En Angleterre on danse beaucoup parce que c'est l'unique moyen de passer une soirée agréable sans avoir à prononcer plus de dix mots.

GEORGE MIKES

Dante (Alighieri)

Victime d'un accident d'auto, un éminent professeur spécialiste de la littérature italienne veut absolument avant de mourir confier à un prêtre le secret qu'il ne veut pas emporter dans sa tombe. Au religieux accouru, il avoue :

« Dante m'a toujours emmerdé. »

JACQUES AUDIBERTI

Darwin (Charles)

Les mots historiques apocryphes :
« Tout le monde descend » — Darwin

ALEXANDRE BREFFORT

De Gaulle

Chez de Gaulle, il n'y a pas de Charles.

ANDRÉ MALRAUX

Nous le surnommons Jeanne d'Arc. Et nous cherchons des évêques pour le brûler.

WINSTON CHURCHILL
(en 1942)

De Gaulle (Charles)

À Londres en 1942 une dame lui demande :
« Et comment va notre pauvre France, mon Général ?
— Soyez tranquille, Madame. Elle nous enterrera tous. »

À l'Élysée un député de son parti lui dit :
« Ma femme est gaulliste, mon Général.
— La mienne aussi. »

Un visiteur le dépassait en taille de quelques centimètres :
« Mon Général, *lui dit-il*, je suis plus grand que vous.
— Vous n'êtes pas plus grand. Vous êtes plus long. »

Deauville

À Deauville, quand on voit Le Havre, c'est qu'il va pleuvoir. Quand on ne le voit pas, c'est qu'il pleut déjà.

DUC DE MORNY

J'aime Deauville parce que c'est loin de la mer et près de Paris.

TRISTAN BERNARD

Décalogue

« L'œuvre de chair ne désireras... » dit le Décalogue et par là nous engage à prendre pour maîtresses des femmes mariées.

PAUL-JEAN TOULET

Décembre

Une chose facile à avoir en décembre, c'est du sang-froid.

ALPHONSE ALLAIS

Déception

Les hommes se marient parce qu'ils sont fatigués. Les femmes parce qu'elles sont curieuses. Les uns et les autres sont déçus.

OSCAR WILDE

Décision

Rien n'est plus agréable que de prendre une décision héroïque et, pour des raisons indépendantes de notre volonté, de ne pas pouvoir la mettre à exécution.

WILLIAM JAMES

Une fois que ma décision est prise, je balance longuement.

JULES RENARD

Mesdames, il nous est difficile de revenir aussi vite que vous sur les décisions que vous prenez.

SACHA GUITRY

Déesse

Vénus, belle et accueillante, était la déesse de l'amour. Junon, terrible mégère, celle du mariage. Elles ont toujours été ennemies jurées.

JONATHAN SWIFT

Défaite

Il y a beaucoup d'hommes, quoi qu'on dise, qui ne se vantent pas de leurs victoires, mais toutes les femmes racontent leurs défaites.

TRISTAN BERNARD

Défaut

Il y a des gens, avec de grandes vertus, qui sont insupportables. Et d'autres, avec de grands défauts, qui sont délicieux.

LA ROCHEFOUCAULD

Le soir, quand je pense à mes défauts, je m'endors tout de suite.

OSCAR WILDE

Défendre (se)

Très attaqué, Dieu se défend par le mépris. Il ne répond pas.

JULES RENARD

Les femmes qui savent se défendre sont celles qui ont été beaucoup attaquées.

TRISTAN BERNARD

Défilé

À mon avis dans la guerre, il y a une chose attractive, c'est le défilé de la victoire. L'emmerdant c'est avant.

MICHEL AUDIARD

Définir

Définir, c'est entourer d'un mur des mots sur un terrain vague.

SAMUEL BUTLER

Définition

Un con, ça ne se définit pas. On ne peut donner que des exemples.

JEAN RIGADE

Degas (Edgar)

Un de ses tableaux venait de se vendre 100 000 dollars et on lui demandait quel effet cela lui faisait : « Je ressens ce que ressent le cheval quand on donne la coupe à son jockey. »

Dégoût

On court le risque du dégoût quand on voit comment se préparent l'administration, la justice et la cuisine.

CHAMFORT

Déguisement

Une tête d'anguille sous roche, du baume dans le cœur, l'eau à la bouche, un chat dans la gorge, les yeux plus gros que le ventre, des fourmis dans les jambes et la moutarde qui vous monte au nez. C'est un déguisement qui peut rendre service, mais on n'y pense jamais.

LÉON-PAUL FARGUE

Délicatesse

La délicatesse est une façon de parler et l'amour une façon de le faire.

MICHEL AUDIARD

Déluge

Il n'y a que l'inutilité du premier déluge qui empêche Dieu d'en envoyer un second.

CHAMFORT

Déluge : remarquable expérience du baptême qui lava le monde du péché et des pécheurs.

AMBROSE BIERCE

Demain

Ne jamais remettre à demain ce qu'on peut faire après-demain.

OSCAR WILDE

Demander

La plupart des femmes qu'on n'a pas eues, c'est parce qu'on ne les a pas demandées.

MARCEL PAGNOL

Déménageur

Deux déménageurs portent au sixième étage un piano très lourd. Quand ils le posent par terre sur un palier, l'un d'eux dit :

« Personnellement, je préfère la flûte. »

HENRI MONDOR

Demi-mondaine

On entend sans doute par demi-mondaine une femme qui se donne à un homme sur deux.

SACHA GUITRY

Démocratie

La démocratie, c'est le pouvoir pour les poux de manger les lions.

CLEMENCEAU

La démocratie, c'est le nom que nous donnons au peuple chaque fois que nous avons besoin de lui.

ROBERT DE FLERS

La démocratie : vous dites ce que vous voulez et vous faites ce qu'on vous dit de faire.

BARRY

Les démocraties, c'est comme les jeunes filles. C'est très joli mais leur sort, c'est de se faire baiser un jour ou l'autre.

WOLINSKI

Démon

Le démon de midi arrive souvent à quatorze heures.

PIERRE DAC

Dent

Je perds mes dents. Je meurs en détail.

VOLTAIRE

Il a une dent gâtée contre moi.

JULES RENARD

Pour celui qui a mal aux dents, même si c'est la fin du monde, il n'y a rien de plus important qu'un rendez-vous chez le dentiste.

GEORGE BERNARD SHAW

Elle a des dents qui valent leur pesant d'or. Exactement.

JULES RENARD

Dentifrice

Il est plus facile de faire sortir le dentifrice du tube que de l'y faire rentrer.

PIERRE DAC

Dentiste

Prestidigitateur qui, tout en vous mettant des morceaux de métal dans la bouche, tire de votre poche des pièces de monnaie.

AMBROSE BIERCE

Dépenser

Il n'y a qu'une seule chose à faire pour un homme dont la femme adore dépenser de l'argent, c'est d'adorer en gagner.

ED HOWE

Déplié

Quelle serait la superficie de la Suisse si elle se trouvait dépliée sur une plaine ?

FRANZ KAFKA

Dépopulation

La cause de la dépopulation ? La présence d'esprit.

PAUL VALÉRY

Dépucelage

Le premier pas qui saute.

GEORGES ELGOZY

Dernière

À la mélancolie d'une dernière représentation s'ajoute la tristesse que l'on ne pourra pas, demain, être meilleur.

LUCIEN GUITRY

Derrière

Toutes les histoires d'amour, compliquées, obscures, sont toujours des histoires de gens qui se sont montré leur derrière alors qu'ils n'en avaient pas le droit.

GEORGES COURTELINE

Désarmer

Le verbe « désarmer » ne se conjugue qu'au futur et au conditionnel.

HENRI JEANSON

Désert

Le difficile, dans le désert, c'est de trouver la sortie.

PHILIPPE ALEXANDRE

Désinfecter

Ne pouvant supprimer l'amour, l'Église a voulu au moins le désinfecter et elle a fait le mariage.

CHARLES BAUDELAIRE

Désir

Tout ce que je désire vraiment, c'est immoral, illégal ou alors ça fait grossir.

ALEXANDER WOOLCOTT

Aussitôt qu'une femme vous refuse ce que vous désirez, l'amour naît.

PAUL GÉRALDY

Dessus

J'ai toujours le dessus quand je discute seul.

OLIVER GOLDSMITH

Détective

Quand une femme engage un détective privé pour suivre son mari, c'est d'abord pour savoir ce que les autres femmes peuvent bien lui trouver.

LEO J. BURKE

Détester

Je ne le déteste pas à moitié autant que je le devrais.

THOMAS CARLYLE

Je te déteste beaucoup trop, ce n'est pas normal : je dois t'aimer encore.

SACHA GUITRY

Voilà un homme que je connais à peine et qui cependant me déteste comme si nous étions parents.

SACHA GUITRY

Un homme qui déteste les chiens et qui aime le whisky ne peut pas être tout à fait mauvais.

W. C. FIELDS

Dette

On ne meurt pas de dettes. On meurt de ne plus pouvoir en faire.

LOUIS-FERDINAND CÉLINE

Avoir des dettes, c'est le seul moyen de rester dans la mémoire des classes commerçantes.

JEAN CARMET

Les dettes, c'est un état d'esprit.

ALFRED CAPUS

Deuil

Elle disait : « Quoi ? Qu'y a-t-il ? Vous voulez coucher avec moi ? Faites. Depuis que j'ai vu mourir mon frère, je ne refuse rien à personne. »

JULES RENARD

C'est pousser le deuil très loin pour une veuve que de ne plus vouloir coucher qu'avec des Noirs.

P. J. O'ROURKE

Deux

Deux, une fois de trop.

AMBROSE BIERCE

Je n'ai jamais compris comment on peut écrire un livre à deux. C'est comme si on se mettait à trois pour faire un enfant.

EVELYN WAUGH

Un père à son fils :
« Si tu veux jouer au plus con avec moi, nous serons deux. Et tu ne gagneras pas. »

FERNAND RAYNAUD

Dévisager

Julien dévisagea sa sœur, puis il la dépoitrina, puis il la déjamba.

RAYMOND QUENEAU

Devoir

Le devoir, c'est ce que l'on exige des autres.

ALEXANDRE DUMAS FILS

Mon devoir est une chose que je ne fais jamais, par principe.

OSCAR WILDE

Avoir (et conserver) une dette. Beaucoup de débiteurs manifestent une tendance marquée à confondre avoir et devoir.

AMBROSE BIERCE

Dévot

Un dévot est celui qui sous un roi athée serait athée.

LA BRUYÈRE

Diable

Dieu et le diable représentent un effort louable de spécialisation dans la division du travail.

SAMUEL BUTLER

Le diable est facile à reconnaître. Il apparaît quand vous êtes très fatigué et ce qu'il vous demande est si raisonnable qu'on ne voit pas comment on pourrait le lui refuser.

LA GUARDIA

Faisons nos excuses au diable ; c'est Dieu qui a écrit tous les livres. Nous ne connaissons qu'un aspect de la question.

SAMUEL BUTLER

Diagnostic

Pronostic d'une maladie établi par le médecin d'après le pouls et la bourse du patient.

AMBROSE BIERCE

Diamant

Rien de plus pur que les rivières de diamants, rien de plus trouble que leur source.

HERVÉ BAZIN

Si une femme veut une tiare de diamants, elle vous expliquera que ça lui fera économiser un chapeau.

JEROME K. JEROME

Dictature

Dictature : un régime où l'opinion publique ne peut s'exprimer qu'en privé.

WALTER WINCHELL

La dictature, c'est « Ferme ta gueule ». La démocratie, c'est « Cause toujours ».

LOUP

Dictionnaire

Un chef-d'œuvre de la littérature n'est jamais qu'un dictionnaire en désordre.

JEAN COCTEAU

Un dictionnaire est comme une montre ; il vaut mieux en avoir un mauvais que pas du tout, mais le meilleur n'est jamais tout à fait exact.

GEORGE BERNARD SHAW

Dieu

Ce qui excuse Dieu, c'est qu'il n'existe pas.

STENDHAL

Ce que Dieu, qui voit tout, doit s'amuser !

JULES RENARD

Mais je suis très bien avec Dieu. Et pourquoi, s'il vous plaît, ne serais-je pas bien avec lui ? Il ne vient jamais me voir et il ne m'écrit pas.

ROBERT DE FLERS

Avant de prendre congé de ses hôtes, Dieu reconnut et de la meilleure grâce du monde qu'il n'existait pas.

ALPHONSE ALLAIS

Distique :
C'est en sept jours, recta, qu'il a créé ce monde.
Alors que pour cette œuvre, il avait tout son temps.

TRISTAN BERNARD

Où est allé Dieu ? Aux cabinets !

FRANCIS PICABIA

C'est curieux comme les dieux s'abstiennent de parler d'eux-mêmes dans les cas difficiles.

JEAN GIRAUDOUX

Le non-être qui a réussi le mieux à faire parler de lui.

RAYMOND QUENEAU

Dieu gagnerait à être connu.

THIERRY MAULNIER

La sonnette frénétique, au moment de l'élévation. Dieu entre en gare.

CARLO RIM

Devant une statue de Saint-Sulpice :
« Et si Dieu était idiot. »

FRANÇOIS MAURIAC

Dieu existe. Il m'a vu. Il n'en est pas encore revenu.

MAURICE ROCHE

Dieu ? Il est pas là en ce moment.

COLUCHE

Même le jour de ma mort, je croirais pas en Dieu. J'attendrai le lendemain.

JEAN-MARIE GOURIO
(Brèves de comptoir)

Un bon sujet pour un poète : ce que Dieu a dû s'embêter après le soixante-dixième jour de la Création !

NIETZSCHE

Ayant créé le ciel et la terre, les étoiles, les plantes et les bêtes, l'homme et la femme, Dieu referma la porte en disant : « Et maintenant, je n'y suis pour personne. »

THIERRY MAULNIER

Dialogue :
Anna de Noailles à l'abbé Munier : « Ah, Monsieur l'Abbé. Dieu vous parle à vous. À moi, il ne me dit rien.

L'abbé Munier. — C'est parce que vous ne lui laissez pas placer un mot. »

Rapporté par JEAN NOHAIN

Différent

Il faut toujours dire à une femme qu'elle est différente des autres. Elle le croit et elle est si contente que vous pouvez ensuite faire avec elle comme avec les autres.

WHYNDHAM LEWIS

Dignité

La première composante de la personnalité humaine soluble dans l'alcool, c'est la dignité.

HEYWOOD BROAN

Dimanche

J'ai passé un an dans cette ville un dimanche.

WARWICK DEEPING

Dîner

Après un bon dîner on n'en veut plus à personne, même pas à sa propre famille.

OSCAR WILDE

Diogène

Un des premiers snobs de la société. A réussi à faire parler plus de lui avec son tonneau que d'autres avec mille palais. Une enquête de police a prouvé qu'il possédait des résidences secondaires très confortables.

PIERRE DANINOS

Diplomate

Les diplomates sont là pour commencer les guerres comme les soldats pour les finir.

WILL ROGERS

Le diplomate et le prestidigitateur portent un chapeau haut-de-forme. Tous les trucs de l'un et de l'autre sont dans le chapeau et sont connus de tous les autres diplomates et de tous les autres prestidigitateurs.

WILL ROGERS

Un vrai diplomate est celui qui peut ouvrir la gorge de son voisin sans que celui-ci s'en rende compte.

TRYGUELIE

Les diplomates trahissent tout excepté leurs émotions.

VICTOR HUGO

Un diplomate est un homme qui se rappelle l'anniversaire d'une femme et qui oublie son âge.

SOMERSET MAUGHAM

Les diplomates, ça ne se fâche pas, ça prend des notes.

SACHA GUITRY

Diplomatie

Ne rien dire, surtout en parlant, c'est la moitié de cet art qu'on appelle la diplomatie.

WILL ET ARIEL DURANT

La diplomatie, c'est l'art de dire « Oh, le joli chien » tout en cherchant des yeux un bâton.

WYNN CATLIN

Quelquefois, dans le monde de la diplomatie, il est très important d'avoir un prétexte pour revenir après avoir dit « Adieu ».

PETER USTINOV

Discours

Quand j'avais qualité pour faire un discours au Guild Hall, il venait de sauter. Et avant qu'il ne fût réparé, c'est moi qui avais sauté.

WINSTON CHURCHILL

Un discours à la fin d'un repas doit être comme la robe d'une jolie femme. Assez long pour couvrir l'essentiel. Assez court pour rester intéressant.

RALPH WALDO EMERSON

Discrétion

Donner avec ostentation, ce n'est pas très joli, mais ne rien donner avec discrétion, ça ne vaut guère mieux.

PIERRE DAC

Discussion

Dans une discussion, vous avez toujours de votre côté des gens dont vous auriez préféré qu'ils soient de l'autre.

JASCHA HEIFETZ

Je déteste les discussions, elles vous font parfois changer d'avis.

OSCAR WILDE

Disposition

Il ne sait rien et il croit qu'il sait tout : excellentes dispositions pour une carrière politique.

GEORGE BERNARD SHAW

Distance

Distances : les seules choses que les riches veulent bien que les pauvres gardent.

AMBROSE BIERCE

Si un homme me tient à distance, ma consolation est qu'il s'y tient aussi.

JONATHAN SWIFT

Distante

Il aime les femmes distantes, mais de près.

JEAN GIRAUDOUX

Distique

Très bien, votre distique, à part les longueurs.

CHAMFORT

Distraction

Le comble de la distraction : avoir perdu ses lunettes et les mettre pour les chercher.

ALPHONSE ALLAIS

Cet Américain était si distrait qu'un soir, au moment de se coucher, il étendit son complet dans son lit et s'accrocha lui-même au dossier d'une chaise où il resta toute la nuit.

MARK TWAIN

On sourit aux distractions des mathématiciens. On frémit en songeant à celles que pourrait avoir un chirurgien.

SACHA GUITRY

Distraire

L'art de la médecine consiste à distraire le malade pendant que la nature le guérit.

VOLTAIRE

Dit

En vérité, c'est aussi bien dit que si je l'avais dit moi-même.

JONATHAN SWIFT

Dialogue :
« Tout est dit.
— Oui, mais on le dit trop. »

JULES RENARD

Divan

Un psychanalyste, c'est un type qui s'est acheté un divan et qui vous fait payer pour vous y coucher.

EDWIN BROCK

Diviser

La France est divisée en quarante millions de Français.

PIERRE DANINOS

Divorce

Il n'y a de raisonnables que les divorces : on se connaît.

SACHA GUITRY

Le motif de mon action en divorce ? Je suis mariée, cela devrait suffire.

ZSA-ZSA GABOR

Divorcer, c'est comme être renversé par un camion. Si on en réchappe, on regarde bien à gauche et à droite avant de s'engager de nouveau.

JEAN KERR

Nous avons hésité un moment entre un divorce ou des vacances. Nous avons pensé que des vacances aux Bermudes, c'est fini en deux semaines alors qu'un divorce, ça dure toute la vie.

WOODY ALLEN

Je crois aux divorces de raison.

SACHA GUITRY

Dix-neuvième siècle
Laissez-moi tranquille avec votre dix-neuvième siècle. N'importe quel autre siècle en aurait fait autant à sa place.

ALPHONSE ALLAIS

Do
If you can do, do. If you cannot do, teach. If you cannot teach, teach the teachers.

ABE BURROW

Docteur
Dialogue :

« Comment ça va ?

— Précisément, Docteur, je vous ai fait venir pour que vous me le disiez. »

SACHA GUITRY

Quand on va vraiment mal, se passer de docteur est parfois un remède insuffisant.

GEORGE COLMAN

Domestique
Ils étaient de ceux qui veulent toujours faire mieux qu'on ne leur demande. C'est une qualité abominable chez un domestique.

LICHTENBERG

Les travaillistes traitent leurs domestiques avec respect et ils s'étonnent, après, qu'ils votent conservateurs.

TOM STOPPARD

Domicile
Sans domicile, un homme est un vagabond. Avec deux domiciles, c'est un libertin.

ALFRED CAPUS

Dompteur

Le dompteur dans sa cage est à l'abri des hommes.

GEORGE BERNARD SHAW

Don

Elle s'est donnée à moi et c'est elle qui m'a eu.

SACHA GUITRY

Nous nous imaginons bien à tort qu'en donnant à une femme tout ce que nous avons, nous lui donnons tout ce qu'elle désire.

SACHA GUITRY

Donne-t-il un peu d'argent — il aurait pu en donner plus ! En donne-t-il beaucoup — hein, faut-il qu'il en ait !

SACHA GUITRY

Don Juan

Don Juan : le fort en « Je t'aime ».

ALBERT WILLEMETZ

Donner

Donner aux uns, ça veut toujours dire prendre aux autres.

WOLINSKI

« J'ai déjà donné... » Parole de traître.

ROBERT SABATIER

Si la façon de donner vaut mieux que ce qu'on donne, la façon de ne pas donner ne vaut rien.

PIERRE DAC

On ne m'a jamais rien donné, même pas mon âge.

CHARLES AZNAVOUR

Il vaut mieux prêter à sourire que donner à réfléchir.

LES NULS

Dormir

Il dormait à poings fermés pour cause de décès.

JULES RENARD

Le spectacle de quelqu'un en train de dormir dans son lit quand je suis debout m'exaspère.

JEROME K. JEROME

Comme je n'ai pas le temps de dormir, j'ai engagé un dormeur. Mais il n'est pas consciencieux. L'autre jour, je l'ai surpris en train de lire.

FRANCIS BLANCHE

Dos

Partie du corps de votre ami que vous avez le privilège de contempler dans l'adversité.

AMBROSE BIERCE

Dot

Commandement :

Le bien d'autrui, tu ne prendras.
Qu'en mariage seulement.

PIERRE WEBER

Douleur

J'ai des douleurs, les reins fonctionnent mal, le cœur flanche un peu, les poumons sifflent et moi-même je ne me sens pas très bien.

LA FOUCHARDIÈRE

Mon Dieu, préservez-moi des douleurs physiques. Je m'arrangerai avec les douleurs morales.

TRISTAN BERNARD

Doute

Dialogue :

« Seuls les idiots n'ont pas de doute.
— Vous en êtes sûr ?

— Certain ! »

GEORGES COURTELINE

Le doute est un état mental désagréable, mais la certitude est ridicule.

VOLTAIRE

Le doute me ronge. Et si tout n'était qu'illusion ? Si rien n'existait ? Dans ce cas, j'aurais payé ma moquette beaucoup trop cher.

WOODY ALLEN

Quelqu'un qui vous répète toujours qu'il n'est pas fou doit avoir quelques doutes.

WILSON MIZNER

Drame

Le drame dans la vie, c'est que les jolies femmes sont si nombreuses et qu'on a si peu de temps.

JOHN BARRYMORE

Drogue

Un médecin est un homme qui verse des drogues qu'il connaît peu dans un corps qu'il connaît encore moins.

VOLTAIRE

Droit

Nous n'avons pas le droit de tuer les êtres malfaisants, mais c'est un bien grand service à leur rendre.

MAURICE SACHS

Droit chemin

En politique, il faut toujours suivre le droit chemin. On est sûr de n'y rencontrer personne.

BISMARCK

Droit (d'auteur)

Quand on écrit un livre à deux, chacun des deux pense que c'est lui qui a tout fait, et que ce n'est pas juste qu'il ne touche que la moitié des droits d'auteur.

AGATHA CHRISTIE

Dromadaire

Un dromadaire, c'est un cheval dessiné par une commission.

ABRAHAM LINCOLN

Non. Aucune commission n'aurait jamais pu réaliser quelque chose d'aussi pratique qu'un dromadaire.

LAURENCE J. PETER

Dryden

Épitaphe sur la tombe de sa femme :

« Ci-gît ma femme et c'est bien
Pour son repos et le mien. »

JOHN DRYDEN

Duel

Il n'a que deux amis et qu'un ennemi ; juste de quoi se battre en duel.

JULES RENARD

Sans le duel, on ferait de l'escrime tranquillement.

JULES RENARD

Dumas

Les Dumas ont renversé le proverbe. C'est le père qui fut prodigue et le fils qui fut avare.

JULES RENARD

Dumas (père)

Hercule de la Fécondité, Bamboula de la Gloire, Michel-Ange du débraillé.

JULES VALLÈS

Une eau qui bout, mais rien n'y cuit.

SAINTE-BEUVE

Duo

Le mariage est un duo ou un duel.

ÉMILE AUGIER

Duplicité

En politique, comme dans la haute finance, la duplicité est considérée comme une vertu.

BAKOUNINE

Eau

Consommée avec modération, l'eau ne peut pas faire de mal.

MARK TWAIN

Quand je suis dans l'eau, j'ai des idées. Quand j'en suis sorti, je sèche.

ROGER PIERRE

Sert à se laver, certains en boivent.

TRISTAN BERNARD

Je n'ai jamais pu mettre que de l'eau dans mon eau.

FRANCIS PICABIA

L'eau, liquide si impur, qu'une seule goutte suffit pour troubler l'absinthe.

ALFRED JARRY

Il n'est pire eau que l'eau qui mord.

JACQUES STERNBERG

Échafaud

Le bourreau Sanson a raconté que le duc de Charrost lisait un livre dans la charrette qui le conduisait à l'échafaud. Avant de monter les gradins, il corna la page.

JEAN-CLAUDE CARRIÈRE

Échange

Dans un monde bien fait, on devrait pouvoir échanger une femme de quarante ans contre deux de vingt.

DOUGLAS JERROLD

École

Écoles : établissements où on apprend aux enfants ce qu'il faut savoir pour devenir des professeurs.

SACHA GUITRY

Écolier

Que l'évêque qui a condamné Jeanne d'Arc s'appelle Cauchon, que le gendarme qui a tué Robespierre se nomme Merda, ce sont les clins d'œil que l'Histoire fait aux écoliers.

MICHEL AUDIARD

Écolière

Dialogue :
La petite écolière arrivant chez ses parents.
« Vous connaissez la dernière ?
— Non !
— C'est moi ! »

JEAN NOHAIN

Écologie

Bientôt le cheval sera sur la terre quelque chose d'aussi étrange que la girafe.

JULES RENARD

Économie

Le comble de l'économie : coucher sur la paille qu'on voit dans l'œil du voisin et se chauffer avec la poutre qu'on a dans le sien.

ALPHONSE ALLAIS

Économiser, c'est se passer de ce que l'on désire pour le cas où l'on désirerait un jour quelque chose que l'on ne désirera sans doute pas.

ANTHONY HOPE

Économiste

Un économiste est un expert qui saura demain pourquoi ce qu'il avait prédit hier ne s'est pas produit aujourd'hui.

LAURENCE J. PETER

Les économistes pensent que les pauvres ont besoin d'eux pour leur dire qu'ils sont pauvres.

PETER DRUCKER

Écouter

La plupart des gens préféreraient se faire tuer pour défendre notre droit à la parole plutôt que de vous écouter.

ROBERT BRAULT

Personne n'écoute réellement les autres et si vous essayez une fois, vous verrez pourquoi.

MIGNON MC LAUGHLIN

Écrire

Écrire : c'est le seul métier avec la politique qu'on ose faire sans l'avoir appris.

ALPHONSE KARR

Écrire, c'est le moyen de parler sans être interrompu.

JULES RENARD

Dialogue :
« J'écris pour moi.
— Alors, pourquoi écris-tu ? »

MARCEL PAGNOL

En amour, écrire est dangereux, sans compter que c'est inutile.

ALEXANDRE DUMAS FILS

Si j'avais dit à mon père, sévère ingénieur, que je voulais écrire, il m'aurait demandé « À qui ? ».

MAURICE DONNAY

Ceux qui écrivent comme ils parlent, même s'ils parlent bien, écrivent mal.

BUFFON

Écritures

Livres sacrés de notre sainte religion. À ne pas confondre avec les textes profanes et mensongers sur lesquels sont basées toutes les autres croyances.

AMBROSE BIERCE

Écrivain

Le métier d'écrivain fait apparaître celui de jockey comme une situation stable.

JOHN STEINBECK

En Amérique, seuls les écrivains à succès sont importants. En France, tous les écrivains sont importants. En Angleterre, aucun n'est important. En Australie, vous devez expliquer ce qu'est un écrivain.

GEOFFREY COTTEREL

Aucune femme d'écrivain ne comprendra jamais que son mari travaille quand il regarde par la fenêtre.

BURTON RASCOE

La maîtresse d'un grand écrivain, quand on n'aimait pas un de ses livres, disait qu'on était méchant et quand on aimait le livre d'un autre disait qu'on était bête.

MARCEL PROUST

Les gens viennent à nos séances de dédicace, parce qu'ils espèrent que cela sera plus rigolo de nous regarder que de nous lire.

SINCLAIR LEWIS

Ectoplasme

Esprit de parti.

MAX FAVALELLI

Écureuil

L'écureuil, un animal à panache. Mais d'habitude, ce n'est pas là que ça se met.

JULES RENARD

Édition

L'édition, c'est l'art de salir avec de l'encre un papier coûteux pour le rendre invendable.

RENÉ JULLIARD

Dialogue :
« Avez-vous déjà donné quelque chose aux éditeurs ?
— Oui, mais ils me l'ont bien rendu. »

JULES RENARD

La route de l'ignorance est pavée des meilleures éditions.

GEORGE BERNARD SHAW

Éducation

Comment se fait-il que, les enfants étant si intelligents, la plupart des hommes soient si bêtes. Ça doit tenir à l'éducation.

ALEXANDRE DUMAS

Une bonne éducation consiste à concilier le grand bien que vous pensez de vous-même avec le peu de bien que vous pensez des autres.

MARK TWAIN

Effort

Avec un petit effort, nous arrivons très bien à supporter le malheur d'un autre.

MARK TWAIN

Pourquoi être désagréable quand, avec un petit effort, vous pourriez être impossible.

DOUGLAS WOODRUFF

Égalité

Les femmes seront vraiment les égales des hommes le jour où elles accepteront d'être chauves et qu'elles trouveront cela distingué.

ALFRED CAPUS

Tous égaux, mais certains sont plus égaux que d'autres.

GEORGE ORWELL

Les femmes seront vraiment les égales des hommes le jour où une femme sera nommée à un poste pour lequel elle n'a absolument aucune compétence.

FRANÇOISE GIROUD

Les hommes naissent égaux ; dès le lendemain, ils ne le sont plus.

JULES RENARD

L'égalité des chances, c'est la chance de prouver l'inégalité des talents.

SIR HERBERT SAMUEL

Le défaut de l'égalité, c'est que nous la désirons seulement avec nos supérieurs.

HENRY BECQUE

La loi, dans un grand souci d'égalité, interdit aux riches comme aux pauvres de coucher sous les ponts, de mendier dans les rues et de voler du pain.

ANATOLE FRANCE

Égoïsme

C'est un fait curieux que, de toutes les illusions qui caractérisent l'espèce humaine, aucune n'est aussi étrange que cette tendance à supposer que nous sommes mentalement et moralement supérieurs à ceux qui ne sont pas de notre avis.

ELBERT HUBBARD

Que c'est difficile de trouver un véritable ami intime pour partager avec lui son propre égoïsme !

SACHA GUITRY

Égoïsme : moi de 365 jours.

ROMAIN COOLUS

Quelqu'un disait d'un homme très personnel : il brûlerait votre maison pour se faire cuire deux œufs.

CHAMFORT

Égoïste

Un égoïste, c'est un homme qui pense que s'il n'était pas né, les gens se demanderaient pourquoi.

DAN POST

Il y a deux sortes d'égoïstes. Ceux qui le reconnaissent et nous.

LAURENCE J. PETER

L'égoïste est celui qui n'emploie pas toutes les minutes de sa vie à assurer le bonheur de tous les autres égoïstes.

LUCIEN GUITRY

Égout

Tous les égouts sont dans la nature.

COLUCHE

Égyptologue

Elle est égyptologue. Elle lit l'Obélisque comme le journal.

MARCEL PAGNOL

L'Égypte a été nommée présent du Nil. Une fois par an le fleuve déborde et dépose une couche de limon fertilisant sur la terre desséchée. Puis il revient à sa place et bientôt tout le pays, aussi loin qu'on peut le découvrir à l'œil nu, est couvert d'égyptologues.

WILL CUPPY

Einstein

La femme d'Einstein n'était pas la moitié d'un imbécile.

YVAN AUDOUARD

Si mes théories se révèlent exactes, l'Allemagne dira que je suis Allemand et la France que je suis citoyen du monde. Si elles se révèlent fausses, la France dira que je suis Allemand et l'Allemagne que je suis juif.

ALBERT EINSTEIN

Beaucoup de gens pensent aujourd'hui que Monsieur et Madame Einstein n'auraient jamais dû offrir à leur petit Albert ce coffret du « Petit chimiste ».

MIKE HARDING

Élection

La seule compétition où le plus grand nombre de gens ont désigné le gagnant.

JOSEPH DE MAISTRE

Élégance

Rien ne vous va mieux que rien.

MAURICE DONNAY

Éléphant

Détail peu connu des entomologistes : l'éléphant, maintenu dans une tabatière, possède la propriété de communiquer au tabac à priser un parfum extrêmement délicat, fort recherché des amateurs.

ALPHONSE ALLAIS

L'éléphant se laisse caresser. Le pou, non.

ALPHONSE ALLAIS

L'éléphant est le seul mammifère qui peut se masturber en gardant les mains libres.

FRANÇOIS CAVANNA

Pour moi, les femmes sont comme les éléphants : des êtres superbes mais je n'en voudrais pas un chez moi.

W. C. FIELDS

Les éléphants sont généralement dessinés plus petits que nature, mais une puce toujours plus grande.

JONATHAN SWIFT

Ni les femmes ni les éléphants ne pardonnent une blessure.

HECTOR SAKI

Éloge

On place ses éloges comme on place de l'argent, pour qu'ils nous soient rendus avec les intérêts.

JULES RENARD

Un prêté qui reçoit parfois son rendu.

PIERRE VÉRON

Éloquence

Le but principal de l'éloquence, c'est d'empêcher les autres de parler.

LOUIS VERMEIL

Emblème

L'emblème de la France, c'était le coq. C'est aujourd'hui le coq au vin.

GILBERT CESBRON

Embraser

Qui trop embrase mal éteint.

JACQUES STERNBERG

Embrasser

Allez, embrasse-moi... mieux que ça... sois un peu à ce que tu fais.

HENRI JEANSON

Dialogue :
« Il embrasse sa femme chaque fois qu'il sort. Tu pourrais en faire autant.
— Je ne la connais pas assez bien. »

TRISTAN BERNARD

Émeraude

Les déclarations d'amour pour toujours ne sont jamais ridicules quand elles s'accompagnent d'émeraudes.

SOMERSET MAUGHAM

Émeute

Divertissement populaire offert à l'armée par des spectateurs innocents.

AMBROSE BIERCE

Éminence

Montagne apostolique.

ROMAIN COOLUS

Emmerdement

Si la fortune vient en dormant, ça n'empêche pas les emmerdements de venir au réveil.

PIERRE DAC

Emmerder

À partir d'un certain moment de la vie, on n'a plus le droit de se laisser emmerder gratuitement.

GEORGES COURTELINE

Ne vous emmerdez plus, emmerdez les autres.

MURS DE LA SORBONNE 68

Il y a trois sortes de femmes : les emmerdantes, les emmerdeuses et les emmerderesses.

PAUL VALÉRY

Émotion

Allez au Martin Beck Theatre pour voir Katharine Hepburn décliner toute la gamme des émotions de A à B.

DOROTHY PARKER

L'émotion nous égare : c'est son principal mérite.

OSCAR WILDE

Empereur

L'empereur Coagula fit couler beaucoup de sang.

COPIE D'ÉCOLIER

Empire

Royaume où tout va encore plus mal qu'ailleurs.

LÉO CAMPION

Emprunter

Si vous voulez savoir la valeur de l'argent, essayez d'en emprunter.

BENJAMIN FRANKLIN

En finir

On fait sa première communion pour en finir avec la religion. On passe son bac pour en finir avec les études. On se marie pour en finir avec l'amour.

ERNEST BERSOT

E.N.A.

Fait aller au cabinet.

ROBERT SCIPION

Enclume

Il était marchand d'enclumes à la sauvette dans les couloirs de la station « Châtelet ».

ALEXANDRE BREFFORT

Enfant

Des enfants ? Je préfère en commencer cent que d'en finir un.

PAULINE BONAPARTE

Un des plus clairs effets de la présence d'un enfant dans un ménage est de rendre complètement idiots de braves gens qui sans lui n'auraient été que de simples imbéciles.

GEORGES COURTELINE

J'adore les enfants, surtout quand ils pleurent. Parce qu'alors on les emmène.

ALFRED CAPUS

Lorsque l'enfant paraît, je prends mon chapeau et je m'en vais.

PAUL LÉAUTAUD

Enfant : fruit qu'on fit.

LÉO CAMPION

Quand ils sont petits, les enfants se nourrissent de leur mère. De leur père quand ils sont grands.

LAURENCE J. PETER

Les enfants ! La Vierge Marie, elle en a eu qu'un. Et regarde tous les ennuis qu'il lui a faits.

MARCEL PAGNOL

Voyez ce que font les enfants et empêchez-les de le faire.

A. P. HERBERT

Enfer

Enfer chrétien : du feu. Enfer païen : du feu. Enfer mahométan : du feu. Enfer hindou : des flammes. À en croire les religions, Dieu est un rôtisseur.

VICTOR HUGO

L'Église exige que nous croyions à l'Enfer, mais rassurez-vous il n'y a personne.

ABBÉ MUGNIER

L'Enfer est un endroit où le cuisinier serait anglais ; le policier, allemand ; le garagiste, arabe et l'amant, suisse.

Rapporté par CLAUDE GAGNIÈRE

Enfoncer (s')

Qu'on le veuille ou non et à toutes choses égales, il vaut mieux s'enfoncer dans la nuit qu'un clou dans la fesse droite.

PIERRE DAC

Ennemi

Pardonnez toujours à vos ennemis. Rien ne les embête plus.

OSCAR WILDE

Mon ami ne me sert qu'à embêter ceux de mes ennemis qui sont ses amis.

JULES RENARD

J'ai trop d'ennemis pour penser que je n'en mérite pas quelques-uns.

HENRY BERNSTEIN

Rien ne renforce plus l'amitié qu'un ennemi commun.

FRANCFORT MOORE

L'argent ne vous fait pas d'amis. Il vous donne seulement des ennemis de meilleure qualité.

NOËL COWARD

Tous nos ennemis sont mortels.

PAUL VALÉRY

Si l'ennemi avance un peu, recule beaucoup. Si l'ennemi recule beaucoup, avance un peu.

ALFRED JARRY

Entre tous les ennemis, le plus dangereux est celui dont on est l'ami.

ALPHONSE KARR

J'aime beaucoup les ennemis : on est sûr avec eux de ne pouvoir se brouiller.

PIERRE DANINOS

Ennui

Je m'ennuie tellement que ça m'occupe.

CHAMFORT

Dialogue :
« Vous parliez beaucoup l'autre soir avec des gens fort ennuyeux.
— Je parlais de peur d'écouter. »

RIVAROL

Je sais enfin ce qui sépare l'homme de la bête ; ce sont les ennuis d'argent.

JULES RENARD

Qu'est-ce que je me serais ennuyé si je n'avais pas été là.

JULES RENARD

La vie est courte, mais on s'ennuie quand même.

GEORGES FEYDEAU

Pour la plupart des gens, l'amour est devenu une chose si ennuyeuse qu'on se met à plusieurs pour en venir à bout.

PAUL MORAND

Le célibat ? On s'ennuie. Le mariage ? On a des ennuis.

SACHA GUITRY

Je m'ennuyais. Voilà comment ça a commencé. Elle m'ennuyait, voilà comment ça a fini.

ALEXANDRE DUMAS FILS

Les gens du monde se réunissent moins pour goûter le plaisir d'être ensemble que pour s'en répartir l'ennui.

HENRI DE RÉGNIER

L'ennui porte conseil.

GILBERT CESBRON

Les ennuis, c'est comme le papier hygiénique. On en tire un et il en vient dix.

WOODY ALLEN

Ennuyeux

Il y a des gens si ennuyeux qu'ils vous font perdre une journée en cinq minutes.

JULES RENARD

Enrichir (s')

À celui qui vous dira qu'il s'est enrichi par le travail, demandez : « De qui ? »

DON MARQUIS

Enseigner

Personnellement, je suis toujours disposé à m'instruire, mais je déteste qu'on m'enseigne.

WINSTON CHURCHILL

Les hommes intelligents aiment apprendre. Les imbéciles aiment enseigner.

ANTON TCHEKHOV

Ensemble

L'amour, ça consiste à être bête ensemble.

PAUL VALÉRY

Mes parents avaient vécu ensemble quarante ans, mais par pure animosité.

WOODY ALLEN

Entendre

Comment veux-tu que je t'entende ? Tu me parles à contre-jour.

GEORGES FEYDEAU

Mes parents, malgré le bruit de la rue, s'entendaient bien.

PIERRE DAC

Enterrement

C'est commode un enterrement. On peut avoir l'air maussade avec les gens. Ils prennent ça pour de la tristesse.

JULES RENARD

C'est le sort des familles désunies de se rencontrer uniquement aux enterrements.

MICHEL AUDIARD

En ville, un enterrement, c'est un embouteillage. À la campagne, c'est une distraction pour l'après-midi.

GEORGES ADE

Entracte

Ce qu'il y a de plus difficile à réussir dans une pièce, c'est l'entracte.

SACHA GUITRY

Entremetteuse

Ce serait une grave erreur de croire qu'une entremetteuse est une marchande d'entremets.

LÉO CAMPION

Entrepreneur

Propos d'entrepreneur :

« Un architecte est un homme qui sait très peu de choses sur un très grand nombre de sujets et qui progressivement en sait de moins en moins sur un nombre toujours plus grand de choses jusqu'à ce qu'il ne sache plus rien sur à peu près tout. Au contraire un ingénieur est un homme qui sait beaucoup de choses dans des domaines très limités et qui, au cours de sa vie professionnelle, en sait de plus en plus sur des sujets de plus en plus limités jusqu'à ce que, finalement, il sache pratiquement tout sur à peu près rien. Un entrepreneur commence à savoir tout sur tout mais finit par ne plus rien savoir sur rien et ceci est dû, en ce qui le concerne, à la fréquentation des architectes et des ingénieurs. »

MOHAMED MOKZOUNI

Entreprise

Il vaut mieux être seul à diriger une entreprise de 25 000 personnes qu'être 25 000 à faire de la voile dans le petit port breton où se balance mon dériveur.

WOLINSKI

Entretenue

Une femme que nous entretenons ne nous semble pas une femme entretenue tant que nous ne savons pas qu'elle l'est par d'autres.

MARCEL PROUST

Envie

L'envie est eunuque.

VICTOR HUGO

Une fille n'a qu'une envie, c'est de se marier et quand elle est mariée, elle a envie de tout.

SHAKESPEARE

Envieux

Comme dit le fermier : « Je ne suis pas envieux. Tout ce que je demande, c'est la terre qui est mitoyenne avec la mienne. »

DON ROBINSON

Épée

Les femmes aiment à s'appuyer sur un bras qui porte une épée à sa ceinture.

EUGÈNE LABICHE

Épiderme

L'amour tel qu'il est pratiqué dans notre société n'est que l'échange de deux fantaisies et le contact de deux épidermes.

CHAMFORT

Épingle

Vous avez une tête, une épingle aussi.

JONATHAN SWIFT

Épitaphe

Épitaphe : quelques vers sur beaucoup d'autres.

LÉO CAMPION

Inscription sur une tombe, montrant que les vertus acquises grâce à la mort ont un effet rétroactif.

AMBROSE BIERCE

D'un Monsieur de Coudres qui avait été directeur du service des Poudres :

Ci-gît le bon Monsieur de Coudres
Résumé par sa pesanteur
S'il eut un emploi dans les poudres
Ce ne fut pas comme inventeur

PONS

Épouser

Autrefois, dans les romans féminins, on s'épousait et on avait des enfants ou on ne s'épousait pas et on n'avait pas d'enfant. Aujourd'hui ou on s'épouse et on n'a pas d'enfant ou on ne s'épouse pas et on a des enfants.

COLETTE

N'oubliez jamais qu'il est aussi facile d'épouser une femme riche qu'une pauvre.

WILLIAM THACKERAY

Conseil d'un père à son fils :
« Ne confonds jamais "Je vous aime" avec "Je veux vous épouser". »

CLEVELAND AMORY

Époux

Des condamnés de draps communs.

MAURICE CLAVEL

Un moment nous avons vécu côte à côte. Puis nous fûmes dos à dos. À présent nous sommes face à face.

SACHA GUITRY

Le mâle nécessaire.

ANNE-MARIE CARRIÈRE

Pourquoi, sur les photos des nouveaux époux, prises le jour de leur mariage, la femme a-t-elle toujours un air de triomphe ?

JEAN CAZALET

Épris

Pas une femme ne vaut un billet de cinq lires à moins qu'on en soit épris. Elle vaut alors tout ce qu'elle nous coûte.

SOMERSET MAUGHAM

Éprouvette

Le bébé-éprouvette : né de père en cornue.

ALEXANDRE BREFFORT

Épuiser

Comme tous ceux qui essaient d'épuiser un sujet, il épuisait ses auditeurs.

OSCAR WILDE

Érection

Érection. Ne se dit qu'en parlant des monuments.

GUSTAVE FLAUBERT

Une érection ne se discute pas.

JEAN COCTEAU

Éreintement

Il doit y avoir des éreinteurs partout où il y a des reins à casser.

BARBEY D' AUREVILLY

Éros

Le véritable Éros est muet.

EMMANUEL BERL

Erreur

Un célibataire est quelqu'un qui n'a pas fait la même erreur une fois.

FRED ALLEN

Vous savez ce que ça veut dire de rentrer chez soi le soir auprès d'une petite femme qui vous comble d'amour, de tendresse, d'affection ? Ça veut dire que vous vous êtes trompé de maison.

HENRY YOUNGMAN

Les architectes dissimulent leurs erreurs sous du lierre, les médecins sous la terre et les cuisinières sous de la mayonnaise.

GEORGE BERNARD SHAW

Un mariage risque d'être une erreur, hélas, productive.

SACHA GUITRY

Je suis la preuve vivante que l'erreur est humaine. N'en rien dire.

MAURICE ROCHE

Érudition

Poussière tombée d'un livre dans un crâne vide.

AMBROSE BIERCE

Escalier

Le plus beau moment de l'amour, c'est quand on monte l'escalier.

CLEMENCEAU

Escroc

Il y a un moyen de savoir si un homme est honnête. Demandez-le-lui. S'il répond « oui », vous savez que c'est un escroc.

GROUCHO MARX

Escroquerie

Une bonne affaire qui a rencontré une mauvaise foi.

ALFRED CAPUS

Espace

Nous sommes entrés dans l'ère de l'espace. Un candidat pourra promettre la lune et la donner.

DAVID BRINKLEY

Espagnol

Ils sont *(les Espagnols)* les premiers hommes du monde pour mourir de langueur sous la fenêtre de leurs maîtresses et tout Espagnol qui n'est pas enrhumé ne saurait passer pour galant.

MONTESQUIEU

Que ce soit la révolution ou la paella, rien de ce qui est espagnol n'est simple.

MICHEL AUDIARD

Les Espagnols sont un peuple fier et ombrageux, avec un tout petit cul pour éviter les coups de corne.

PIERRE DESPROGES

Espion

J'aurais voulu être espion, mais il fallait avaler des microfilms et mon médecin me l'a interdit.

WOODY ALLEN

Esprit

Un duc fait une duchesse, un homme d'esprit ne fait pas une femme d'esprit.

RIVAROL

L'esprit est le sel de la conversation. Pas le plat.

WILLIAM HAZLITT

Parfois nécessaire pour cacher qu'on n'en a pas.

LUCIEN GUITRY

Dialogue :
« Nous autres gens d'esprit...
— Voilà un pluriel bien singulier. »

RIVAROL

Quand on court après l'esprit, on attrape la sottise.

MONTESQUIEU

L'esprit court les rues ? C'est un bruit que font courir les imbéciles.

SOPHIE ARNOULD

Dialogue :
« Il court après l'esprit.
— Je parie pour l'esprit. »

NINON DE LENCLOS

L'esprit qu'on veut avoir gâte celui qu'on n'a pas.

LUCIEN GUITRY

Essayer

Le christianisme serait peut-être une bonne chose si quelqu'un l'essayait un jour.

GEORGE BERNARD SHAW

Essayiste

Un essayiste est un veinard qui a trouvé le truc pour parler sans être interrompu.

CHARLES POORE

Estime

L'amour peut se passer d'estime, pas l'amitié.

ARLETTY

Succès d'estime : euphémisme pour bide.

MARCEL PAGNOL

Estomac

Un estomac vide n'est pas un bon conseiller politique.

ALBERT EINSTEIN

Estropier

S'il vous arrive de laisser tomber l'enfant et de l'estropier, surtout n'en dites rien, s'il meurt tout est sauvé.

JONATHAN SWIFT

État

Le char de l'État navigue sur un volcan.

HENRI MONNIER

État-major

Dans les états-majors, il y a toujours eu plus de culs que de fauteuils.

GASTON BONHEUR

Été

Pourri quand il est frais.

ROGER LA FERTÉ

Voici l'été ; épousez une femme ombrageuse.

JULES JOUY

Éternel

Des millions d'êtres humains rêvent d'une vie éternelle et s'il pleut le dimanche après-midi, ils ne savent pas quoi faire.

SUZAN ERTZ

Éternel féminin

« Oh ! l'éternel féminin », comme disait le monsieur dont la belle-mère n'en finissait pas de claquer.

ALPHONSE ALLAIS

Éternité

Il a pour lui l'éternité, montre en main.

JULES RENARD

L'éternité, c'est long, surtout vers la fin.

ROBERT BEAUVAIS

Les Anglais ne sont pas un peuple religieux ; aussi ont-ils inventé le cricket pour se donner une notion de l'éternité.

LORD MANCROFT

Étonnement

Comme un politicien ne croit jamais à ce qu'il dit, il est toujours étonné que d'autres le fassent.

DE GAULLE

Étonner

Les femmes extrêmement belles étonnent moins le second jour.

STENDHAL

Étranger

La terre compte cinquante-trois millions de Français et trois milliards d'étrangers.

PIERRE DANINOS

Étrangler

Celui qui ne comprend pas qu'on puisse étrangler une femme ne connaît pas les femmes.

PAUL LÉAUTAUD

Être (là)

C'est une faute grave pour une femme de n'être pas là quand son mari a besoin d'elle, mais c'est pire d'être là quand il n'en a pas besoin.

HELEN ROWLAND

C'est le genre de raseur qui est là aujourd'hui et qui sera encore là demain.

BINNIE BARNES

Études

Les études, c'est cinq ans de droit ; tout le reste de travers.

COLUCHE

Euclide

Euclide : « La ligne droite est le plus court chemin d'un point à un autre. » Quelle connerie ! Chacun sait que la ligne droite ne peut être le plus court chemin d'un point à un autre, sauf, évidemment, si les deux points sont bien en face l'un de l'autre.

PIERRE DESPROGES

Euh

Euh ! Euh !... Système de ponctuation verbale, créé à Cambridge et depuis abondamment copié dans la société anglaise.

CHESTER ANTHONY

Eunuque

Distique :

C'est l'eunuque au milieu du sérail.
Il n'y fait rien et nuit à qui veut faire.

ALEXIS PIRON

Il y a des gens qui ont une bibliothèque comme les eunuques ont un harem.

VICTOR HUGO

Les critiques sont comme les eunuques dans le harem ! Ils savent comment le faire. Ils le voient faire tous les jours, mais ils sont incapables de le faire.

BRENDAM BEHAN

Ève

Madame sans gêne.

ROBERT SCIPION

Adam et Ève furent punis d'être végétariens. Ils auraient dû manger le serpent.

ROBERT SABATIER

Évidence

Un brave général ne se rend jamais, même à l'évidence.

JEAN COCTEAU

Exactitude

L'exactitude est la politesse des montres.

JEAN DUTOURD

Quand tu arriveras à l'heure, c'est que tu te seras trompé d'heure.

SACHA GUITRY

Exagération

L'amour est une exagération grossière de la différence entre une personne et une autre.

GEORGE BERNARD SHAW

Examen

À force de faire passer des examens, j'ai fini par me convaincre que la grande supériorité de l'examinateur est de se trouver du bon côté de la table.

ÉDOUARD HERRIOT

Réunion au cours de laquelle des gens qui ne souhaitent pas savoir interrogent des gens qui ne peuvent pas répondre.

WALTER RALEIGH

Exaspérer

Du jour où j'ai compris quels étaient les gens que j'exaspérais, j'avoue que j'ai tout fait pour les exaspérer.

SACHA GUITRY

Excellent

À une maîtresse de maison :
« J'ai passé une excellente soirée, mais ce n'était pas celle-ci. »

GROUCHO MARX

Exception

C'était une femme exceptionnelle : avant de parler, elle savait ce qu'elle voulait dire.

HARDY

Je n'oublie jamais un visage, mais pour vous je ferai une exception.

GROUCHO MARX

Excuse

Une excuse pour le diable : on doit noter que dans cette affaire nous n'avons entendu qu'une des parties. C'est le bon Dieu qui a écrit tous les livres.

SAMUEL BUTLER

Exécution

Dialogue à la fin d'un morceau de piano joué dans un salon par la jeune fille de la maison :
« Qu'est-ce que vous pensez de son exécution ?
— Je suis pour. »

ROBERT DE FLERS

Exemple

Il est plus facile de donner le bon conseil que le bon exemple.

LA ROCHEFOUCAULD

Rien de contagieux comme l'exemple. J'ai stipulé dans mon testament une récompense de 100 000 francs au savant qui découvrira le microbe de l'exemple.

ALPHONSE ALLAIS

Exigence

Mon livre de recettes de cuisine assure que la langouste exige d'être jetée vivante dans l'eau bouillante.

ALPHONSE ALLAIS

Existence

Il faisait une différence fondamentale entre l'existence et l'essence, certain que l'une était préférable à l'autre, mais sans jamais se rappeler laquelle.

WOODY ALLEN

Existence (de Dieu)

Dieu existe. Il m'a vu. Il n'en est pas encore revenu.

MAURICE ROCHE

Si Dieu n'existait pas, comment aurait-il un fils ?

AURÉLIEN SCHOLL

Si seulement Dieu me donnait une preuve réelle de son existence ! Comme par exemple de déposer une grosse somme à mon nom dans une banque suisse.

WOODY ALLEN

Dieu supporte sans problème de s'entendre dire par les professeurs Ayer et Margarita Laski qu'il n'existe pas.

J. B. PRIESTLEY

Expédient

Nourriture qu'on prétend aléatoire mais, au bout du compte, beaucoup en vivent.

JEAN CAZALET

Expérience

L'expérience, c'est ce qui nous rend capables de reconnaître une erreur quand nous la recommençons.

FRANKLIN P. JONES

Nous devons tirer les leçons de l'expérience. Mais rien de plus. Ne soyons pas comme la chatte qui s'est assise sur un toit brûlant. Elle ne s'assiéra plus jamais sur un toit brûlant ! Et c'est très bien. Mais elle ne s'assiéra pas non plus, jamais, sur un toit même froid.

MARK TWAIN

Le pire con, c'est le vieux con. On ne peut rien contre l'expérience.

JACOB BRAUDE

L'expérience ressemble aux cure-dents. Personne ne veut s'en servir après vous.

ROLAND DORGELÈS

Expert

Un homme qui en sait de plus en plus sur de moins en moins de choses.

JULES JOUY

Explication

Rien ne tue le rire plus vite que l'explication d'un bon mot.

MAX EASTMAN

Façon

Dialogue :

Sieyès : « Je vais vous dire ma façon de penser.
Chamfort. — Épargnez-moi la façon et dites-moi la pensée. »

Facteur

C'est le privilège des facteurs. Ils connaissent le nom de tout le monde et personne ne connaît le leur.

MARCEL PAGNOL

Propos de facteur :

« Nous sommes tenus par le secret professionnel. Moi-même, les cartes postales, je ne regarde que l'adresse — de l'œil droit. »

MARCEL PAGNOL

Les facteurs sont tristes. Pline le Jeune l'avait noté. Il écrit : « Animal triste post coïtum », formule dont la traduction littérale donne : le commis des postes est un animal triste.

ALPHONSE ALLAIS

Je me suis arrangé avec le facteur. Il me garantit une lettre par jour.

JULES RENARD

Faculté

Un doyen qui n'avait plus toutes ses facultés.

RAYMOND DEVOS

Fada

Les fadas transportent leur univers avec eux, mais ils ont besoin d'un port d'attache.

YVAN AUDOUARD

Faible

Comme tous les hommes faibles, il tenait absolument à ne pas changer d'avis.

SOMERSET MAUGHAM

Faiblesse

Pour en finir, j'ai la modestie de reconnaître que le manque de modestie est une de mes faiblesses.

HECTOR BERLIOZ

Faire

Faites ce que je vous dis. Ne dites pas ce que je vous fais.

FRANÇOIS VALORBE

Ne rien faire est à la portée de chacun.

SAMUEL JOHNSON

Quand on fait quelque chose, on a contre soi, ceux qui voulaient le faire à votre place, ceux qui voulaient faire le contraire et ceux qui voulaient qu'on ne fasse rien du tout.

GEORGE BERNARD SHAW

Faire l'amour

Dialogue :

« Vous ne croyez pas à l'amour. C'est donc que vous ne le faites jamais ?

— Je l'achète tout fait. »

FRÉDÉRIC LEMAÎTRE

Je trouve l'amour une chose tellement effrayante que je ne lui connais qu'une seule excuse : le faire avec moi.

HENRI MEILHAC

Faire l'amour n'est pas moderne. Pourtant c'est ce que je préfère.

FRANCIS PICABIA

Après avoir fait l'amour, le premier qui parle dit une bêtise.

HENRY DE MONTHERLANT

Tout le monde ne peut pas faire l'amour, ça ne serait pas sérieux.

JEAN ANOUILH

Ils faisaient l'amour comme s'ils se croyaient une espèce en voie de disparition.

PETER DE VRIES

Fakir

Idole des jeûnes.

NOCTUEL

Familiarité

La familiarité engendre le mépris... et les enfants.

MARK TWAIN

Famille

J'ai vu beaucoup plus d'hommes ruinés par le désir d'avoir une femme et des enfants que par l'alcool et la débauche.

WILLIAM BUTLER YEATS

Dialogue :
« Où est-on mieux qu'au sein de sa famille ?
— Partout ailleurs. »

ANDRÉ BRETON

Les repas de famille ne consistent pas à se manger entre parents.

JULES JOUY

Les familles, l'été venu, se dirigent vers la mer en y emmenant leurs enfants dans l'espoir, souvent déçu, de noyer les plus laids.

ALPHONSE ALLAIS

Les bonnes familles sont pires que les autres.

ANTHONY HOPE

Ma boîte, c'est une grande famille. Quand un gars veut une augmentation, il vient me voir, et hop ! je le vire.

MICHEL AUDIARD

Fanatique

Fanatique : celui qui s'obstine à soutenir une opinion qui n'est pas la vôtre.

AMBROSE BIERCE

Ce qu'il y a de pire chez le fanatique, c'est la sincérité.

OSCAR WILDE

Un fanatique est quelqu'un qui ne veut pas changer d'avis et qui ne veut pas changer de sujet.

WINSTON CHURCHILL

Fatigue

Quand on ne travaillera plus les lendemains des jours de repos, la fatigue sera vaincue.

ALPHONSE ALLAIS

Fatigué

L'homme : une créature fabriquée à la fin d'une semaine de travail quand Dieu était fatigué.

MARK TWAIN

Fausses dents

Elle a une bouche bien meublée mais je ne crois pas qu'elle soit dans ses meubles.

GEORGES FEYDEAU

Faust

C'est tellement ridicule cette tragédie de *Faust* dans laquelle le meurtre, la damnation, l'enfer, le chœur des anges, Dieu et le diable sont impliqués au niveau du cosmique pour une affaire de cul entre un homme et une femme.

ABRAHAM MEYERSON

Faute

Nous payons pour les fautes de nos ancêtres et il me paraît normal qu'ils nous laissent de l'argent pour ça.

DON MARQUIS

Le mariage est une faute que tout homme est susceptible de commettre.

GEORGE JESSEL

Fauteuil

Un académicien, c'est un homme qui, à sa mort, se change en fauteuil.

JEAN COCTEAU

Faux

Ce qui a été cru partout, par tous et toujours, a toutes les chances d'être faux.

PAUL VALÉRY

Le faux peut quelquefois n'être pas vraisemblable.

ALFRED JARRY

Ce qui distingue un faux billet d'un billet vrai ne dépend que du faussaire.

PETER USTINOV

Ce qui est seulement presque vrai est tout à fait faux.

HENRY WARD BEECHER

Faux pas

En amour, il n'y a que le premier faux pas qui coûte.

ALBERT WILLEMETZ

Faveur

Il est curieux que ce soit toujours la femme qui « accorde ses faveurs » à l'homme. Ce n'est pourtant que l'échange de bons procédés.

PAUL LÉAUTAUD

Oh ! ce ruban rouge à votre boutonnière, comme il est mince. On dirait une faveur.

ALFRED CAPUS

Favorite

Morceau de roi.

LÉO CAMPION

Feindre

Feindre de croire un mensonge est un mensonge exquis.

MAURICE CHAPELAN

Fêlé

Bienheureux les fêlés, car ils laisseront passer la lumière.

MICHEL AUDIARD

Félicitation

Politesse de l'envie.

AMBROSE BIERCE

Féminisme

Le féminisme n'est pas une question de sexe puisque le Français est plus femme que l'Anglaise.

NATHALIE CLIFFORD BARNEY

C'est le coq qui chante, mais c'est la poule qui pond les œufs.

MARGARET THATCHER

Femme

Il n'y a que deux belles choses au monde : les femmes et les roses, et que deux bons morceaux : les femmes et les melons.

HENRI MALHERBE

Toutes les femmes devraient se marier, mais non pas l'homme.

DISRAELI

Les femmes n'ont de bon que ce qu'elles ont de meilleur.

CHAMFORT

La femme ne voit jamais ce qu'on fait pour elle ; elle ne voit que ce qu'on ne fait pas.

GEORGES COURTELINE

Je veux bien être embêté par les femmes mais pas toujours par la même.

ALFRED CAPUS

Quand une femme vous dit : « Un homme comme vous », c'est une façon de vous dire : « Quand vous voudrez, Monsieur. »

JULES RENARD

On les a dans les bras, puis un jour sur les bras et bientôt sur le dos.

SACHA GUITRY

La femme : un être qui s'habille, babille et se déshabille.

ALPHONSE KARR

Dédicace :
« À ma femme, sans l'absence de qui je n'aurais pas écrit ce livre. »

JOHN DRYDEN

Il y a eu une femme dans ma vie et, comme pour tous ceux dont on dit « il y a une femme dans sa vie », ce n'était pas la mienne.

PIERRE DANINOS

J'aime mieux penser aux femmes que je n'ai pas eues qu'aux femmes dont je me suis contenté.

WOLINSKI

Je hais les femmes parce qu'elles savent toujours où sont les choses.

JAMES THURBER

Il y a des femmes qui se tuent par amour. Mais ce sont toujours les mêmes.

ÉTIENNE REY

Les femmes, sitôt qu'elles sont trois, sont deux contre une.

PAUL LÉAUTAUD

Femme de ménage

Une femme de ménage est une vieille amie de la famille qui veut bien, de temps à autre et contre quelque argent, venir se faire du thé, parler du temps et généralement tenir compagnie à la personne qui l'emploie pendant que celle-ci époussette les meubles et fait la vaisselle.

CHESTER ANTHONY

Femme (du monde)

L'honnête homme à Paris ment dix fois par jour, l'honnête femme, vingt fois par jour, l'homme du monde cent fois par jour. On n'a jamais pu compter combien de fois par jour ment une femme du monde.

HIPPOLYTE TAINE

Femme (entretenue)

Dialogue :
« Moi, quand je me mêle d'avoir des femmes, je les entretiens sur un train de 500 000 francs par an.
— Tu les gardes longtemps ?
— Jamais plus de vingt minutes. »

ALPHONSE ALLAIS

Femme mariée

Lorsqu'on couche longtemps avec une femme mariée, il y a toujours un moment où l'on est pour le mari.

DRIEU LA ROCHELLE

Il n'y a rien de tel au monde que l'amour d'une femme mariée. C'est une chose dont aucun mari ne se rendra jamais compte.

OSCAR WILDE

Si la femme était bonne, Dieu en aurait une.

SACHA GUITRY

Si heureuse que soit une femme avec son mari, elle apprend toujours avec plaisir qu'un autre homme souhaiterait qu'elle ne le soit pas.

HENRY L. MENCKEN

Fenêtre

Avant de se foutre par la fenêtre, il faut penser à l'ouvrir.

SIM

Le comble de la politesse : refermer la fenêtre derrière soi après s'être jeté dans le vide.

ALPHONSE ALLAIS

Fesse

Quand je n'aurai plus qu'une paire de fesses pour penser, j'irai l'asseoir à l'Académie française.

GEORGES BERNANOS

Quatrain :

Si les femmes étaient sans fesses
Qu'est-ce
Que nous ferions de nos mains,
Pauvres humains ?

RAOUL PONCHON

Fesse, queue, doigt, advienne que pourra.

JACQUES PRÉVERT

Fessier

Cent fois sur le fessier, remettez votre ouvrage.

JACQUES STERNBERG

Feuille morte

Nous ne nous sommes pas quittés, c'est tombé en feuille morte.

HENRI DUVERNOIS

Feydeau

Feydeau chez Maxim's, c'est Molière à Pézenas.

JACQUES LORCEY

Fiancée

Elle était belle comme Vénus, riche comme Crésus et innocente comme Dreyfus.

EMMANUEL BERL

Fiction

À un menteur invétéré, la vérité apparaît comme une espèce de fiction.

SACHA GUITRY

Fidèle

J'ai fini par m'apercevoir que je n'étais plus le seul à partager la fidélité de mon épouse.

EUGÈNE LABICHE

La fidélité : une démangeaison avec interdiction de se gratter.

AURÉLIEN SCHOLL

Il y a des femmes qui n'aiment pas faire souffrir plusieurs hommes à la fois et qui préfèrent s'appliquer à un seul. Ce sont les femmes fidèles.

ALFRED CAPUS

Pendant le siège, toutes les femmes ont mangé du chien. On pensait que cette nourriture leur inculquerait des principes de fidélité. Pas du tout. Elles ont exigé des colliers.

AURÉLIEN SCHOLL

C'est la plus fidèle des femmes ; elle n'a trompé aucun de ses amants.

JULES RENARD

Combien de gens se croient tout permis dans leur ménage sous prétexte qu'ils sont fidèles.

SACHA GUITRY

Les femmes fidèles sont toutes les mêmes, elles ne pensent qu'à leur fidélité, jamais à leur mari.

JEAN GIRAUDOUX

À sa femme qui, au retour d'un de ses voyages, lui demandait :
« M'avez-vous été fidèle ?
— Souvent, Madame. »

GUILLAUME HANOTEAUX

Les hommes jeunes voudraient être fidèles et ne le sont pas. Les vieux voudraient être infidèles et ne le peuvent pas.

OSCAR WILDE

Fier

Je suis trop orgueilleux pour être fier de moi. Il me faudrait admettre que les gens qui m'apprécient aient bon goût.

PHILIPPE BOUVARD

Fierté

Les Anglais sont fiers en toute humilité, fiers de ne pas être fiers.

ROBERT BURTON

Fil de fer

J'ai une santé de fil de fer.

JEAN COCTEAU

Filer (doux)

Plus on les fait languir, plus elles filent doux. À moins qu'elles ne filent ailleurs.

MISTINGUETT

Fille

La plupart des parents ne se font aucun souci pour leur fille jusqu'au matin où elle n'est pas là pour le petit déjeuner. Et là, c'est trop tard.

KIM HUBBARD

Ce n'est pas ce que les filles savent qui inquiète leur mère, c'est la façon dont elles l'ont appris.

COLETTE

Mariez votre fils quand vous voudrez ; votre fille quand vous pourrez.

BENJAMIN FRANKLIN

À partir d'un certain âge, les femmes se prennent toutes pour leur fille.

HENRI JEANSON

Comme on compte les moutons pour s'endormir, il essayait de compter toutes les filles qu'il avait eues.

ANDRÉ FRÉDÉRIQUE

Fille de joie

Toute fille de joie, en séchant, se fait prude.

VICTOR HUGO

J'ai connu bien des filles de joie qui avaient pour père un homme de peine.

ALPHONSE ALLAIS

Fils

N'ayant pas eu d'enfant, je suis toujours un fils.

SACHA GUITRY

Fin (de mois)

Fins de mois dures et cruelles aux petites bourses... de qui les mois de trente et un jours chahutaient sept fois par an le budget des dépenses, fractionné par trentièmes.

GEORGES COURTELINE

Ça va recommencer... les fins de mois qui durent trois semaines.

MARCEL ACHARD

Financier

Un financier, ça n'a jamais de remords. Même pas de regrets. Tout simplement la pétoche.

MICHEL AUDIARD

Flamme

L'amour, c'est le mot employé pour désigner à la fois la flamme sexuelle de la jeunesse, la routine de la quarantaine et la dépendance mutuelle du troisième âge.

JOHN CIARDI

Flatter

Dire du mal des autres est une façon malhonnête de se flatter.

OSCAR WILDE

Flatterie

Flattez quelqu'un sur son absence de vanité et vous obtiendrez de lui tout ce que vous voudrez.

JEROME K. JEROME

Le flatteur est comme l'eau de Cologne, fait pour être senti et non avalé.

SOMERSET MAUGHAM

Dans la flatterie, aucune précaution à prendre, aucune limite à respecter. On ne va jamais trop loin.

MICHEL AUDIARD

Fleur

Si un homme offre des fleurs à sa femme sans raison, c'est qu'il y a une raison.

MOLLY MC GEE

Flic

Mettez un flic dans votre moteur.

MURS DE LA SORBONNE 68

Paroles de flic :
« Des coups et des douleurs, on ne discute pas. »

COLUCHE

Flingue

Est-ce un flingue que tu as dans la poche ou est-ce que tu es content de me voir ?

MAË WEST

Flirt

Flirter avec une femme, c'est courir après elle jusqu'à ce qu'elle vous rattrape.

SACHA GUITRY

Flux

Le flux et le reflux me font marée.

RAYMOND DEVOS

Foi

Avec la foi, on ne fait pas grand-chose ; sans la foi, rien.

GILBERT CESBRON

Nous avons toujours la foi. Mais ce que nous attendions de Dieu, nous l'attendons aujourd'hui de la science médicale.

GEORGE BERNARD SHAW

La foi : une croyance absurde dans l'éventualité de l'improbable.

HENRY L. MENCKEN

Foie gras

Mon idée du ciel : manger du foie gras au son des trompettes.

SYDNEY SMITH

Foin

L'objet de ses recherches : comment obtenir du lait à partir du foin sans passer par la vache.

ALPHONSE ALLAIS

Folies-Bergère

Un psychiatre est un individu qui va aux Folies-Bergère et qui regarde le public.

MERVYN STOCKWOOD

Fonctionnaire

Beaucoup d'hommes se marient comme l'on devient fonctionnaire.

ALFRED CAPUS

Le gouvernement sème des fonctionnaires et le contribuable récolte des impôts.

CLEMENCEAU

Mon père était fonctionnaire et ma mère ne faisait rien non plus.

COLUCHE

Fonctions

Elles ne créent pas toutes l'orgasme. C'est dommage.

LÉO CAMPION

Fontenelle

Sa prière :

Ô mon Dieu, faites-moi la grâce de ne jamais me marier.

Ô mon Dieu, si je me marie, faites-moi la grâce de n'être pas cocu.

Ô mon Dieu, si je suis cocu faites-moi la grâce de ne pas en être informé.

Ô mon Dieu, si j'en suis informé, faites-moi la grâce de ne pas le croire.

Ô mon Dieu, si je le crois, faites-moi la grâce de m'en moquer.

Football

Le football américain professionnel, c'est comme la guerre nucléaire. Il n'y a pas de vainqueurs. Il n'y a que des survivants.

FRANK GIFFORD

Ford

Chez Henry Ford, vous pouvez acheter une automobile de la couleur que vous voulez, à condition qu'elle soit noire.

Publicité

Forêts vierges

Elles ne sont plus vierges du tout ! Tous les voyageurs y pénètrent sans effort et l'explorateur prudent, avant de s'y aventurer, doit revêtir un imperméable britannique.

CAMI

Forme

Il y a des années où on n'est pas en forme.

MARCEL ACHARD

Formule

Belle formule ! Je me demande à qui vous l'avez volée !

JONATHAN SWIFT

Fortune

Il y a des gens qui n'ont de leur fortune que la crainte de la perdre.

RIVAROL

Elle vient en dormant, mais pas en dormant seule.

CAROLINE OTERO

C'est parce que la fortune vient en dormant qu'elle arrive si lentement.

ALPHONSE ALLAIS

Ma richesse consiste, non pas à accroître ma fortune, mais à diminuer mes besoins.

J. BROTHERTON

La fortune est un sixième sens.

SOMERSET MAUGHAM

Fossé

Le professeur de musique venait deux fois par semaine combler l'immense fossé qui séparait Dorothy de Chopin.

GEORGES ADE

Fou

Il y a des fous partout, même dans les asiles.

JULES RENARD

Plus on est de fous, moins il y a de riz.
COLUCHE

Les vieux fous sont plus fous que les jeunes.
LA ROCHEFOUCAULD

Nous naissons tous fous. Certains le restent.
SAMUEL BECKETT

La grande leçon de la vie, c'est que parfois, ce sont les fous qui ont raison.
WINSTON CHURCHILL

Les Français enferment quelques fous dans une maison pour persuader ceux qui sont dehors qu'ils ne le sont pas.
MONTESQUIEU

Foulard

Quand il n'est pas Hermes, il est islamique.
ALAIN SCHIFRES

Four

On écrit un succès exactement comme on écrit un four.
WILLIAM SAROYAN

On va frapper les trois coups ; un par spectateur.
TRISTAN BERNARD

Four : salle glaciale.
JULES RENARD

Des fours, il en faut ; sinon on ronronne.
SACHA GUITRY

Un succès n'est jamais facile. Un four non plus.
ALFRED SAVOIR

Fourchette

Il vaut mieux creuser sa tombe avec sa fourchette qu'avec une pelle. C'est plus agréable et c'est plus long.

PHILIPPE BOUVARD

Fourchette (à huîtres)

Petites annonces :
« Fourchettes à huîtres, la pièce : 10 francs. »
« Les mêmes plus chères, la pièce : 12 francs. »

ALPHONSE ALLAIS

Fourest (Georges)

Sa carte de visite indiquait :
« Avocat, loin des tribunaux. »

Fourmis

Quand je regarde mon écriture, il me semble qu'une légion de fourmis est sortie de l'encrier et a traversé la feuille sans s'essuyer les pieds.

SYDNEY SMITH

Fourrure

La fourrure, c'est une peau qui change de bête.

AURÉLIEN SCHOLL

La femme est un bel animal sans fourrure et dont la peau est très recherchée.

JULES RENARD

Foyer

Certains hommes, comme certaines lunettes, sont à double foyer.

CARLO RIM

Frac

Habit noir : il faut dire « frac ». Sauf dans l'expression « L'habit ne fait pas le moine », auquel cas il faut dire « froc ».

GUSTAVE FLAUBERT

Franc

Si l'on a quelque chose de désagréable à dire, il vaut toujours mieux être franc.

OSCAR WILDE

Français

Les autres parties du monde ont des singes. L'Europe a des Français.

SCHOPENHAUER

Mettez trois Français ensemble au désert de Libye, ils ne seront pas un mois sans s'égorger.

MONTAIGNE

Les Français ne parlent jamais de leurs femmes, c'est qu'ils ont peur d'en parler devant des gens qui les connaissent mieux qu'eux.

MONTESQUIEU

Les Français ignorent l'hagiographie.

WILLY

Le Français est, pour l'Anglais, le plus étranger des étrangers.

GILBERT K. CHESTERTON

Le Français naît ancien combattant.

GASTON BONHEUR

Dans chaque Français, il y a deux hommes : celui qui ne veut pas d'histoires et celui qui a de grandes idées.

WOLINSKI

France

La France est riche. Elle ne s'en aperçoit que par ses pertes. De même que l'on n'apprécie la santé que quand on est malade.

ALPHONSE KARR

Refaire la France ! Admirable. Comme si la France n'avait pas toujours été refaite.

AURÉLIEN SCHOLL

La France contient, dit l'Almanach Impérial, trente-six millions de sujets sans compter les sujets de mécontentement.

HENRI ROCHEFORT

La France est la patrie du genre humain et l'on y est très accueillant aux étrangers, exception faite, bien entendu, pour les amerloques, les angliches, les fridolins, les macaronis, les espinguoins, les polacks, les macaques, les ratons, les youpins et autres métèques.

THIERRY MAULNIER

En France, plus on est cru, plus on est cru.

PIERRE DANINOS

Franchement

Si quelqu'un vous demande : « Voulez-vous que je vous parle franchement ? » répondez toujours « Non ».

JEAN NOHAIN

Francophonie

Que serait la francophonie si personne ne parlait français ?

FRANÇOIS MITTERRAND

Frapper

On ne frappe pas un ennemi à terre. Mais alors quand ?

LUCIEN GUITRY

On ne frappe pas un homme à terre ; il risque de se relever.

ANDRÉ ROUSSIN

Frère

Les faits et la vérité sont souvent cousins ; pas frère et sœur.

EDWARD BUNKER

Freud

Freud a trouvé le sexe relégué dans un hangar et il l'a installé comme un invité d'honneur dans le salon.

BERAN WOLFE

Je vous résume le freudisme : pourquoi ? Parce queue.

LOUIS PAUWELS

Frigide

Il n'y a pas de femmes frigides : il n'y a que des mauvaises langues.

COLUCHE

Frigidité

Sexe aphone.

LÉO CAMPION

Fromage

La France est le pays où il y a trois cent dix-sept fromages sans compter l'UNESCO.

ORSON WELLES

Fuir

Fuir : prendre son courage à deux pieds.

ALEXANDRE BREFFORT

Fumer

Rien n'est plus facile que de s'arrêter de fumer. Moi-même je me suis arrêté plus de cent fois.

MARK TWAIN

Fumeur

Il n'y a pas de fumeur sans feu.

JOSÉ ARTUR

Fusil

Il était devenu président de la République parce que ça l'ennuyait trop de recharger lui-même son fusil à la chasse.

GILBERT CESBRON

Quand je prends un fusil, la place la plus sûre pour un faisan est juste en face du canon.

SYDNEY SMITH

Gâcher

Verser de l'eau dans du cognac, c'est gâcher deux bonnes choses.

CHARLES LAMB

Gadget

Mon père avait travaillé pour la même firme pendant douze ans. Au bout de quoi ils l'ont viré pour le remplacer par un gadget gros comme ça qui fait tout ce que faisait mon père, mais mieux. Le plus déprimant, c'est que ma mère a quitté la maison et en a acheté un, elle aussi.

WOODY ALLEN

Gaffe

D'un automobiliste à une auto-stoppeuse :
« Montez. Je ne suis pas de ces mufles qui ne prennent que les jolies femmes. »

JEAN NOHAIN

Gag

Je suis employé au gag.

ALEXANDRE BREFFORT

Galant

On dit un galant homme et une femme galante. Un galant homme c'est exquis et une femme galante c'est horrible.

SACHA GUITRY

Gallois

Les noms propres ne sont pas toujours ce à quoi ils ressemblent. Exemple, ce Gallois qui s'appelle Bzjxxllvep. Ça se prononce Jackson.

MARK TWAIN

Galoche

Les gens qui ont le menton en galoche et dont les dents se déchaussent y mettent vraiment de la mauvaise volonté.

PIERRE DAC

Gardien de la paix

Toute vache a, dans son cœur, un gardien de la paix qui sommeille. Ne le réveillez pas.

HENRI JEANSON

Gardien de phare

« N'importe quoi pour avoir une vie tranquille », comme dit l'homme en décidant de se faire gardien de phare.

JEROME K. JEROME

Gâtisme

Ce qu'on appelait autrefois l'âge mûr a disparu. On reste jeune très longtemps, puis on devient gâteux.

ALFRED CAPUS

Dialogue :
« Il est à moitié gâteux.

— Alors il va mieux. »

FLERS ET CAILLAVET

Gaucher

Je suis un gaucher contrariant. C'est plus fort que moi. Il faut que j'emmerde les droitiers.

PIERRE DESPROGES

Gazon

Le secret du gazon anglais : vous le semez et vous laissez pleuvoir pendant sept siècles.

ANDRÉ MAUROIS

Gendarme

Là où il n'y a pas de gendarmes, une certaine race d'« honnêtes gens » est capable de tout.

FRANÇOIS MAURIAC

Le pourcentage de voleurs est le même dans toutes les communautés, même chez les gendarmes.

EDGAR MORIN

On a toujours l'air de mentir quand on parle à des gendarmes.

CHARLES-LOUIS PHILIPPE

Gendre

Le fils d'un nouveau riche est parfois un très digne homme. Son gendre, rarement.

MADELEINE BROHAN

Généalogie

Beaucoup d'arbres généalogiques ont commencé par être greffés.

SAMUEL JOHNSON

Pourquoi dépenser de l'argent pour faire établir votre arbre généalogique ? Faites de la politique et vos adversaires s'en chargeront.

MARK TWAIN

Généalogiste

Généalogiste : quelqu'un qui remonte la lignée de vos ancêtres aussi loin que vous pouvez le payer.

TONY MAYER

Général

Général : militaire de haut grade que les tambours battent quand il change de sexe.

PIERRE DAC

Si tant de nos généraux ont une intelligence médiocre, on peut penser que c'est parce qu'ils ont été colonels.

ADRIEN HÉBRARD

Les généraux qui meurent à la guerre commettent une faute professionnelle.

HENRI JEANSON

Un général est un particulier.

JEAN COCTEAU

C'est paradoxalement quand ils entrent dans la réserve que les généraux commencent à commettre des indiscrétions.

PIERRE DANINOS

Générale

À l'occasion d'une générale, le soiriste peut écrire que le public rit ; seul le critique a le droit d'écrire que la pièce est drôle.

JEAN CAZALET

Généralisation

On peut donner comme exemple de généralisation hâtive le Romain qui arrivant à Alésia vit une gauloise bleue et inscrivit sur son carnet : « Toutes les gauloises sont bleues. »

ROBERT BEAUVAIS

Génération

La jeune génération est très inférieure à la nôtre... Tout de même, si je pouvais en faire partie.

GEORGES FEYDEAU

Généreux

Il est plus facile d'être généreux que de ne pas le regretter.

JULES RENARD

Genèse

La chute d'Adam et d'Ève, une erreur de genèse.

BORIS VIAN

Génie

Je ne peux pas vous dire si le génie est héréditaire, étant donné que le ciel ne m'a pas donné de progéniture.

JAMES MC NEIL WHISTLER

Le génie, c'est quand ça va si vite qu'on ne sait pas comment c'est fait.

LÉON-PAUL FARGUE

On lui prête du génie, mais il ne le rend jamais.

CARLO RIM

Idée de génie : mettre la pomme de Newton dans la brouette de Pascal.

ROLAND BACRI

Genoux

Si les genoux se pliaient dans l'autre sens, à quoi ressembleraient les chaises ?

ROLAND MAGDANE

Une femme sur les genoux avec laquelle on n'est plus d'accord, c'est lourd !

SACHA GUITRY

Gens

En voilà des sales types, les gens !

ALPHONSE ALLAIS

Le malheur, quand on est riche, c'est qu'il faut vivre avec les gens riches.

LOGAN PEARSALL SMITH

Les gens ont quelque chose en commun : ils sont tous différents.

ROBERT ZEND

Dieu doit aimer les gens ordinaires ; il en a fait tellement.

ABRAHAM LINCOLN

Il faut prendre les gens à très petites doses.

RALPH WALDO EMERSON

Gentil

C'est merveilleux comme on peut être gentil avec vous quand on sait que vous vous en allez.

MICHAEL ARLEN

Gentleman

Un gentleman est quelqu'un qui ne blesse jamais les sentiments d'autrui sans le faire exprès.

OSCAR WILDE

C'est celui qui est capable de décrire Sophia Loren sans faire de gestes.

MICHEL AUDIARD

Un gentleman est un homme qui ne bat jamais une femme sans ôter son chapeau.

ALBERT WILLEMETZ

Geôlier

Prisonnier libre.

MIGUEL ZAMACOÏS

Géométrie

Imaginez un procédé pour ne pas déchirer vos vêtements à la pointe des troncs de cône.

JEAN TARDIEU

Géricault

Célèbre peintre français dont la trompette était le violon d'Ingres.

PIERRE DAC

Gide (André)

Gide, je le trouve d'une immoralité douteuse.

JEAN GENET

Gide : le vieux Voltaire de la pédérastie.

ABEL BONNARD

Je maintiens que, pour qui connaît les habitudes de Monsieur Gide, *La Porte étroite* est un titre beaucoup plus scandaleux que *J'irai cracher sur vos tombes*.

BORIS VIAN

Il veut vivre à sa guise, mais avec les félicitations de la Brigade des mœurs.

JACQUES LAURENT

Gide vieillissant ou l'art d'être grand-tante.

JEAN DUTOURD
cité par YVAN AUDOUARD

Gifle

Dialogue :
« Vous vous êtes déjà battu en duel ?
— Non, mais j'ai déjà reçu des gifles. »

JULES RENARD

Dès qu'on nous embrasse, il est bon de prévoir tout de suite l'instant où nous serons giflés.

JULES RENARD

Il ne faut jamais gifler un sourd. Il perd la moitié du plaisir. Il sent la gifle mais il ne l'entend pas.

GEORGES COURTELINE

Gin

Je ne bois jamais rien de plus fort que le gin avant le petit déjeuner.

W. C. FIELDS

L'art pour l'art, c'est une formule qui n'a pas plus de sens que le gin pour le gin.

SOMERSET MAUGHAM

Giono (Jean)

Giono, c'est comme la source Perrier. Il est renforcé avec son propre gaz naturel.

MARCEL PAGNOL

Girafe

C'est très pénible de peigner la girafe. Surtout sans échelle.

CHAVAL

Giraudoux (Jean)

Le style de Giraudoux, c'est une permanente. Il n'est pas frisé naturellement.

JEAN COCTEAU

Girls

Jolies dames qui viennent on ne sait d'où. Et qui, en général, y retournent.

LÉO CAMPION

Girouette

Les femmes et les girouettes se fixent quand elles se rouillent.

VOLTAIRE

Ce n'est pas la girouette qui tourne, c'est le vent.

EDGAR FAURE

Giscard

Les Giscard, dès le XIXe siècle, ont utilisé un accélérateur de particule.

JOSÉ ARTUR

Glace

Glace : matière à réflexion.

LÉO CAMPION

Quand je mange des glaces, cela me fait réfléchir.

COMMERSON

Gloire

Au cimetière de la gloire, il n'y a pas de concession à perpétuité.

EUGÈNE LABICHE

La fumée sans feu dont on parle tant.

JULES RENARD

Glouton

La gloutonnerie n'est pas un vice secret.

ORSON WELLES

Gogo

Il naît un gogo à chaque minute.

PHINEAS TAYLOR BARNUM

Golf

Ce n'est pas fair-play de ramasser les balles de golf perdues pendant qu'elles roulent encore.

MARK TWAIN

Les caddies sont les enfants de la balle. Ramasser les pourboires est le souci des caddies. Ramasser les balles, le cadet de leurs soucis.

ALBERT WILLEMETZ

Ce que je reproche au golf ? Il vous entraîne trop loin du bar du club-house.

ÉRIC LINKLATTER

Golgotha

Jésus, portant sa croix dans la montée du Golgotha, aurait souhaité avoir un diable pour l'aider.

JOSÉ ARTUR

Gond

Il est plus facile de sortir de ses gonds que d'y rentrer.

MARCEL ACHARD

Gorilles

Les jeunes gorilles sont amicaux, mais ça leur passe vite.

WILL CUPPY

Gourmet

Le gourmet peut dire, d'après son goût, si la patte du coq de bruyère qu'il est en train de manger est ou non celle sur laquelle l'oiseau avait l'habitude de se percher.

WILL CUPPY

Passer pour un idiot aux yeux d'un imbécile est une volupté de fin gourmet.

GEORGES COURTELINE

Goût

Ce qu'il y a d'enivrant dans le mauvais goût, c'est le plaisir aristocratique de déplaire.

CHARLES BAUDELAIRE

Goutte

Nom donné par les médecins au rhumatisme d'un homme riche.

AMBROSE BIERCE

Gouvernement

Le gouvernement est le seul vaisseau connu qui coule par le haut.

JAMES RESTON

Grâce

Parée de toutes les grâces du corps, on dirait que la nature prévoyante ne lui a refusé les dons de l'esprit que pour qu'elle soit plus absolument belle.

ALPHONSE ALLAIS

Grand-mère

Avoir des petits-enfants ne signifie pas forcément qu'on est vieux. Mais ça veut dire qu'on est marié à une grand-mère.

G. NORMAN COLIE

Grands hommes

Les grands hommes meurent deux fois. Une fois comme homme et une fois comme grand.

PAUL VALÉRY

Derrière chaque grand homme, il y a une femme qui n'a rien à se mettre.

L. GRANT GLICKMAN

Gravité

La gravité est le bouclier des sots.

MONTESQUIEU

Green (Julien)

Son chapelet fait un bruit d'enfer.

ANDRÉ GIDE

Grenouille

S'il fallait tenir compte des services rendus à la science, la grenouille occuperait la première place.

CLAUDE BERNARD

Mets qui se consomme gloutonnement.

JEAN CAZALET

Gros

Dialogue :

« Est-ce vrai que les gens maigres ont plus d'esprit ?
— Oui mon gros. »

MARGUERITE MORENO

Quand les gros sont maigres, il y a longtemps que les maigres sont morts.

LAO TSEU

Grosse tête

C'est une grosse tête. Il sait tout mais pas plus.

ARLETTY

Grossesse

J'ai eu six enfants et vous pouvez constater que je n'ai pas été du tout déformé par la grossesse.

JACQUES MARTIN

Grouchy

Les dernières paroles de Napoléon sur son lit de mort furent celles-ci : « Si Grouchy arrive, dites-lui que ce n'est plus la peine. »

FRANÇOIS CAVANNA

Gruyère

Que devient le trou quand le gruyère est fini ?

BERTOLT BRECHT

Guépard

Quadrupède connu principalement pour son chant.

ALPHONSE ALLAIS

Guérir

La vie est une maladie dont on ne guérit pas. Et même, pour finir, on en meurt.

MARK TWAIN

Guérison

En médecine empirique, un bon guéri vaut mieux que deux qui ne le sont pas.

PIERRE DAC

Un rebouteux condamné pour exercice illégal de la guérison.

ROBERT ROCCA

Guerre

Le jour où personne ne reviendra de la guerre, ce sera parce que la guerre enfin aura été bien organisée.

BORIS VIAN

Les guerres, ce sont des gens qui ne se connaissent pas et qui s'entre-tuent parce que d'autres gens qui se connaissent très bien ne parviennent pas à se mettre d'accord.

PAUL VALÉRY

Le ministre de la Guerre a donné sa démission. La guerre est supprimée.

JULES RENARD

La guerre, ça devient la barbe quand tout est mort, éteint, embaumé. Il faudrait lui trouver des limites. Par exemple, le football, on y joue dans des endroits spéciaux. Il devrait y avoir des terrains de guerre pour ceux qui aiment bien mourir en plein air. Ailleurs on danserait et on rirait.

ROGER NIMIER

À la guerre, on devrait toujours tuer les gens avant de les connaître.

MICHEL AUDIARD

En matière de stratégie, il y a toujours deux solutions : la bonne et celle de l'École de Guerre.

GÉNÉRAL VANUXEN

Guerre de Cent Ans

« Oui Monsieur, j'ai fait la guerre de Cent Ans, me disait l'admirable vieux monsieur. J'avoue que cela ne m'a pas intéressé. »

ERIK SATIE

Gueule

Depuis toujours on me dit : « Vous ne changez pas. » Quelle gueule je devais avoir à dix-huit ans ?

PAULINE CARTON

C'est pas parce qu'on a rien à dire qu'il faut fermer sa gueule.

MICHEL AUDIARD

Guignol

Dans la vie, même quand ça a l'air sérieux, ça n'est tout de même que du guignol. Et on joue toujours la même pièce.

JEAN ANOUILH

Guillemets

On dit de quelqu'un qui a les jambes arquées qu'il les a « en parenthèses ». Pour que l'on puisse dire qu'il les a « entre guillemets » il faudrait y ajouter les bras.

RAYMOND DEVOS

Ouvrez les guillemets, Madame, j'ai à vous parler.

FRANÇOIS VALORBE

Guillotine

Les adversaires de la peine de mort guillotineraient volontiers les partisans de la peine de mort.

RENÉ BARJAVEL

Guillotiné

Pour porter la tête d'un guillotiné sans se salir, il faut la prendre par une oreille.

FRANÇOIS CAVANNA

Guitry (Lucien)

Son fils Jean ayant commis quelques bêtises, Lucien Guitry craignait qu'il ne soit arrêté et mis en prison. Un ami de la famille lui demande :

« Et comment va Jean ? »

Réponse :

« Il prépare Centrale. »

Jean Guitry ayant demandé à l'administrateur du théâtre où jouait son père de lui avancer de l'argent.

« Est-ce que je dois marcher ? *demande l'administrateur.*

— Sur la pointe des pieds », *répond Lucien Guitry.*

Guitry (Sacha)

Molière était un auteur dramatique qui jouait ses pièces. Sacha Guitry est un comédien qui écrit les siennes.

MARCEL PAGNOL

Sacha Guitry était témoin d'Emmanuel Berl lors de son mariage avec Mireille. À la mairie du Ier arrondissement, l'appariteur lisant le procès-verbal annonce :

« Les témoins sont, pour le marié, M. Guitry Sacha, Chevalier de la Légion d'honneur... »

À ce moment-là, le scribe interrompt sa lecture et s'adresse à Sacha Guitry :

« Vous êtes Chevalier de la Légion d'honneur, Monsieur Guitry ? »

Alors Guitry, montrant son ruban rouge à sa boutonnière :

« Je croyais avoir mis un pense-bête. »

Il était marié à Yvonne Printemps qui le trompait avec Pierre Fresnay, lui-même marié à Berthe Bovy. Il téléphona à celle-ci :
« Je ne voudrais pas que vous appreniez par d'autres que nous le sommes par eux. »

Gymnastique

Ma seule gymnastique, c'est d'aller aux enterrements de mes amis qui faisaient de la gymnastique pour rester en bonne santé.

GEORGES FEYDEAU

Habileté

Le comble de l'habileté : arriver à l'heure avec un cadran de baromètre.

Alphonse Allais

Habiller

Les pays où l'on s'habille le mieux sont ceux où l'on se déshabille le plus.

Fortunat Strowski

Habits

Les habits de nos amis sont nos habits.

Jules Jouy

Habitudes

L'habitude fait les faux amis comme l'occasion fait les faux amants.

Paul Léautaud

Le malheur dans ce monde, c'est que les bonnes habitudes sont beaucoup plus faciles à perdre que les mauvaises.

Somerset Maugham

Pourquoi, après avoir tout fait pendant dix ans pour que son mari perde ses vieilles habitudes, une femme se plaint-elle qu'il ne soit plus l'homme qu'elle a épousé ?

BARBRA STREISAND

Haleine

D'un homme qui avait mauvaise haleine :
« Nous avons passé la journée ensemble, hier... Eh bien, pour une fois, il ne sentait pas mauvais. Il avait mangé de l'ail. »

AURÉLIEN SCHOLL

D'un personnage qui avait mauvaise haleine :
« Qui ne dit mot qu'on sent. »

GEORGES FEYDEAU

Hamlet

L'élève Hamlet : être ou ne pas être dans les nuages.

JACQUES PRÉVERT

Hasard

Le hasard, c'est le pseudonyme de Dieu quand il ne veut pas signer de son nom.

PÈRE RIQUET

Hâte

Célérité des maladroits.

AMBROSE BIERCE

Haut-de-forme

Un tuyau pour Auteuil ou pour Longchamp mais pas pour le tiercé.

ROBERT SCIPION

Herbe

Si l'herbe est plus verte dans le jardin de ton voisin, laisse-le s'emmerder à la tondre.

FRED ALLEN

Hérédité

Je ne sais pas qui était mon grand-père. Je suis intéressé davantage de savoir ce que va devenir son petit-fils.

ABRAHAM LINCOLN

L'hérédité, c'est ce à quoi croit un homme jusqu'à ce que son fils devienne un délinquant.

HENRY L. MENCKEN

L'hérédité, c'est un autobus dans lequel tous nos ancêtres voyageraient. De temps en temps l'un d'eux met la tête à la fenêtre et vient nous causer toutes sortes d'ennuis.

O. W. HOLMES

Héritage

Un gâteau que vous recevez quand vous n'avez plus les dents pour le manger.

FRED ALLEN

Hériter

J'ai hérité à la fois du talent de ma mère pour dépenser de l'argent et du don de mon père pour ne pas en gagner.

FRANCIS BACON

Héritière

Toutes les héritières sont belles.

JOHN DRYDEN

Hermétique

On peut être hermétique sans avoir rien à dire.

SACHA GUITRY

Hermine

L'hermine, c'est tout blanc avec le bout de la queue noir alors que le ramoneur, c'est tout noir avec une grande échelle sur le dos.

LÉO CAMPION

Héros

Le héros cherche la catastrophe. Achille : un talon. Napoléon : une île. Hercule : une chemise.

PAUL VALÉRY

La première qualité d'un héros, c'est d'être mort et enterré.

MARCEL PAGNOL

Un jour ou l'autre, les héros deviennent tous des raseurs.

MICHEL AUDIARD

Pour devenir un héros, il faut savoir mourir au bon moment.

GEORGE BERNARD SHAW

Un héros n'est pas plus courageux qu'un homme ordinaire. Il est courageux cinq minutes de plus.

RALPH WALDO EMERSON

Hétérosexuel

Pour ma part, je suis hétérosexuel. Mais il faut le reconnaître, le bisexuel a deux fois plus de chances le samedi soir.

WOODY ALLEN

Heure

L'heure est le maître dont les Anglais sont les esclaves ravis.

CHESTER ANTHONY

Les femmes et les montres ne sont jamais à l'heure qu'on voudrait.

PAUL-JEAN TOULET

Toi, le jour où tu arriveras à l'heure, c'est que tu te seras trompée d'heure.

SACHA GUITRY

Heureux

Les seules gens réellement heureux sont les femmes mariées et les hommes seuls.

HENRY L. MENCKEN

Tous les mariages sont heureux. C'est de vivre ensemble ensuite que naissent tous les ennuis.

RAYMOND HALL

On n'est jamais ni si heureux, ni si malheureux qu'on s'imagine.

LA ROCHEFOUCAULD

Pour parler franchement, j'aime mieux avoir été moins heureux que d'être mort jeune.

BUSSY-RABUTIN

Qui est heureux de nos jours ? Quelques malheureux.

CHAMFORT

Il ne suffit pas d'être heureux ; encore faut-il que les autres soient malheureux.

JULES RENARD

Hibernation

C'est, en somme, une manière de passer la mauvaise saison.

ROBERT SCIPION

Hier

Il y a tellement de choses qu'on voudrait avoir faites hier et si peu qu'on a envie de faire aujourd'hui.

MIGNON MC LAUGHLIN

Hippopotame

L'hippopotame est monogame. On peut penser, quand on le voit, que c'est déjà beaucoup.

WILL CUPPY

Hirondelle

Quand les hirondelles volent bas, les souris dansent parce qu'elles se sont trompées de proverbe.

FRANÇOIS CAVANNA

Histoire

L'histoire est une suite de mensonges sur lesquels on est d'accord.

NAPOLÉON

L'histoire, c'est le récit — le plus souvent faux — d'événements le plus souvent sans importance — à propos de princes — le plus souvent des fripons — et de soldats — le plus souvent des débiles.

AMBROSE BIERCE

Les livres d'histoire qui ne contiennent aucun mensonge sont très ennuyeux.

ANATOLE FRANCE

L'histoire se répète, les historiens aussi.

GUEDALLE

Si les gens heureux, comme on prétend, n'ont pas d'histoire, ils feraient bien de ne pas nous la raconter.

PAUL-JEAN TOULET

Histoire (drôle)

Pour qu'une histoire drôle soit bien racontée, il faut trois personnes, une qui la dit, une qui la comprend et une troisième qui ne la comprend pas, ce qui accroît le plaisir des deux autres.

ALPHONSE ALLAIS

Réflexion d'enfant :
« Il doit y avoir du monde au salon. Papa a raconté une histoire et maman a ri. »

SACHA GUITRY

Hiver

L'hiver anglais se termine en juillet pour recommencer au mois d'août.

LORD BYRON

Hollande

À La Haye, les gens sont tellement propres que quand ils ont envie de cracher, ils prennent le train pour la campagne.

GEORGES COURTELINE

Hollywood

C'est l'endroit où chaque touriste prend chaque autre pour une star.

FRED ALLEN

Si mes livres avaient été plus mauvais, ils ne m'auraient pas demandé d'aller à Hollywood. S'ils avaient été meilleurs, je n'y serais pas allé.

RAYMOND CHANDLER

Hollywood : une plantation d'orangers où se promènent des acteurs au chômage.

GROUCHO MARX

À Hollywood, le barman n'est pas un barman, le pompiste n'est pas un pompiste, la serveuse n'est pas une serveuse. Chacun d'eux est un acteur qui attend le rôle de sa vie.

GROUCHO MARX

Dialogue :
« Comment dit-on “Je t'encule” à Hollywood ?
— Fais-moi confiance. »

MARLON BRANDO

Homme

La première chose que je regarde chez un homme, c'est sa femme.

CATHERINE LARA

Je ne me soucie pas de vivre dans un monde d'hommes si je peux y être une femme.

MARILYN MONROE

Parlez à un homme de lui-même, il vous écoutera pendant des heures.

DISRAELI

Il me semble quelquefois qu'en créant l'homme, Dieu ait surestimé ses possibilités.

OSCAR WILDE

L'homme ne demande pas grand-chose ici-bas. Mais il veut que ce pas grand-chose soit plaisant et ne se fasse pas trop attendre.

SAMUEL BUTLER

J'ai été folle de ce garçon et maintenant je ne peux plus le voir en face. Comme les hommes changent.

HENRY BECQUE

Un homme ne vit pas dessus, non, ni dessous. Un homme, c'est mitoyen.

JACQUES AUDIBERTI

Les hommes sont volages. Bien folle est qui s'y fie.

RAYMOND QUENEAU

J'ai toujours pensé que tant que l'homme sera mortel, il ne sera jamais décontracté.

WOODY ALLEN

Homme d'État

Maintenant, je sais ce qu'est un homme d'État, c'est un politicien mort. Il nous en faudrait davantage.

BOB EDWARDS

Homme du monde

Il ne veut pas se donner. Il ne consent qu'à se distribuer.

TRISTAN BERNARD

Homme public

Homme public ne doit pas être le masculin de femme publique.

PIERRE HENRI TEITGEN

Homosexuel

Leur nombre augmente sans cesse alors qu'ils ne se reproduisent jamais.

YVES MIRANDE

Ne marche jamais derrière une mule, ni devant un pope.

Proverbe grec

Si Dieu avait voulu avoir des homosexuels, il aurait créé Adam et Walter.

ANITA BRYANT

Dialogue :
« Vous ne faites donc jamais l'amour avec une femme ?
— Quelquefois. Par vice. »

OSCAR WILDE

Honnête

La plupart des honnêtes femmes sont des trésors cachés qui ne sont en sûreté que parce qu'on ne les cherche pas.

LA ROCHEFOUCAULD

L'homme honnête est une variété.

CHAMFORT

La grande leçon qui ressort de la mort du président Lincoln, c'est qu'on a bien tort d'être honnête quand on peut faire autrement.

HENRI ROCHEFORT

Il y a plus d'honnêtes femmes qu'on le croit, mais moins qu'on ne le dit.

ALEXANDRE DUMAS FILS

Bien que je ne sois pas honnête par nature, il m'arrive souvent de l'être par hasard.

GEORGE BERNARD SHAW

C'est une belle chose d'être honnête, mais il est également important d'avoir raison.

WINSTON CHURCHILL

Il y a des honnêtes gens et leur cas n'est pas très clair.

GONZAGUE TRUC

Un bon conseil : soyez honnête. C'est la meilleure combine. Vous pouvez me croire. J'ai tout essayé.

VANDERBILT

Dialogue :
« Vous est-il arrivé de rencontrer des femmes honnêtes ?
— Rarement... et toujours au moment où elles cessaient de l'être. »

ALFRED CAPUS

Quand une femme commence à faire remarquer qu'elle est honnête, il est temps de se méfier.

ALFRED CAPUS

Il y a de mauvais conseils que seule une honnête femme peut donner.

ALFRED CAPUS

Honnêteté

Elle respirait l'honnêteté, hélas, elle avait le souffle court.

LUCIEN GUITRY

Honneur

C'est un bien bel honneur que les femmes portent à un demi-pouce de distance du cul.

LICHTENBERG

L'honneur, c'est comme les allumettes, ça ne sert qu'une fois.

MARCEL PAGNOL

Honorer

C'est en faisant la même chose qu'un homme honore une femme ou la déshonore.

NOCTUEL

Honteux

Celui qui a dit que la critique est aisée n'a pas dit quelque chose de bien remarquable. C'est même honteux d'avoir dit cela. On devrait pouvoir le poursuivre pendant au moins un kilomètre ou deux.

ERIK SATIE

Horaire

Dans le cocufiage mutuel le seul problème réel est un problème d'horaire.

SAN-ANTONIO

Horreur

L'horreur est humaine.

COLUCHE

Quand vous voyez ce qu'épousent certaines femmes, ça vous fait mesurer leur horreur du travail.

HELEN ROWLAND

Les gens ne sont jamais aussi disposés à vous écouter que lorsque vous leur dites des horreurs sur vous-même. Et vous-même n'êtes jamais aussi contrarié que lorsque vous vous apercevez qu'ils vous croient.

SOMERSET MAUGHAM

Hors-d'œuvre

Les hors-d'œuvre variés ? Toujours les mêmes.

LUCIEN GUITRY

Hostie

Dieu, hostie ou pas, est un plat qui se mange froid.

PIERRE DESPROGES

Hostilité

L'amitié entre femmes n'est jamais que la suspension des hostilités.

RIVAROL

Hôte

Les gens ne sont pas commodes. Ils vous disent : « Comme vous vous servez mal !... » Et si vous vous servez bien, ils ne vous invitent plus.

TRISTAN BERNARD

Hugo (Victor)

Sur une couronne le jour de son enterrement, cette inscription :

« À Victor Hugo qui a su si bien porter son nom. »

Victor Hugo est si grand qu'on ne s'aperçoit même pas qu'il s'appelle ridiculement Victor, comme vous et moi.

JULES RENARD

Le plus grand poète français ? Victor Hugo, hélas !

ANDRÉ GIDE

Victor Hugo était un fou qui se prenait pour Victor Hugo.

JEAN COCTEAU

Hugo se lance dans un de ces monologues qu'il appelle une conversation.

CHARLES BAUDELAIRE

Digest :
Jeanne était au pain sec dans le cabinet noir.
« Donne-lui tout de même à boire », dit mon père.

VICTOR HUGO

Dialogue :
« Voilà, *disait Hugo*. J'irais entre les deux camps. J'offrirais ma poitrine aux balles et la guerre sera finie.
— Pour vous », *dit Scholl.*

Rapporté par JULES RENARD

Huître

Les fêtes du jour de l'An la font tourner en bourriche.

ALEXANDRE BREFFORT

Celui-là a eu du courage qui a été le premier à manger une huître.

JULES RENARD

Mollusque gluant que les hommes civilisés ont l'intrépidité de manger sans lui enlever ses entrailles. Les coquilles parfois sont données aux pauvres.

AMBROSE BIERCE

Il y a des gens qui ont la susceptibilité de l'huître. On ne peut y toucher sans qu'ils se contractent.

PAUL-JEAN TOULET

Il est plus facile d'ouvrir une huître sans couteau que la bouche d'un avocat sans avance.

BARTEN HOLYDAY

Humiliant

Rien n'est humiliant comme de voir un sot réussir dans une entreprise où l'on a échoué.

GUSTAVE FLAUBERT

Humilité

Attitude mentale qu'il convient de prendre et que l'on prend d'habitude en présence de la richesse et du pouvoir. Particulièrement recommandée à tout employé s'adressant à son employeur.

AMBROSE BIERCE

Quand on est ce que je suis, il est difficile de rester humble.

CASSIUS CLAY

L'humilité chrétienne est prêchée par le clergé et pratiquée par les ouailles.

BERTRAND RUSSEL

Humoriste

Un humoriste, c'est un homme de bonne mauvaise humeur.

JULES RENARD

Humour

L'absence totale d'humour dans la Bible est une des choses les plus étranges de toute la littérature.

ALFRED NORTH WHITEHEAD

L'imagination a été donnée à l'homme pour compenser ce qu'il n'est pas. L'humour pour le consoler de ce qu'il est.

HECTOR SAKI

Hymen

L'hymen vient après l'amour comme la fumée après la flamme.

CHAMFORT

Fermeture provisoire avant l'établissement d'une enceinte.

LÉO CAMPION

Hypocondriaque

Gravé sur la tombe d'un hypocondriaque :
« Quand je vous le disais que j'étais malade. »

FRANCIS BLANCHE

Hypocrisie

L'hypocrisie est l'hommage que le vice rend à la vertu.

LA ROCHEFOUCAULD

Hypocrite

Les hypocrites sont des gens qui par-devant vous passent la main dans le dos et par-derrière vous crachent à la figure.

CHRISTOPHE

Iceberg

C'est un iceberg, celui-là, sept fois plus « con » que ce qu'on voit.

JEAN-MARIE GOURIO
(Brèves de comptoir)

Idéale

La femme idéale est celle qui, bien que fidèle, est aussi gentille que si elle vous trompait.

ANDRÉ ROUSSIN

Idéaliste

Si tu n'es pas idéaliste à vingt ans, c'est que tu n'as pas de cœur. Si tu l'es toujours à trente, c'est que tu n'as pas de tête.

RANDOLPH BOURNE

L'idéaliste, remarquant que la rose est plus agréable à sentir que le chou, en conclut qu'elle fera une meilleure soupe.

HENRY L. MENCKEN

Idéaliste : mangé aux mythes.

LÉO CAMPION

Idées

Je viens de rencontrer X... Nous avons échangé nos idées. Je me sens tout bête.

HEINRICH HEINE

Toute idée est une belle occasion de se taire. Elle est perdue.

LÉON-PAUL FARGUE

Si vous voulez avoir des idées propres, changez-en comme de chemises.

FRANCIS PICABIA

Je ne veux tout de même pas mourir pour mes idées étant donné que je n'ai pas d'idées.

YVES MIRANDE

J'ai des tas d'idées brillantes et nouvelles, mais voilà, les brillantes ne sont pas nouvelles et les nouvelles ne sont pas brillantes.

MARCEL ACHARD

Paroles de patron :
« J'engage à prix d'or des gens dont on me dit qu'ils sont pleins d'idées et aucun ne veut faire ce que je lui dis. »

ABE BURROW

Il n'a même pas le courage des idées des autres.

OSCAR WILDE

Les livres nous donnent l'occasion de découvrir que nos idées si originales ne l'étaient pas tant que ça.

ABRAHAM LINCOLN

Identique

Rien n'est plus semblable à l'identique que ce qui est pareil à la même chose.

PIERRE DAC

Idéologue

Idéologue : monsieur qui s'est donné pour tâche de rendre l'homme meilleur que l'humanité.

GEORGE BERNARD SHAW

Idiot

L'ennui dans ce monde, c'est que les idiots sont sûrs d'eux et les gens sensés, pleins de doute.

BERTRAND RUSSEL

Il deviendrait subitement idiot qu'on ne s'en apercevrait pas.

ROBERT DE MONTESQUIOU

Il était idiot et il eut une rechute.

ARTHUR BAER

Membre d'une tribu nombreuse et puissante qui a toujours eu une influence prépondérante dans les affaires humaines.

AMBROSE BIERCE

Tout le monde fait l'idiot au moins une fois dans la vie. Mais se marier, c'est le faire toute la vie.

WILLIAM CONGREVE

Un idiot pauvre est un idiot. Un idiot riche est un riche.

PAUL LAFFITE

Idiote

C'est souvent avec une femme idiote qu'on peut vivre en bonne intelligence.

ALBERT WILLEMETZ

Les idiotes ne sont jamais si idiotes qu'on le croit. Les idiots, si.

MARCEL ACHARD

Idylle

L'amour de soi-même est une idylle qui ne finit jamais.

OSCAR WILDE

Idylle : ça commence comme idiot et ça finit comme imbécile.

ALFRED CAPUS

Ignorance

John était assez ignorant pour se sentir supérieur à n'importe quoi.

JOHN CIARDI

Ignorer l'ignorance de quelqu'un est la pire des ignorances.

GÉRARD BRENNAM

Son ignorance était parfaitement distinguée car il n'avait qu'une idée et elle était fausse.

DISRAELI

L'ignorance fait des progrès !

TRISTAN BERNARD

Ceux qui ne savent rien et qui se moquent de ceux dont l'ignorance a des lacunes.

MAURICE DONNAY

Île

La parenthèse est l'île du discours.

VICTOR HUGO

Si vous voulez aller sur la mer, sans aucun risque de chavirer, n'achetez pas un bateau. Achetez une île.

MARCEL PAGNOL

Non seulement l'Angleterre mais tout Anglais est une île.

NOVALIS

Ilote

Édifiant quand il avait bu un coup de trop.

TRISTAN BERNARD

Ils

Troisième personne du pluriel, souvent réduite à une seule lettre (« Y vont encore nous embêter longtemps avec tous leurs trucs ? ») et adoptée par les Français pour désigner l'origine de tous leurs maux : députés, percepteurs, communistes, fascistes, piétons, automobilistes, fonctionnaires, gouvernement, Américains, Russes, etc. Tout est la faute de cette troisième personne. Jamais de la première.

PIERRE DANINOS

Image

Si Dieu nous a faits à son image, nous le lui avons bien rendu.

VOLTAIRE

Si l'homme ordinaire est fait à l'image de Dieu, alors, des gens comme Beethoven ou Aristote sont très supérieurs à Dieu.

HENRY L. MENCKEN

Imaginaire

L'imaginaire met des robes longues à nos idées courtes.

SIM

Imagination

Le talent sans l'imagination nous a donné l'artisanat à qui nous devons tant d'objets utiles, comme le panier de pique-nique en osier. L'imagination sans le talent nous a donné l'art moderne.

TOM STOPPARD

Imbécile

N'importe quel imbécile peut dire la vérité. Il faut des qualités pour bien mentir.

SAMUEL BUTLER

Un homme peut être un imbécile et ne pas le savoir, sauf s'il est marié.

HENRY L. MENCKEN

Dialogue :
« Vous me prenez pour un imbécile ?
— Pas du tout, mais je peux me tromper. »

TOULOUSE-LAUTREC

On ne peut être et avoir été ? Mais si. On peut avoir été un imbécile et l'être resté.

LÉON BLOY

Un imbécile peut poser à lui seul dix fois plus de questions que dix sages ensemble ne pourraient en résoudre.

LÉNINE

Immoralité

Beaucoup de gens se plaignent de l'immoralité de notre temps mais qui empêche les gens qui veulent être moraux de l'être ?

GOETHE

Immortalité

Je pense que l'immortalité est une commodité surfaite.

S. N. BERHMAN

Je ne demande pas d'arriver à l'immortalité par mon travail ; je demande d'arriver à finir mon travail avant de mourir.

WOODY ALLEN

Immortel

L'Académicien français : le commun des immortels.

TRISTAN BERNARD

Sachant que vous êtes immortel, comment organisez-vous vos journées ?

JEAN TARDIEU

Immortel, on ne l'est que pour la vie.

DANIEL-ROPS

Être immortel, c'est déjà être un petit peu mort.

HENRI JEANSON

Le jour où il se présentait à l'Académie française : « Si je suis élu, je serai immortel, si je suis battu, je n'en mourrai pas. »

ANDRÉ ROUSSIN

Imperfection

Je tiens à mon imperfection comme à ma raison d'être.

ANATOLE FRANCE

Imperméable

Le trench-coït est un imperméable anglais qui rend malaisés les rapports sexuels.

FRANÇOIS CAVANNA

Importance

Rien ne rend un homme plus conscient de son importance que de recevoir un télégramme de plus de dix lignes.

JULES RENARD

Impossible

Quand c'est impossible, c'est plus long.

DONALD WESTLAKE

Les femmes, il est impossible de savoir ce qu'elles pensent, ni de prévoir ce qu'elles dépensent.

ALBERT WILLEMETZ

Les choses vont si vite de nos jours que l'on n'a pas fini de dire « C'est impossible », c'est fait.

ELBERT HUBBARD

Tout le monde savait que c'était impossible. Il est venu un imbécile qui ne le savait pas et qui l'a fait.

MARCEL PAGNOL

Impôt

Pourquoi une légère hausse des impôts augmente les miens de centaines de dollars et une baisse importante ne les diminue que de quelques cents ?

PEG BRACKEN

Rien ne rapproche plus une femme et son mari que l'arrivée de la feuille d'impôts.

GIL STERN

Le golf a engendré plus de menteurs en Amérique que l'impôt sur le revenu.

WILL ROGERS

Imprésario

Je désire qu'après ma mort, mon corps soit incinéré et que, conformément à mon contrat, dix pour cent de mes cendres soient envoyés à mon imprésario.

GROUCHO MARX

Le silence était total : on aurait entendu voler un imprésario.

SACHA GUITRY

Impression

Il ne faisait rien qu'une mauvaise impression.

HENRI JEANSON

Imprudence

Imprudence : l'homme qui bâille devant sa glace. Qui des deux se lassera de bâiller ? Qui a bâillé le premier ?

JACQUES RIGAUT

Impuissance

Impuissance : tirage épuisé.

MIRJEAN

L'impuissance est créée dans 99 % des cas par une fermeture éclair coincée.

FRANÇOIS CAVANNA

Souvent les militaires s'exagérant l'impuissance relative de l'intelligence refusent de s'en servir.

DE GAULLE

Inattention

Le comble de l'inattention : se perdre dans la foule et aller à la police donner son signalement.

ALPHONSE ALLAIS

Incapable

Il existe pire que les incapables : ce sont les gens capables de tout.

ROBERT SABATIER

Incendie

On dit qu'en s'asseyant par terre, dans les Landes, elle a déclenché un incendie de forêt.

HENRI JEANSON

Incertitude

S'installer dans une incertitude de tout repos.

TRISTAN BERNARD

Inceste

Aimer sa maman.

ANDRÉ FRÉDÉRIQUE

Inceste ou passion de famille.

MARCEL DUCHAMP

Inceste : l'amour à la papa.

MICHEL LACLOS

Inceste : un peu de liberté dans la fraternité.

ALEXANDRE BREFFORT

Incinération

Je préfère l'incinération à l'enterrement et les deux à un week-end avec ma femme.

WOODY ALLEN

Incinéré

Un feu qu'on brûle.

MOY

Inconduite

Son inconduite ne laissait rien à désirer. Elle donnait tout.

SACHA GUITRY

Inconfort

L'Anglais voit de la vertu là où il n'y a que de l'inconfort.

GEORGE BERNARD SHAW

Inconsolable

Les honnêtes femmes sont inconsolables des fautes qu'elles n'ont pas commises.

SACHA GUITRY

Inconstance

L'inconstance des femmes que j'aime n'a d'égale que l'insupportable constance des femmes qui m'aiment.

GEORGE BERNARD SHAW

Incroyant

Un croyant est plus heureux qu'un incroyant, de la même façon qu'un homme saoul est plus heureux qu'un qui ne boit pas.

GEORGE BERNARD SHAW

Indécent

J'étais tombé sur une indécente de lit.

ALEXANDRE BREFFORT

Dialogue :
« Bien des choses à votre femme.
— Aucune. Elle choisirait les plus indécentes. »

JULES RENARD

Indécision

Je suis dans l'indécision comme d'autres sont dans les affaires.

PIERRE DANINOS

Index

Doigt dont on se sert pour désigner les malfaiteurs.

AMBROSE BIERCE

En mettant le préservatif à l'index Monseigneur Lustiger se trompe de doigt.

ANDRÉ SANTINI

Indicateur (de police)

Sa façon de donner ne vaut pas mieux que ce qu'il donne.

GEORGES VAN PARYS

Indien

Propos d'un Indien :

« Quand les Blancs sont arrivés, nous avions la terre et ils avaient la Bible. Maintenant nous avons la Bible et ils ont la terre. »

CHEF DAN GEORGE

Indigestion

L'indigestion a été inventée par le bon Dieu pour faire la morale aux estomacs.

VICTOR HUGO

Indignation

Indignation légitime : votre propre colère face à la mauvaise foi des autres.

ELBERT HUBBARD

Indiscrétion

J'ai la plus grande confiance dans votre indiscrétion.

SYDNEY SMITH

Individu

W... est un individu que la mort améliorera considérablement.

HECTOR SAKI

Indulgent

On ne peut que se montrer indulgent pour l'homme quand on pense à l'époque où il a été fait.

ALPHONSE ALLAIS

Inexactitude

Le mensonge ne me gêne pas. Mais je déteste l'inexactitude.

SAMUEL BUTLER

Inexcusable

Le premier homme qui s'est marié, mon Dieu ! Il n'y a rien à dire... Il ne savait pas... Mais vraiment le deuxième est inexcusable.

SACHA GUITRY

Infamies

Abstenez-vous de raconter à votre femme les infamies que vous ont faites celles qui l'ont précédée. Ce n'est pas la peine de lui donner des idées.

SACHA GUITRY

Infarctus

Infarctus, c'est le seul mot irrégulier de la langue française : Un infarctus. Des obsèques.

FRANCIS BLANCHE

Infidèle

À New York, celui qui ne croit pas à la religion chrétienne ; à Constantinople celui qui y croit.

AMBROSE BIERCE

Que reste-t-il de son mari à l'épouse de l'homme infidèle ? Son nom, sa situation, sa fortune, trois choses dont bien des femmes savent se contenter.

SACHA GUITRY

Une femme qui s'en va avec son amant n'abandonne pas son mari, elle le débarrasse d'une femme infidèle.

SACHA GUITRY

Infidélité

Quand Ève vit son reflet dans l'eau, elle chercha Adam pour l'accuser d'infidélité.

AMBROSE BIERCE

Il y a des femmes dont l'infidélité est le seul lien qui les attache encore à leur mari.

SACHA GUITRY

Infini

L'amour, c'est l'infini à la portée des caniches.

LOUIS-FERDINAND CÉLINE

L'infini n'est jamais qu'un trou autour duquel il n'y a rien.

ADRIEN VÉLY

Infirmières

Banderole pour une manifestation d'infirmières :
« Ni nonnes, ni bonnes, ni connes. »

Influence

Il y a trois sortes de critiques : ceux qui ont de l'influence, ceux qui en ont moins, ceux qui n'en ont pas du tout. Les deux dernières n'existent pas. Toutes les critiques ont de l'influence.

ERIK SATIE

Information

Nous vivons dans un siècle qui lit trop pour être informé.

OSCAR WILDE

Pancarte dans une salle de rédaction :
« Toute information différée perd son caractère d'urgence. »

OLIVIER MERLIN

Ingénieurs

Il faut se méfier des ingénieurs : ça commence par la machine à coudre, ça finit par la bombe atomique.

MARCEL PAGNOL

Ingrat

Il s'est mal conduit avec vous. Il ne vous le pardonnera pas.

FERRUS

On ne trouve guère d'ingrats tant qu'on est en mesure de faire du bien.

LA ROCHEFOUCAULD

Reconnaissant qu'il était ingrat, il précisait :
« Si je crache dans la soupe, c'est pour lui donner du goût. »

MAURICE ROCHE

Ingratitude

Il y a des services si grands qu'on ne peut les payer que par l'ingratitude.

ALEXANDRE DUMAS FILS

Injure

Je connais un tas de types à qui je ne pardonnerai jamais les injures que je leur ai faites.

CLEMENCEAU

Injuste

Il dormait du profond sommeil de l'injuste.

HERBERT TREE

Injustice

Il faut savoir supporter les injustices jusqu'au moment où on peut en commettre soi-même.

ALFRED CAPUS

Quand on doit diriger des enfants ou des hommes, il faut de temps en temps commettre une belle injustice, bien nette, bien criante : c'est ça qui leur en impose le plus.

MARCEL PAGNOL

Innocent

Aux innocents, les mains vidées.

LOUIS SCUTENAIRE

C'est très joli d'être innocent ; il ne faut pas en abuser.

MARCEL PAGNOL

Innocenter

On n'innocente pas un homme qui n'a rien fait. Ou alors c'est très difficile.

GEORGES COURTELINE

Insincérité

Le mariage demande toujours la plus grande compréhension de l'insincérité totale entre deux êtres.

VICKI BAUM

Inspiration

La véritable inspiration suppose du souffle. Ce n'est souvent que du vent.

GILBERT K. CHESTERTON

Institution

Le mariage est une institution mais je ne suis pas prête pour une institution. Enfin pas encore.

MAË WEST

Instruction

Instruction : connaissance graduelle de notre ignorance.

ROMAIN COOLUS

Instruit

C'est drôle comme les gens qui se croient instruits éprouvent le besoin de faire chier le monde.

BORIS VIAN

Les gens instruits sont les citernes du savoir, pas ses sources.

JAMES NORTHLAKE

Instrument

Je ne comprends pas qu'on fasse entrer dans une salle de théâtre les spectateurs des trois premiers rangs avec des instruments de musique.

ALFRED JARRY

Insuffisant

La vertu est une tentation insuffisante.

GEORGE BERNARD SHAW

Insulter

N'insultez jamais une femme qui tombe. Attendez qu'elle se relève.

GABRIEL TIMMORY

Intellectuel

C'est quelqu'un qui emploie plus de mots qu'il ne faut pour dire plus qu'il ne sait.

GÉNÉRAL EISENHOWER

Pour l'intellectuel, l'intelligence commence où s'arrête le bon sens.

FRANÇOIS BLUCHE

Les riches sont bien généreux avec les intellectuels. Ils nous laissent les joies de l'étude, l'honneur du travail, la sainte volupté du devoir accompli. Ils ne gardent pour eux que les plaisirs de second ordre tels que caviar, rollsroyce, champagne... au sein de la dangereuse oisiveté.

MARCEL PAGNOL
(Topaze)

Il ne faut pas laisser les intellectuels jouer avec les allumettes.

JACQUES PRÉVERT

Intelligence

Cet homme avait tant d'intelligence qu'il n'était presque plus bon à rien dans ce monde.

LICHTENBERG

L'intelligence est un capitaine qui est toujours en retard d'une bataille. Et qui discute après la bataille.

LÉON-PAUL FARGUE

Condamné pour intelligence avec l'ennemi ? C'est pour inintelligence avec l'ennemi qu'on devrait être puni.

SACHA GUITRY

La différence entre l'intelligence et l'éducation : l'intelligence fait vivre mieux.

CHARLES F. KETTERING

Inteliigence : qualité banale si elle n'est pas précédée de « belle ».

PIERRE DANINOS

Intelligente

Une femme qui n'est pas intelligente demande les mêmes droits que l'homme. Une femme intelligente y renonce.

COLETTE

Aimer une femme intelligente : plaisir de pédéraste.

CHARLES BAUDELAIRE

Interdit

En Angleterre, tout est permis sauf ce qui est interdit. En Allemagne, tout est interdit sauf ce qui est permis. En France, tout est permis, même ce qui est interdit. En U.R.S.S., tout est interdit, même ce qui est permis.

WINSTON CHURCHILL

Intéressant

Si je bois, c'est pour rendre les autres intéressants.

W. C. FIELDS

Intérêt

Nier Dieu, c'est se priver de l'unique intérêt que peut avoir la mort.

SACHA GUITRY

Intermédiaire

Dans sa volonté de supprimer les intermédiaires, il cherchait le moyen de passer directement du foin au lait en supprimant la vache.

ALPHONSE ALLAIS

Interprète

Celui qui permet à deux personnes de langue différente de se comprendre en répétant à chacune d'elles ce qu'il aurait été préférable pour l'interprète que l'autre eût dit.

AMBROSE BIERCE

Interpréter

Aucun poète n'a jamais interprété la nature aussi librement qu'un avocat interprète la réalité.

JEAN GIRAUDOUX

Intolérant

Je ne tolère pas les gens intolérants.

LAURENCE J. PETER

Inutile

Les trois seules choses inutiles en ce monde, ce sont les seins des hommes, les couilles du pape et la D.C.A.

JEAN GALTIER-BOISSIÈRE

Invention

Ma femme, c'est comme une invention française. C'est moi qui l'ai trouvée et ce sont les autres qui en profitent.

HENRI DUVERNOIS

Si la nécessité est la mère de l'invention, qu'est-ce que faisait papa ?

THORSTEIN VEBLEN

Invitation

Il n'invitait jamais à dîner. Chez lui quand il y en avait pour un, il n'y en avait que pour un.

JULES RENARD

Il m'est impossible d'accepter votre invitation en raison d'un engagement postérieur.

OSCAR WILDE

Invité

(Au lendemain de la Libération.)
J'ai été longtemps la femme la plus invitée de Paris. Je suis la plus évitée.

ARLETTY

Irlandais

Les Irlandais furent assez audacieux pour déclarer qu'Homère était une traduction de leur langue.

LICHTENBERG

Embrochez un Irlandais ; vous trouverez toujours un autre Irlandais pour le faire griller.

GEORGE BERNARD SHAW

Irlande

La coupe des malheurs de l'Irlande déborde depuis des années ; hélas, elle n'est toujours pas pleine.

OSCAR WILDE

Ironie

L'ironie, c'est quand vous vous faites faire un complet avec deux pantalons et qu'une brûlure fait un trou dans le veston.

TRISTAN BERNARD

L'ironie, dans les armées, se pratique uniquement de haut en bas. De bas en haut, elle est interdite.

HENRI JEANSON

Israël

En Israël, si tu veux être réaliste, il faut croire aux miracles.

DAVID BEN GOURION

Italie

Dialogue :
« Vous connaissez l'Italie ?
— Pas même de nom », *répond Lucien Guitry.*

JULES RENARD

Italien

Les Italiens sont des Français de bonne humeur.

JEAN COCTEAU

Les Italiens... vous pouvez en trouver un qui soit honnête.

RICHARD NIXON

En Italie tout marche mieux quand il n'y a pas de gouvernement. Aussitôt qu'on a un gouvernement, la moitié des Italiens demande une pension.

ROBERTO ROSSELLINI

Le Français chante faux et pense juste. L'Allemand chante juste et pense faux. L'Italien ne pense pas mais il chante.

HENRI DE RÉGNIER

Ivrogne

C'est un ivrogne dans l'exercice de ses fonctions.

VICTOR HUGO

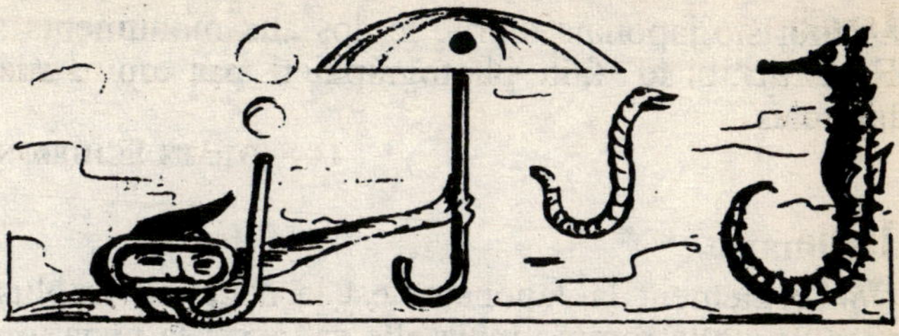

Jadis

Jadis : « autrefois » distingué.

ROMAIN COOLUS

Jalousie

Il y a dans la jalousie plus d'amour-propre que d'amour.

LA ROCHEFOUCAULD

La jalousie, comme le feu, peut raccourcir les cornes, mais elle les fait sentir mauvais.

JONATHAN SWIFT

La jalousie est une preuve de cœur comme la goutte, de jambes.

PAUL-JEAN TOULET

Japonais

Faites avouer à un Japonais qu'il est juif, vous verrez si c'est commode.

MICHEL AUDIARD

Un peuple qui mange le poisson cru, c'est bien un peuple de requins.

DELFEIL DE TON

Le touriste japonais tourne le dos aux monuments : c'est qu'il se fait photographier par un autre Japonais.

ALAIN SCHIFRES

Japonaise

Non seulement la Japonaise est la négation la plus absolue de la femme mais elle est aussi la négation la plus absolue de la beauté grecque.

LOUIS MARTIN

Jardin

Où il y a un Anglais, il y aura un jardin. Où il y a deux Anglais, il y aura un club — mais pas deux jardins. Il y en aura trois — le club en aura un aussi.

A. W. SMITH

Jardinier

Il y a trois temps qui déplaisent souverainement aux jardiniers : le temps sec, le temps pluvieux, le temps en général.

PIERRE DANINOS

Jaurès (Jean)

On reconnaît tout de suite un discours de Jaurès. Tous les verbes y sont au futur.

CLEMENCEAU

Il pense avec sa barbe.

RÉMY DE GOURMONT

Jeanne d'Arc

Si cette déplorable pucelle était restée dans sa prairie, un royaume franco-anglais serait né, un royaume invincible qui aurait tenu l'Europe en paix ! Ah les femmes !

ARISTIDE BRIAND

Jeanson (Henri)

La férocité de ses critiques de cinéma lui avait valu dans Paris beaucoup d'ennemis.
Un jour qu'il regardait la vitrine d'un libraire à Saint-Germain-des-Prés, il reçut un violent coup de pied au derrière.
Il ne se retourna même pas.
Il racontait lui-même l'incident :
« C'est quelqu'un qui ne voulait pas me serrer la main. »

Cité comme témoin au procès de son ami Bergery, ancien ambassadeur de Pétain, il avait à la barre violemment attaqué le garde des Sceaux. Le président le rappelle à l'ordre :
« M. Jeanson. Vous avez juré de parler sans haine. »
Réponse de Jeanson :
« Et sans crainte ! »

Dans les mois qui suivirent la Libération, les problèmes de ravitaillement continuaient à se poser. Des Parisiens impatients s'en plaignaient. Jeanson dit :
« Tout de même, quand on frappe à notre porte à sept heures du matin, ce n'est pas encore le laitier, mais ce n'est plus la Gestapo. »

Jésuite

Les élèves des Jésuites ont l'esprit comme les Chinoises ont le pied.

VICTOR HUGO

On demande à un père jésuite :
« Pourquoi répondez-vous toujours à une question par une autre question ?
— Pourquoi pas ? »

GEORGES BERNANOS

Réponse à un père jésuite qui lui demandait son chemin :
« Vous ne trouverez jamais, mon père, c'est tout droit. »

ALPHONSE ALLAIS

Jésus

Depuis deux mille ans, Jésus se venge sur nous de n'être pas mort sur un canapé.

CIORAN

Non seulement Jésus-Christ était fils de Dieu, mais encore il était d'excellente famille par sa mère.

MGR DE QUELEN
(Sermons)

Il a toujours enfreint la loi. Dès sa naissance : ses parents n'étaient pas mariés.

GEORGE BERNARD SHAW

C'est sûr qu'il était juif : il a vécu avec sa mère jusqu'à trente-trois ans. Il croyait qu'elle était vierge et elle croyait qu'il était dieu.

MICHEL BOUJENAH

Et vous savez ce qu'il a dit, le vendredi saint, Jésus, sur la croix à la Vierge Marie ? Il lui a dit : « À dimanche. »

ANDRÉ LABARRÈRE

Jeu

Mot d'un barbon qui avait épousé une jeunesse. On lui demandait :
« Est-ce qu'au moins elle te rend heureux ?
— Oui. Au jeu. »

FORAIN

Le jeu fait espérer au pauvre ce que la fortune procure au riche : quelque chose pour rien.

GEORGE BERNARD SHAW

Jeune

Les jeunes sont toujours prêts à faire bénéficier leurs aînés du bénéfice de leur inexpérience.

OSCAR WILDE

J'étais né pour être jeune et j'ai eu la chance de m'en apercevoir le jour où j'ai cessé de l'être.

GEORGES COURTELINE

L'âge où on se décide à être jeune importe peu.

HENRI DUVERNOIS

On met très longtemps à devenir jeune.

PICASSO

Jeunesse

Épouser, à soixante ans, une jeune femme de vingt, c'est prendre une bonne chance d'être cocu, mais c'est aussi la perspective de quelques moments agréables. Et l'on peut considérer que ceci compense cela. Ce qui est plus discutable, c'est de lui faire un enfant. Ce qui est encore plus discutable, c'est quand c'est un autre qui le lui fait.

JEAN CAZALET

La jeunesse est devenue chez elle une telle habitude qu'elle ne peut plus s'en séparer.

RUDYARD KIPLING

Quelle belle chose la jeunesse ! Quel crime de la laisser gâcher par les jeunes.

GEORGE BERNARD SHAW

Pour retrouver sa jeunesse, il n'y a qu'à recommencer ses folies.

OSCAR WILDE

Il vaut mieux gâcher sa jeunesse que de n'en rien faire du tout.

GEORGES COURTELINE

La jeunesse, on peut en dire ce que les riches disent de la fortune : elle est plus facile à gagner qu'à conserver.

RENÉ CLAIR

Jeux olympiques

Le nombre de médailles remportées aux Jeux olympiques par les différents pays est en proportion directe de l'ennui qui règne dans ces pays.

GUILLAUME HANOTEAUX

Je-vous-l'avais-bien-dit

Il était l'incarnation du « Je-vous-l'avais-bien-dit ».

HENRY LONGFELLOW

Joconde

La Joconde sourit parce que tous ceux qui lui ont dessiné des moustaches sont morts.

ANDRÉ MALRAUX

Jogging

Je fais mon jogging tous les matins depuis la porte de mon immeuble jusqu'à la portière de mon taxi.

JEAN CAZALET

Joie

De la joie comme quand il pleut et qu'on sait un ami dehors.

JULES RENARD

Joie de vivre

L'expression « joie de vivre » est intraduisible en anglais.

CHESTER ANTHONY

Jolie

Avez-vous remarqué que, lorsque vous dites à une femme qu'elle est jolie, elle croit toujours que c'est vrai.

JULES RENARD

Nous ne devons épouser que de jolies femmes si nous voulons qu'un jour on nous en délivre.

SACHA GUITRY

Quand les chandelles sont éteintes, toutes les femmes sont jolies.

PLUTARQUE

Quand on dit d'une femme qu'elle est assez jolie, c'est que justement elle ne l'est pas assez.

SACHA GUITRY

Jouir

Jouir de la confiance de son patron, ainsi ne plus avoir besoin de femmes.

MAURICE ROCHE

Jour

Chaque jour que Dieu fait (et il en fait beaucoup, le bougre).

ALPHONSE ALLAIS

Les jours se suivent et ne se ressemellent pas.

JACQUES STERNBERG

Journal

Journal : institution incapable de faire une différence entre un accident de bicyclette et l'effondrement de la civilisation.

GEORGE BERNARD SHAW

Journalisme

Journalisme : un métier qui consiste à expliquer aux autres ce qu'on ne comprend pas soi-même.

LORD NORTHCLIFFE

Le journalisme consiste à apprendre que M. Johnson est mort à des millions de personnes qui ne savaient pas qu'il vivait.

GILBERT K. CHESTERTON

Consignes aux journalistes de L'Aurore *:*
« Faites des phrases courtes. Un sujet, un verbe, un complément. Quand vous voudrez ajouter un adjectif, vous viendrez me voir. »

CLEMENCEAU

Un chien mord un homme, c'est un fait divers. Un homme mord un chien, c'est un scoop.

LORD BEAVERBROOK

Journaliste

Le journaliste : un type qui travaille plus dur qu'aucun autre fainéant dans ce monde.

GILBERT K. CHESTERTON

D'un reporter très dépensier :
« Il donnait des cours de notes de frais à l'école de journalisme. »

JEAN FARRAN

Quand un grand journaliste quitte un grand journal, celui-ci ne perd qu'un lecteur.

FRANÇOIS MAURIAC

Un bon journaliste ne lit qu'un journal, le sien, et dans ce journal, il ne lit qu'un article, le sien.

Émile de Girardin

Le bon journaliste est celui qui vend la mèche en se brûlant les doigts.

Pierre Nora

Joyce (James)

James Joyce, une personne privée qui souhaitait que son indifférence totale à la notoriété publique soit universellement reconnue.

Tom Stoppard

Judas

Chaque grand homme de nos jours a ses disciples et c'est toujours Judas qui écrit leur biographie.

Oscar Wilde

Il ne faut pas juger un homme d'après ses fréquentations. Judas avait des amis irréprochables.

Ernest Hemingway

Judo

C'est le genre de type, au début tu regrettes de ne pas avoir fait psycho et puis tu te dis qu'il vaudrait mieux avoir fait judo.

Guy Bedos

Juge

Grattez le juge, vous trouverez le bourreau.

Victor Hugo

Juif

Un juif est un homme comme un autre et même un peu plus.

Arnold Foster

Je respecte tous les impératifs de la tradition juive : ne jamais épouser une fille non juive. Ne jamais se raser le samedi. Ne jamais raser le samedi une fille non juive.

WOODY ALLEN

Oui, je suis juif et quand les ancêtres de mon très honorable adversaire étaient des brutes sauvages dans une île inconnue, les miens étaient prêtres au temple de Salomon.

DISRAELI

Quand je suis devenu juif, je croyais que c'était une religion de gens pauvres. Quand j'ai su que Rockfeller et Ford étaient juifs, j'ai failli démissionner.

SAMMY DAVIS JR.

Les juifs nous ont donné Jésus-Christ et Karl Marx, et ils se sont payés le luxe de ne suivre ni l'un ni l'autre.

PETER USTINOV

Jury

Un jury est constitué de douze personnes choisies pour décider qui a le meilleur avocat.

ROBERT FROST

Un jury est un groupe de douze personnes d'une ignorance moyenne.

HERBERT SPENCER

Justice

La justice est gratuite. Elle n'est pas obligatoire.

JULES RENARD

La justice militaire est à la justice ce que la musique militaire est à la musique.

CLEMENCEAU

Kangourou

Le fermier qui aura réussi à croiser une dinde avec un kangourou aura créé la première volaille que l'on puisse farcir de l'extérieur.

FRANÇOIS CAVANNA

Kennedy

Si Christophe Colomb n'avait rien découvert, Kennedy serait toujours vivant.

FRANCIS BLANCHE

Kennedy (Bob)

Il a toute la puissance du vautour sans la sensibilité bien connue de cet animal.

Washington Post

C'est celui de mes fils qui me ressemble le plus. Il hait comme moi.

JOE KENNEDY PÈRE

Khrouchtchev

Question du Sunday Times *:*
« Que serait-il arrivé en 1963 si c'était Khrouchtchev qui avait été assassiné — et non pas Kennedy ? »
Réponse :

« Avec l'histoire, rien n'est jamais sûr, mais je crois pouvoir dire qu'Onassis n'aurait pas épousé Madame Khrouchtchev. »

GORE VIDAL

Kilo

Quand les types de cent trente kilos disent certaines choses, les types de soixante kilos les écoutent.

MICHEL AUDIARD

Klaxon

On appelle voiture d'occasion une voiture dont toutes les pièces font du bruit sauf le klaxon.

PIERRE DAC

Kleptomane

Voleur riche.

AMBROSE BIERCE

La Havane

Faut-il nécessairement être de La Havane pour être un concubin ?

ANTILOGUS-FESTJENS

La Païva

Elle avait l'air d'une femme comme il faut tout en étant une femme comme il en faut.

ALEXANDRE DUMAS FILS

La Reynière

M... disait de Monsieur de La Reynière chez qui tout le monde va pour la table, et qu'on trouve très ennuyeux : « On le mange mais on ne le digère pas. »

CHAMFORT

Labiche (Eugène)

Il avait vécu toute sa vie terrorisé par l'autorité de sa femme. Lorsqu'il rédigea son testament, il commença par cette formule :
« Voici mes premières volontés. »

Le jour de sa réception à l'Académie française :

« C'est la première fois que je suis armé d'une épée et je n'ai jamais eu si peur. »

À une maîtresse de maison chez qui il dînait : « Si c'est bien, l'Académie ? On est nourri. »

Lâche

Lâche : un individu dont l'instinct de conservation agit normalement.

ZORAYA

Un lâche, c'est un type qui, devant un péril imminent, pense avec ses jambes.

AMBROSE BIERCE

Un lâche est un héros qui a une femme, des enfants et des dettes.

MARVIN KITMAN

Lâcheté

La défense la plus sûre contre la tentation, c'est la lâcheté.

MARK TWAIN

Laid

Il était si laid qu'on l'employait dans les cauchemars.

ROLAND BACRI

« La plus belle fille du monde... » Mais la plus laide donne plus.

JULES RENARD

Il y a un seul cas où il est convenable d'aborder une femme laide. C'est pour lui demander si elle ne connaît pas l'adresse d'une jolie femme. C'est tout ce qu'il y a à dire à ce sujet.

PIERRE DESPROGES

D'une dame très desservie par la nature :
« Elle était quelquefois plus laide, jamais moins. »
AURÉLIEN SCHOLL

La laide veut qu'on demande quelle est la plus riche.
CHAMFORT

Aucune femme n'est laide au point d'être insensible aux compliments.
LORD CHESTERFIELD

P... abuse de la permission que les hommes ont d'être laids.
GUILLERAGUES

Il n'y a pas comme les femmes laides pour trouver les autres affreuses.
PAUL LÉAUTAUD

Il était si laid que lorsqu'il faisait des grimaces, il l'était moins.
JULES RENARD

Dialogue :
« Qu'est-ce qu'un joli mariage ?
— C'est un mariage avec une femme laide. »
ALFRED CAPUS

D'une femme laide, on dit « elle a un type ». Quelquefois c'est vrai.
JEAN RIEUX

Langue

Les Américains et les Anglais sont deux peuples séparés par la même langue.
GEORGE BERNARD SHAW

On décida, il y a deux cents ans, que l'anglais serait la langue employée aux États-Unis. À ce jour, l'on ne sait pas pourquoi cette décision n'a pas été appliquée.

GEORGE MIKES

Pour être diplomate, il faut savoir parler plusieurs langues, y compris le double langage.

CAREY MAC WILLIAM

Un homme qui parle trois langues est trilingue. Un homme qui parle deux langues est bilingue. Un homme qui ne parle qu'une langue est anglais.

CLAUDE GAGNIÈRE

L'anglais est une langue si imprécise qu'Anglais et Américains arrivent à se la partager sans nécessairement se comprendre.

OSCAR WILDE

Langue (étrangère)

Les Français croient qu'ils parlent bien le français parce qu'ils ne parlent aucune langue étrangère.

TRISTAN BERNARD

Lapin

La guerre, c'est comme la chasse, sauf qu'à la guerre les lapins tirent.

DE GAULLE

Larme

Quelles que soient les larmes qu'on pleure, ça finit toujours dans un mouchoir.

MARCEL ACHARD

La femme est meilleure que ce qu'on dit : elle ne blague les larmes des hommes que si elle les a, elle-même, fait couler.

GEORGES COURTELINE

Laurel

Laurel et Hardy, ces comiques qui ne font rire personne, sauf le public.

RENÉ CLAIR

Laver

Laver en famille le linge sale des autres, vous appelez ça un métier ?

HENRI JEANSON
(Entrée des Artistes)

Layette

Dicton :
« Quéquette en juin, layette en mars. »

PIERRE DESPROGES

Lazare

Ce n'est pas aujourd'hui qu'on verrait un mort se relever ainsi de son tombeau. La médecine a fait trop de progrès.

AURÉLIEN SCHOLL

Jésus embrasse Lazare et lui dit : Ce coup-ci, je te pardonne, mais tâche de ne pas mourir une autre fois.

MARCELLO D'ORTA

Lecture

La lecture est un stratagème qui évite de réfléchir.

GEORGE BERNARD SHAW

Légion d'honneur

Je souhaite qu'une loi intervienne aux termes de laquelle tout haut dignitaire de la Légion d'honneur ne pourrait plus être cocu.

ALPHONSE ALLAIS

Cet accessoire vestimentaire me confère le privilège d'être écouté respectueusement par les imbéciles.

HENRI JEANSON

La Légion d'honneur, il ne suffit pas de la refuser, encore faut-il ne pas la mériter.

ERIK SATIE

Le ruban, c'est trop petit. Ça ne cache rien. Ce n'est qu'à partir de la cravate qu'on ne voit pas ce qu'il y a dessous.

JEAN ANOUILH

Lendemain

Ne remets jamais au lendemain ce que tu peux ne pas faire du tout.

AMBROSE BIERCE

Lesbienne

C'est une femme qui aime plus sa prochaine que son prochain.

PIERRE DAC

Jouit sans penser à mâle.

GEORGES ELGOZY

Lesbos

No man's land.

ROBERT SCIPION

Lettre anonyme

La lettre anonyme est un genre épistolaire. Je n'en ai reçu qu'une et elle était signée.

JEAN COCTEAU

Lettres

Le métier des lettres est tout de même le seul où l'on puisse, sans ridicule, ne pas gagner d'argent.

GEORGES COURTELINE

Lèvres

Le baiser sur les lèvres a été inventé par les amants pour ne pas dire de bêtises.

TRISTAN BERNARD

Lex

Parole de gendarme :
« Dura lex, mais sed lex ! »

MICHEL AUDIARD

Liaison

Les liaisons commencent dans le champagne et finissent dans la camomille.

VALERY LARBAUD

Liberté

Les femmes libres ne sont pas des femmes.

COLETTE

La liberté est un mot qui a fait le tour du monde et n'en est jamais revenu.

HENRI JEANSON

Quand, dans un État, vous ne percevez le bruit d'aucun conflit, vous pouvez être sûr que la liberté n'y est pas.

ÉDOUARD HERRIOT

La seule liberté que l'homme simple désire vraiment, c'est celle de démissionner de son job, de se faire dorer au soleil et de se gratter là où ça le démange.

HENRY L. MENCKEN

Liberté de parole

La plupart d'entre nous, nous sommes pour la liberté de parole, mais seulement quand nous n'avons, sur le sujet traité, aucune réelle conviction.

EDMUND B. CHAFFEE

Libre-penseur

J'étais libre-penseur avant même de savoir penser.

GEORGE BERNARD SHAW

Libre-penseur, ce qui peut dispenser de penser.

PAUL-JEAN TOULET

Licencié

Licencié : qui a été mis à la porte avec un diplôme.

LÉO CAMPION

Lièvre

Écrire pour les enfants des histoires de chasse racontées par le lièvre.

JULES RENARD

Lion

Les lions ont une grosse tête afin qu'ils ne puissent pas passer entre les barreaux de leur cage.

PIERRE DORIS

Un lion qui copie un lion devient un singe.

VICTOR HUGO

Lire

Il y a des gens qui lisent parce qu'ils sont trop paresseux pour penser.

LICHTENBERG

L'art de lire consiste à savoir sauter les pages.

PHILIP HAMERTON

Lit

C'est l'endroit le plus dangereux du monde. 80 % des gens y meurent.

MARK TWAIN

Les lits sont toujours plus pâles que les morts.

FRANCIS PICABIA

Un lit est le meilleur des lieux de rendez-vous.

THOMAS OOVERBURY

Dialogue :
Le mari qui découvre sa femme couchée dans la garçonnière de son amant :
« Qu'est-ce que tu fais dans ce lit ?
— Je passais. »

GEORGES FEYDEAU

Trop au lit pour être honnête.

ALEXANDRE BREFFORT

Comment faire tenir dans un lit un amour débordant.

PIERRE DAC

Mariage : la façon la plus triste de se mettre au lit.

ROBERT DE FLERS

En voyant le lit vide, il le devint.

PONSON DU TERRAIL

Littérature

La différence entre littérature et journalisme, c'est que le journalisme est illisible et que la littérature n'est pas lue.

OSCAR WILDE

Livre

Beaucoup de livres gagnent à ne pas être lus. Regardez nos classiques.

GEORGE BERNARD SHAW

Je vous recommande ce livre. Vous pouvez le lire les yeux fermés.

GABRIEL DE LAUTREC

À quoi bon apprendre ce qu'il y a dans les livres, puisque ça y est.

SACHA GUITRY

Un livre est un miroir. Si un singe s'y regarde, ce n'est pas l'image d'un apôtre qui apparaît.

LICHTENBERG

La plupart des livres d'à présent ont l'air d'avoir été faits en un jour avec des livres lus la veille.

CHAMFORT

Quand il s'agit d'écrire des sottises, il serait vraiment trop facile d'écrire un gros livre.

BACHELARD

Un livre, c'est ce avec quoi ils font un film pour la télé.

LOUIS LÉONARD LEVINSON

Livre (d'or)

Sur un livre d'or :
« Le livre dort, ne le réveillons pas. »

TRISTAN BERNARD

Logique

La logique est l'art de se tromper en toute confiance.

JOSEPH W. KRUTCH

Lohengrin

On ne peut pas juger le *Lohengrin* de Wagner quand on ne l'a entendu qu'une fois, et je ne l'écouterai sûrement pas deux.

ROSSINI

Loi

Bien sûr, la loi est différente pour le riche et pour le pauvre. Sinon qui se lancerait dans les affaires ?

RALPH STEWART

Il y a tant de lois que personne n'est exempt d'être pendu.

NAPOLÉON

Loin

C'est quand on serre une dame de trop près qu'elle trouve qu'on va trop loin.

ALPHONSE ALLAIS

Londres

À Londres, il y a quatre mois d'hiver et huit mois de mauvais temps.

DELACOUR

Londres, c'est l'ennui bâti.

VICTOR HUGO

Londres est plein de brouillard et de gens sérieux. Est-ce le brouillard qui produit les gens sérieux ou les gens sérieux qui produisent le brouillard ?

OSCAR WILDE

J'adore l'Angleterre. Je lâcherais tout — même la proie — pour Londres.

ALPHONSE ALLAIS

À Londres rien n'est fait pour les femmes même pas les hommes.

Rapporté par ROGER STÉPHANE

Loquacité

Maladie qui rend le patient incapable de tenir sa langue quand vous avez envie de parler.

AMBROSE BIERCE

Loren (Sophia)

À l'époque de Marguerite Gautier, on mourait de la poitrine. À l'époque de Sophia Loren, on en vit.

ALBERT WILLEMETZ

Los Angeles

Ah, le printemps à Los Angeles ! Quand les arbres en poly-éthyl-vinyle sont en fleurs.

HERB GOLD

Loterie

Pour le gros lot de cinq cent mille francs, pourquoi vendre tant de billets puisqu'il n'y en a qu'un seul qui gagne ?

JULES JOUY

Loto

Dialogue :
« Je jouerai au Loto quand ce ne sera plus truqué.
— Et comment tu le sauras ?
— Quand je gagnerai. »

JEAN-MARIE GOURIO
(Brèves de comptoir)

Loup

Dieu se dissimule comme le loup de la devinette qui se cache dans sa propre image au milieu des branches du pommier. On ne voit plus que lui quand on l'a découvert. D'autres ne verront jamais que le pommier.

ALEXANDRE VIALATTE

Quand on parle trop du loup, il finit par l'apprendre.

AMBROSE BIERCE

Lourdes

L'eau de Lourdes peut dépanner une auto.

FRANCIS PICABIA

Louve

La femme est une louve pour la femme.

TRISTAN BERNARD

Louvre

Devant le musée du Louvre un agent crie : « Circulez, il n'y a rien à voir ! »

YVAN AUDOUARD

Dialogue :

« Si un incendie éclatait au musée du Louvre et si vous ne pouviez sauver qu'un seul tableau, lequel emporteriez-vous ?

— Celui qui est le plus près de la sortie. »

TRISTAN BERNARD

Loyale

Nous n'avons pas été battus « à la loyale », my Lord. Aucun Anglais n'est jamais battu « à la loyale ».

GEORGE BERNARD SHAW

Loyalement

Il faut toujours jouer loyalement quand on a des cartes gagnantes.

OSCAR WILDE

Lumière

Cet homme n'était pas une grande lumière mais un grand et commode chandelier.

LICHTENBERG

Lundi

Lundi : dans les pays chrétiens, le jour qui suit le match de base-ball.

AMBROSE BIERCE

Lune

Elle était comme la lune, avec un côté qu'on ne connaîtrait jamais.

ALFRED CAPUS

La lune est pleine et on ne sait pas qui l'a mise dans cet état.

ALPHONSE ALLAIS

De deux choses lune. L'autre, c'est le soleil.

JACQUES PRÉVERT

Lunettes

Qui aime bien ses lunettes ménage sa montre.

FRANCIS BLANCHE

Lustre

Il était encore suspendu à l'Université de ce pays comme un splendide lustre qui n'aurait pas porté de lumière depuis vingt ans.

LICHTENBERG

Luxure

Le gourmand creuse sa tombe avec ses dents. Le luxurieux creuse sa tombe avec... avec quoi au fait ?

FRANÇOIS CAVANNA

Luxure : 1 + 1 = 69.

RAYMOND QUENEAU

Lyon

De toutes les villes de France, Lyon est la mieux organisée contre la poésie.

MARCEL ACHARD

S'il s'agit d'être généreux à l'égard de soi-même, le Lyonnais ne craint personne.

HENRI BÉRAUD

Maastricht

Ça s'écrit comme ça s'éternue.

JEAN CAZALET

Macbeth

Monsieur Macbeth est attiré par le sceptre ? Voyez l'appât-trône.

ROLAND BACRI

Machine

Les machines sont les seules femmes que les Américains rendent heureuses.

PAUL MORAND

Madame

Dialogue :

« Puisque Madame me renvoie, avant de la quitter, je veux que Madame le sache. Je suis plus jolie que Madame ; c'est Monsieur qui me l'a dit. Je porte mieux que Madame les robes de Madame ; c'est Monsieur qui me l'a dit. Je fais mieux l'amour que Madame.

— C'est Monsieur qui vous l'a dit ?

— Non ; ça, c'est le jardinier. »

MICHEL CHRESTIEN

Magicien

Un avare est un type qui vit sans dépasser ses revenus. On l'appelle aussi un magicien.

ALLISTON HERALD

Maigre

Dialogue :
Le baron : « Prêtez-moi une de vos nonnes pour passer la nuit.
L'abbesse. — Monseigneur !
Le baron. — Une maigre. C'est vendredi. »

VICTOR HUGO

Main

À certains êtres, ne donne même pas la main gauche.

JOSÉ ARTUR

Instrument de forme étrange que l'homme porte au bout du bras et qui est généralement fourré dans la poche de quelqu'un.

AMBROSE BIERCE

Quand elles tombent dans nos bras, on tombe dans leurs mains.

AMBROSE BIERCE

La tête, le cœur font mille bêtises. Les mains se trompent rarement.

JEAN ANOUILH

Mais

Dans « je l'aimais », il y a « mais ».

MAURICE DONNAY

Maison

Dialogue :
« Voici ma belle maison, ma cuisine, la pièce où je reçois mes amis. Voici mon lit avec ma femme dedans.
— Et le jeune homme dans le lit avec elle ?
— C'est moi quand je ne suis pas là. »

JEAN NOHAIN

Maison close

Fermer les maisons closes, pire qu'un crime, un pléonasme.

ARLETTY

Maître d'hôtel

Le maître d'hôtel pénétra dans la pièce. On aurait dit un cortège solennel composé d'une seule personne.

P. C. WOODEHOUSE

On s'est longtemps demandé quels pouvaient être le rôle — et l'utilité — de ces personnages en habit, qui dans les restaurants, vont et viennent entre les tables et se racontent des histoires dans les coins. Des recherches savantes ont établi de manière irréfutable que la fonction de ces individus était de porter l'irritation des clients à un degré tel qu'ils ne remarquent pas la médiocrité de la nourriture et que si d'aventure ils s'en aperçoivent, ils renoncent, craignant de s'emporter à exprimer leurs sentiments autrement que par des félicitations outrées.

CHESTER ANTHONY

Maîtresse

Avoir une nouvelle maîtresse est un plaisir que surpasse seulement celui de se débarrasser d'une ancienne.

WILLIAM WICHERLEY

Une maîtresse est aussi embarrassante qu'une femme quand on n'en a qu'une.

ALFRED CAPUS

L'homme bien élevé vit chez sa maîtresse et meurt chez sa femme.

HENRY BECQUE

Quand on a de l'argent (une vraie somme) il faut se garder de le dire à sa maîtresse : elle se mettrait à vous adorer.

PAUL LÉAUTAUD

Majorité

Placard dans la salle de rédaction du Los Angeles Time *:*
« La majorité silencieuse devrait la fermer ! »

Mal

Il y a des gens qui disent que je n'ai vraiment jamais rien fait de mal dans ma vie ; naturellement, ils le disent derrière mon dos.

OSCAR WILDE

Dans une réception, ne dites jamais du mal de vous-même. On s'en chargera quand vous serez parti.

WILSON MIZNER

J'ai appris à aimer certains hommes par le mal que j'en avais entendu dire par d'autres hommes que je n'aimais pas.

SACHA GUITRY

Ce que les hommes vous pardonnent le moins, c'est le mal qu'ils ont dit de vous.

ANDRÉ MAUROIS

Mal de mer

Avoir le mal de mer dans un transport de joie !

FRANCIS PICABIA

Fait curieux : personne n'a jamais le mal de mer à terre.

JEROME K. JEROME

Mal fichue

Quand une mode nouvelle autorise les femmes à laisser voir d'elles ce que jusque-là elles cachaient, ce sont toujours les plus mal fichues qui la suivent les premières.

JEAN CAZALET

Malade

« Votre mari n'a rien. Il croit qu'il est malade », *dit le médecin anglais.*
Quelques jours après, pleine de confiance en ce grand médecin, elle vient lui dire :
« Mon mari croit qu'il est mort. »

JULES RENARD

Les gens bien portants sont des malades qui s'ignorent.

JULES ROMAINS
(Knock)

Quand on est malade, on n'a plus son nom, on n'a plus son âge, on n'a plus sa fortune, on n'a plus ses relations — on a sa température. Que dis-je « on a » ? Même pas ! Les autres ont votre température : sitôt que vous l'avez, ils vous la prennent et ils l'emportent vite, vite, dans la chambre à côté.

SACHA GUITRY

Maladie

La vie est une maladie mortelle sexuellement transmissible.

WOODY ALLEN

Mâle

L'homme est le seul mâle qui batte sa femelle. Il est donc le plus brutal des mâles, à moins que, de toutes les femelles, la femme ne soit la plus insupportable ; hypothèse très soutenable en somme.

GEORGES COURTELINE

Malentendu

Beaucoup de divorces sont nés d'un malentendu. Beaucoup de mariages aussi.

TRISTAN BERNARD

Malheur

Élevé à la rude école du malheur, il y remportait tous les prix.

ALPHONSE ALLAIS

Perdre son père ou sa mère peut être considéré comme un bien grand malheur, mais perdre coup sur coup tous les deux semblerait un manque de soin.

OSCAR WILDE

Les malheurs et les jumeaux ne viennent jamais seuls.

LÉO CAMPION

Malhonnête

C'est étrange que certains commettent des délits quand il y a tellement de façons parfaitement légales d'être malhonnête.

GEORGES COURTELINE

Mallarmé (Stéphane)

Intraduisible même en français.

JULES RENARD

Mammifère

Famille d'animaux vertébrés dont les femelles, à l'état de nature, allaitent leurs petits, mais, une fois civilisées et éclairées, les confient à une nourrice ou utilisent un biberon.

AMBROSE BIERCE

Manche

Entre la France et l'Angleterre, la meilleure chose, c'est la Manche.

DOUGLAS JERROLD

Il ne faut pas jeter le manche après s'être cogné.

CHARLES MORELET

Manet

Je voulais ce Manet à tout prix et c'est à ce prix que je l'ai eu.

SACHA GUITRY

Manger

En flattant, on ne peut pas à tous les coups faire fortune, mais on peut manger tous les jours.

JOSÉ ARTUR

Ce que l'on voit est toujours décevant. Il faut croire à ce que l'on mange.

JAMES THURBER

Maniaque

Quelqu'un qui a une idée nouvelle jusqu'au jour où elle s'impose.

MARK TWAIN

Il avait l'ambition de devenir un maniaque sexuel, mais il a raté l'examen pratique.

LEE DAWSON

Manque

On se marie par manque de jugement. On divorce par manque de patience. Et on se remarie par manque de mémoire.

ANDRÉ ROUSSIN

Manteau

À un jeune homme qui voulait l'aider à passer son manteau :
« Laissez, laissez. Je n'y arrive déjà pas tout seul. »

TRISTAN BERNARD

Maquereau

Entre le cocu et le maquereau, il n'y a comme différence que quelques sous. Et encore pas toujours.

PIERRE DORIS

Marat

Il n'a pas eu de chance pour une fois qu'il prenait un bain.

RIVAROL

Quatrain :

C'est ainsi qu'il périt
Ô ciel. Quelle vengeance
Pour un bain qu'il a pris
Il n'a pas eu de chance

ALEXANDRE DUMAS FILS

Marché

L'argent ne peut pas acheter l'amour, mais il améliore votre position sur le marché.

HENRY SHASKINS

Marcher

Si marcher sur deux jambes n'est pas naturel à l'homme, c'est quand même une invention qui lui fait honneur.

LICHTENBERG

Un con qui marche vaut dix intellectuels assis.

JACQUES AUDIBERTI

Marée

Quand la marée monte, il n'est plus important de savoir à qui appartient un château de sable.

JOSÉ ARTUR

Mari

Le moyen le plus populaire pour une femme de n'avoir pas à travailler, de nos jours, est encore un mari qui a de l'argent.

JOEY ADAMS

Les femmes américaines exigent de leur mari la perfection que les femmes anglaises attendent seulement de leur maître d'hôtel.

SOMERSET MAUGHAM

En mariage souvent, l'amour passe et le mari reste.

ALFRED CAPUS

Tous les maris sont laids.

MONTESQUIEU

On dit beaucoup trop de mal des maris. Sans maris, pas d'adultère. Sans maris, pas de veuves, de ménages à trois, d'amants, de cocus, de flagrants délits. Sans maris, c'est toute la triste liberté de l'amour sans contrainte, la mort du roman, la fin du théâtre de boulevard. On dit beaucoup trop de mal des maris.

CHESTER ANTHONY

Les maris des femmes qui vous plaisent sont toujours des imbéciles.

GEORGES FEYDEAU

J'ai connu une duchesse qui avait retrouvé le sourire depuis que son mari était mort. Elle savait enfin où il passait ses nuits.

YVES MIRANDE

Dialogue :
« C'est la première fois que je trompe mon mari.
— Moi aussi, c'est la première fois que je trompe votre mari. »

SACHA GUITRY

Mariage

Il y a de bons mariages. Il n'y en a point de délicieux.

LA ROCHEFOUCAULD

Dialogue :
« Vous n'avez jamais pensé à vous marier ?
— Quelquefois. Le matin. »

FONTENELLE

Pourquoi je me suis marié ? Parce que je ne sais pas refuser le mariage à quelqu'un qui me le demande poliment.

LUCIEN GUITRY

Le mariage, un petit jeu de satiété.

HENRI DUVERNOIS

Quand un homme et une femme sont mariés, ils ne font plus qu'un. Mais comment décider lequel ?

GEORGE BERNARD SHAW

On s'étudie trois semaines. On s'aime trois mois. On se dispute trois ans. On se tolère trente ans. Et les enfants recommencent.

HIPPOLYTE TAINE

Il y a deux sortes de mariage : le mariage blanc et le mariage multicolore parce que chacun des deux conjoints en voit de toutes les couleurs.

GEORGES COURTELINE

Être mariée, c'est trembler que la côtelette de Monsieur soit trop cuite, l'eau minérale pas assez froide, la chemise empesée, le faux col trop mou, le bain brûlant ; c'est assumer le rôle épuisant d'intermédiaire-tampon entre Monsieur et le reste de l'humanité.

COLETTE

On n'est pas mariés. On est en con-copinage.

PELOSI

Quand on a vingt ans de plus qu'une femme, c'est elle qui vous épouse.

SACHA GUITRY

Deux personnes mariées peuvent fort bien s'aimer si elles ne sont pas mariées ensemble.

SACHA GUITRY

Un bon mariage serait celui d'une femme aveugle et d'un homme sourd.

MONTAIGNE

Celui qui se marie pour de l'argent le gagne.

ALFRED CAPUS

J'ai trente ans, et six ans de mariage cela fait trente-six.

SACHA GUITRY

Je suis pour l'indissolubilité du mariage. C'est le seul moyen de ne pas faire l'imbécile deux fois.

JEAN ANOUILH

Le mariage ? Qui y pense de nos jours, à part quelques curés ?

LOUISE DE VILMORIN

Je me suis marié une fois à l'église, deux fois à la mairie et les autres fois à la sauvette.

JOSÉ ARTUR

Mariage (réussi)

Souvent la différence entre un bon mariage et un mariage raté ne tient qu'à deux ou trois choses, qu'on dit chaque jour ou qu'on ne dit pas.

HARLON MILLER

Le grand secret du mariage réussi, c'est de traiter toujours les catastrophes comme des incidents, et jamais les incidents comme des catastrophes.

HAROLD NICHOLSON

Dora et moi nous voilà mariés et nous sommes exactement aussi heureux qu'avant.

BERTRAND RUSSEL

Marier

Avis aux personnes sur le point de se marier : « N'en faites rien. »

ANTON TCHEKHOV

Mars

Mars, Vénus, Saturne, ce qui m'étonne ce n'est pas qu'on ait découvert tous ces astres lointains, c'est qu'on connaisse leurs noms.

JEAN NOHAIN

Marseillais

Si Napoléon avait occupé l'Allemagne avec des Marseillais, la face du monde eût été tout autre.

CIORAN

Marseille

À Marseille, pour le conducteur d'une voiture, il n'y a pas la gauche ni la droite, il y a l'ombre.

FERNANDEL

Martyr

Martyr, c'est pourrir un peu.

JACQUES PRÉVERT

Martyre

Le martyre est la seule façon pour un homme de devenir célèbre sans talent.

GEORGE BERNARD SHAW

Marxiste

Je suis marxiste, tendance Groucho.

ROGER CAILLOIS

Masque

J'ai reçu la facture de mon opération. Maintenant je sais pourquoi le chirurgien avait mis un masque.

JAMES H. BOREN

Masseur

Quatrain :

Mon frère est masseur à Passy
Et masseuse à Bercy ma tante Félicie
Et comme à leurs travaux, je m'associe
Je masse aussi

TRISTAN BERNARD

Masturbation

La seule façon de faire l'amour avec quelqu'un qu'on aime vraiment bien.

WOODY ALLEN

Matérialisme

Vive le matérialisme hystérique !

SLOGAN F.L.M.

Mathusalem

À 976 ans Mathusalem était si bien conservé qu'il en paraissait à peine 375.

TRISTAN BERNARD

Mauriac (François)

Le Figaro est le seul journal qui annonce les catastrophes la veille. Ce matin il y avait sur la première page « Demain : Mauriac ».

SACHA GUITRY

Mauriac : l'eau bénite qui fait « Pschitt ».

JEAN-PAUL SARTRE

Maux

Entre deux maux, je choisis toujours celui que je n'ai jamais essayé.

MAË WEST

Nous avons tous assez de force pour supporter les maux d'autrui.

LA ROCHEFOUCAULD

Mayonnaise

La mayonnaise est une des sauces qui tiennent lieu aux Français de religion d'État.

AMBROSE BIERCE

Mécène

Un individu qui donne avec insolence et qui est payé en flatteries.

SAMUEL JOHNSON

Méchant

J'aime mieux les méchants que les imbéciles parce qu'ils se reposent.

ALEXANDRE DUMAS

Être méchant, c'est se venger d'avance.

PAUL-JEAN TOULET

Ma seule politique est de jouer les méchants et d'être bon.

GEORGE BERNARD SHAW

Les méchants font quelquefois de bonnes actions. On dirait qu'ils veulent savoir s'il est vrai que cela fait autant de plaisir que le prétendent les honnêtes gens.

CHAMFORT

Mèche

Mèche : petit morceau de coton qui sert à faire des trous, que certains portent sur le front et dont la vente est interdite.

PIERRE DAC

Méconnu

Je me présente, Vialatte, écrivain notoirement méconnu.

ALEXANDRE VIALATTE

Médecin

Employé du nécropolitain.

DERYS

Personne en qui nous mettons tout notre espoir quand nous sommes malades et sur qui nous lâchons les chiens quand nous sommes bien portants.

AMBROSE BIERCE

Les médecins : la renommée proclame leurs succès et la terre recouvre leurs erreurs.

QUARLES

Le médecin exerce sur moi une double action dont je ne suis pas maître et qui ne me rassure pas. S'il me dit : « Vous avez telle maladie », je le crois. S'il me dit : « Je vous guérirai », je ne le crois plus.

GEORGES COURTELINE

Chaque médecin a sa maladie préférée.

HENRY FIELDING

Le médecin à qui vous tirez la langue, vous le fera payer cher, mon petit.

CHAVAL

Médecine

La médecine : la seule profession qui travaille en permanence à détruire la raison de son existence.

JAMES BRYCE

Média

Nous sommes dans la situation d'un plombier qui installe un tuyau. Nous ne sommes pas responsables de ce qui passe dans le tuyau.

DAVID SARNOFF
Patron du New York Times

Médicament

J'en suis à prendre huit médicaments. Faut-il que j'en aie, une santé !

SACHA GUITRY

Médiocre

Seul, le médiocre est toujours à son meilleur.

SOMERSET MAUGHAM

Médiocrité

La médiocrité a son fanatisme.

CHATEAUBRIAND

Médire

Ne dites pas du mal de mes amis ; je peux le faire aussi bien que vous.

SACHA GUITRY

Méfiance

On peut, on doit abuser de la confiance d'une femme, jamais de sa méfiance... C'est dangereux.

MAURICE DONNAY

Méhaignerie

Chacun son métier et les sceaux seront bien gardés.

JEAN CAZALET

Mélodrame

Un mélodrame n'est souvent qu'un drame vu par un confrère.

ROBERT DE FLERS

Mélomane

Celui qui entendant chanter une femme dans une salle de bains s'approche de la serrure et y colle son oreille.

FRANCIS BLANCHE

Les mélomanes voudraient que l'on soit muet au moment où on aimerait être sourd.

OSCAR WILDE

Melon

Il n'y a que deux belles choses au monde : les femmes et les roses, et que deux bons morceaux : les femmes et les melons.

HENRI MALHERBE

« Qui n'entend qu'une cloche n'entend qu'un son » : pensée de melon.

JULES RENARD

La pluie en Angleterre a emmené les chapeliers à inventer un couvre-chef qui soit aussi un parapluie. Ainsi est né le chapeau melon.

JEAN CAZALET

Mémoire

J'ai une mémoire excellente mais je ne me souviens pas des choses comme elles sont.

PAUL CLAUDEL

Ma mémoire est fantasque. Il m'arrive de parler très fort à l'oreille d'un myope.

SACHA GUITRY

Sans mémoire, tout est nouveau.

MAURICE ROCHE

La mémoire, c'est ce qui rappelle à un homme que l'anniversaire de sa femme c'était la veille.

MARIO RECCO

J'ai une mémoire admirable. J'oublie tout.

JULES RENARD

Mémoire (manque de)

Don de Dieu accordé aux débiteurs en compensation de leur pauvreté de conscience.

AMBROSE BIERCE

Mémoires

Quand on écrit ses mémoires, on se fait deux sortes d'ennemis. Ceux dont on parle. Et ceux dont on ne parle pas.

CHARLES DULLIN

Ménage

Il y a entre l'ami de la maison et le bonheur du ménage le rapport du diviseur au quotient.

VICTOR HUGO

Un ménage cesse d'être un ménage quand c'est le chien qui apporte les pantoufles et que c'est la femme qui aboie.

HENRY BERNSTEIN

La mère faisait les ménages. La fille les défait.

GEORGES FEYDEAU

Ce qui est grave dans un ménage, c'est quand l'un des deux époux aime l'autre et que l'autre ne l'aime pas. Mais s'ils ne s'aiment ni l'un ni l'autre, ils peuvent très bien être heureux.

ALFRED CAPUS

Je déteste les travaux de ménage. Vous faites les lits, la vaisselle et six mois après, tout est à recommencer.

JOAN RIVERS

Mendier

Demander quelque chose avec une ardeur proportionnée à la certitude qu'on ne vous la donnera pas.

AMBROSE BIERCE

Meneur

Un homme sur mille est un meneur d'hommes. Les 999 autres sont des suiveurs de femmes.

FRANCIS BLANCHE

Mensonge

Il y a une quantité considérable de mensonges tout autour du monde et le pire, c'est que la moitié au moins sont devenus vrais.

WINSTON CHURCHILL

Le mensonge adoucit les mœurs.

GEORGES DE PORTO-RICHE

La seule forme de mensonge qui soit absolument sans reproche est de mentir dans son propre intérêt.

OSCAR WILDE

Le plus amusant des mensonges, c'est de faire semblant de croire un menteur.

LÉOPOLD MARCHAND

Menteur

Le meilleur menteur est celui qui fait servir le même mensonge le plus longtemps possible.

SAMUEL BUTLER

C'est toujours la meilleure tactique de dire la vérité ; à moins, bien sûr, que vous soyez un extraordinaire menteur.

JEROME K. JEROME

On nous accuse d'être de gros menteurs parce que nous entretenons de bons rapports avec l'insolite.

YVAN AUDOUARD

Mentir

Dialogue :
« Je ne sais pas mentir.
— Tu te sous-estimes. »

MARCELLE AUCLAIR

Pourquoi n'aimerions-nous pas les femmes pour ce qu'elles font de mieux : mentir ?

SACHA GUITRY

Personne ne ment quand il n'y a personne pour entendre.

JAMES BEATTIE

Comme une femme ment mal quand on sait qu'elle ment !

ROBERT DE FLERS

Quand on ment à une femme, on a l'impression qu'on se rembourse.

SACHA GUITRY

N'importe quel imbécile peut dire la vérité, mais il faut être intelligent pour bien mentir.

SAMUEL BUTLER

Mer

Malgré toute l'eau que lui amènent les fleuves, la mer ne déborde pas parce que la providence qui a prévu cette catastrophe a créé les éponges.

ALPHONSE ALLAIS

Mer Morte

Les eaux de la mer Morte sont si lourdes que si l'on y jette un fer à repasser, il vous rebondit dans la gueule.

FRANÇOIS CAVANNA

Mercredi

Il est instamment recommandé de ne jamais tomber malade le mercredi après-midi nulle part sur tout le territoire des États-Unis sauf sur les parcours de golf. Tous les médecins sont là.

WOODY ALLEN

Mère

Aux musiciens de son orchestre :
« Je ne chercherai pas lequel est l'enfant de putain qui m'a piqué ma bouteille de whisky, mais qu'il sache que j'étais le meilleur ami de sa mère. »

LESTER YOUNG

Mérite

À quarante ans, on a la tête qu'on mérite.

ÉDOUARD HERRIOT

Messe

Je connais un homme très peureux qui, bon catholique, ne va jamais à la messe. « Dieu est bon, dit-il, il me pardonnera, mais le diable qui est méchant pourrait se formaliser. »

MARCEL JOUHANDEAU

Métaphore

Je vous le demande : toutes les fois qu'on a l'occasion de réaliser une métaphore, doit-on hésiter un seul instant ?

ALPHONSE ALLAIS

Métaphysicien

Un métaphysicien : dans une chambre noire un aveugle cherchant un chapeau noir qui ne s'y trouve pas.

AMBROSE BIERCE

Métaphysique

La métaphysique consiste à essayer de prouver l'incroyable en faisant appel à l'inintelligible.

HENRY L. MENCKEN

Métier

Le métier, c'est ce qui ne s'apprend pas.

PICASSO

Métropolite

Aumônier du métro.

ALFRED JARRY

Metteur en scène

Au théâtre, il y a deux sortes de metteurs en scène : ceux qui croient qu'ils sont Dieu et ceux qui en sont sûrs.

RHETTA HUGHER

Cet accoucheur qui se prend pour le père.

JEAN COCTEAU

Michel-Ange

Quand Michel-Ange (1475-1564) eut terminé de peindre le plafond de la chapelle Sixtine, il passa le reste de sa vie à essayer d'ôter la peinture qui lui avait coulé dans la manche.

FRANÇOIS CAVANNA

Microbe

Dialogue :

« Docteur, je ne crois pas aux microbes.
— Qu'est-ce que vous voulez que ça leur fasse ? »

ALFRED CAPUS

Le microbe n'a pas le temps d'examiner le biologiste.

HENRI MICHAUX

Midi

En amour, quand on manque le train de midi, il vaut mieux ne pas prendre celui du soir, les nuits sont fraîches.

ALEXANDRE DUMAS FILS

Mien

À la caserne, tout le monde est mien. J'ai « mon » adjudant, « mon » lieutenant, « mon » capitaine, « mon » colonel. Ce qui n'empêche pas qu'au bout du compte c'est moi qui suis possédé.

JACQUES GRELLO

Mieux

Le mieux, c'est le bien d'autrui.

PAUL-JEAN TOULET

Militaire

Vous autres, militaires, vous avez bien de la chance. Quand vous gagnez les guerres, vous avez la gloire. Quand vous les perdez, vous avez le pouvoir ; et si vous trahissez il vous reste l'honneur.

ABEL BONNARD

Million

Aujourd'hui avec des millions on ne va pas loin, surtout quand on est garçon de recettes.

ALEXANDRE BREFFORT

À neuf heures j'enregistrais à la radio. À midi j'arrivais dans un studio de cinéma où j'ai tourné jusqu'à huit heures. À neuf heures je jouais ma pièce. À minuit je faisais mon numéro dans une boîte. Et tout ça pour gagner quoi ? Des millions.

FERNAND RAYNAUD

Minaude

À propos d'une dame qui tenait à Paris un salon littéraire :
« La fille de Minaude et de... Faut pas s'y fier. »

ANNETTE VAILLANT

Minerve

D'origine cérébrale.

TRISTAN BERNARD

Ministère

Un ministère est un lieu où ceux qui partent en avance croisent dans les escaliers ceux qui arrivent en retard.

GEORGES COURTELINE

Nous pourrions donner à l'honorable sir X... le ministère de la Guerre et nous serions sûrs de l'éviter. Pendant la guerre, sir X... était ministre du Charbon et nous n'avons jamais eu de charbon.

WINSTON CHURCHILL

Ministre

Fonctionnaire doté d'un très grand pouvoir et d'une toute petite responsabilité.

AMBROSE BIERCE

Il vaut mieux être cocu que ministre. On n'est pas obligé d'assister aux séances.

LÉO CAMPION

Mirabeau

Mirabeau était l'homme qui ressemblait le plus à sa réputation. Il était affreux.

CHAMFORT

Mirabeau est capable de tout pour de l'argent, même d'une bonne action.

RIVAROL

Mirabeau, ce grand homme a senti de bonne heure que la moindre vertu pouvait l'arrêter sur le chemin de la gloire et jusqu'à ce jour, il ne s'en est permis aucune.

RIVAROL

Miracle

Je suis allé à Lourdes avec ma femme. Y a pas eu de miracle. Je suis revenu avec.

SEYMOUR BRUSSELS

Un miracle, c'est un événement décrit par des gens à qui l'ont raconté d'autres gens qui ne l'ont pas vu.

ELBERT HUBBARD

Mirande (Yves)

À une comédienne qui voulait à tout prix cacher son âge :
« Souvenez-vous : c'est l'année où vous étiez enceinte de votre nièce. »

André Lefaur était devenu l'amant, plus que sexagénaire, d'une très jeune et très jolie comédienne. C'est peu après que sa mémoire commença à le trahir. Il oubliait des répliques de ses rôles.
« Elle lui bouffe son texte », *dit Mirande.*

Ce Vatel aura passé sa vie à composer des hors-d'œuvre.

HENRI JEANSON

D'abord il présente bien, ensuite il est joli et décoré. J'ajouterai qu'en politique il n'est pas sectaire. Vous me direz — Oui mais il écrit des pièces — À quoi je vous répondrai : « Personne n'est parfait. »

MARCEL ACHARD

Il était très ami d'une directrice de théâtre qui passait pour avoir d'excellentes relations avec le pacha de Marrakech. Il l'avait surnommée :
« Pour qui sonne le glaoui. »

Après l'enterrement de Jules Berry, comédien connu pour oublier des répliques dans ses rôles, Mirande dit en soupirant :
« C'est la première fois qu'on rend hommage à sa mémoire. »

À la sortie du cimetière où on venait d'enterrer Vincent Scotto :
« C'est la dernière fois que je viens ici en amateur. »
Huit jours après il était mort.

Après avoir fait la noce toute sa vie, il avait intitulé son livre de souvenirs :
« Mémoires d'Outre Bombe ».

Mirbeau (Octave)

Mirbeau se lève triste et se couche furieux.

JULES RENARD

Miroir

Il se regarde dans un miroir et il croit qu'il réfléchit.

JULES RENARD

Les miroirs sont des glaces qui ne fondent pas. Ce qui fond, c'est ce qui s'y mire.

PAUL MORAND

Les miroirs feraient bien de réfléchir.

JEAN COCTEAU

Misanthrope

Tout homme qui, à quarante ans, n'est pas misanthrope n'a pas aimé les hommes.

CHAMFORT

Misère

L'argent ne fait pas le bonheur, mais il vous permet de vous payer le genre de misère que vous préférez.

LAURENCE J. PETER

Miss

Une « miss » est une vierge d'âge mûr qui, moyennant un salaire, enseigne aux petits continentaux riches à parler leur propre langue avec l'accent anglais.

CHESTER ANTHONY

Missionnaire

Un missionnaire, c'est un type qui apprend aux cannibales à dire le bénédicité avant de le manger.

FRED ALLEN

Moche

Il y a deux sortes de femmes, les moches et les salopes. Et encore, j'en connais des moches qui sont de belles salopes.

WOLINSKI

Mode

La mode est ce que l'on porte. Ce qui est démodé, c'est ce que portent les autres.

OSCAR WILDE

Une mode, dix ans avant son temps, est indécente. Dix ans après, elle est hideuse. Un siècle plus tard, elle devient romantique.

JAMES LAVER

Je pense, donc tu suis.

PIERRE DESPROGES

Un animal à la mode ? Mais le bœuf voyons.

SAN-ANTONIO

Si j'avais du talent, on m'imiterait ; si on m'imitait, je deviendrais à la mode ; si je devenais à la mode, je passerais bientôt de mode ; donc il vaut mieux que je n'aie pas de talent.

JULES RENARD

Lance-la, si tu peux. Ne la suis jamais.

JULES RENARD

Modération

Ils disent que c'est à consommer avec modération. Jusqu'à preuve du contraire, je consomme avec qui je veux.

JEAN-MARIE GOURIO
(Brèves de comptoir)

Modeste

Il n'a qu'une qualité : il est modeste. Et il s'en vante.

ALFRED CAPUS

Il n'y a pas de gens modestes. Il y a des ratés qui ont la prétention d'être modestes et qui font les modestes pour faire croire qu'ils ne sont pas des ratés.

SACHA GUITRY

Modestie

La fausse modestie, c'est mieux que pas de modestie du tout.

JULES RENARD

Comparé à Vélasquez, je ne suis rien, mais comparé aux peintres contemporains je suis le plus grand génie des temps modernes... mais la modestie n'est pas ma spécialité.

SALVADOR DALI

Les Anglais admirent instinctivement tout homme qui, n'ayant aucun talent, ne s'en vante pas.

JAMES AGEE

Soyons modeste, c'est le genre d'orgueil qui déplaît le moins.

JULES RENARD

La modestie, c'est l'art de faire dire par d'autres le bien que l'on pense de soi.

PHILIPPE BOUVARD

Je crois que c'est un homme très modeste... Et qui a d'ailleurs toutes les raisons de l'être.

WINSTON CHURCHILL

Par modestie, Dieu n'existe pas.

RAYMOND QUENEAU

Mœurs

Les mauvaises mœurs sont la seule chose que les gens vous prêtent sans réfléchir.

JEAN COCTEAU

Moi

Le moi est haïssable. Le mois double est agréable.

YVAN AUDOUARD

Le moi est haïssable mais c'est tout ce que j'ai.

PHILIPPE BOUVARD

Entre un autre et moi, je n'ai pas le choix.

WOLINSKI

Quand je ne pense pas à moi, je ne pense à personne.

JULES RENARD

Moignon

Membre honoraire.

LÉO CAMPION

Mois

Dialogue :
« Il me faudrait bien six mille francs.
— Par mois ?
— Par vous ou par un autre. »

SACHA GUITRY

Personne ne se rend compte comme c'est court un mois avant d'avoir à payer une pension alimentaire.

JOHN BARRYMORE

Entre comédiens :
« Devine combien je gagne par mois ?
— Trois cents francs.
— Ajoute un zéro.
— Quatre cents. »

JEAN NOHAIN

Moïse

Quand Moïse annonça qu'il allait faire traverser la mer Rouge à pied sec au peuple hébreu, son attaché de presse lui dit :
« Si tu réussis ce coup-là, je te garantis deux pleines pages dans l'Ancien Testament. »

ORSON WELLES

Moisir

Le plaisir des morts est de moisir à plat.

ROBERT DESNOS

Moisson

Usage de faux.

LÉO CAMPION

Moitié

Une femme n'est entière qu'autant qu'elle est une moitié.

JACQUES AUDIBERTI

Monde

Le monde est une vallée de pleurs, mais, somme toute, bien irriguée.

TOLSTOÏ

Monnaie

Il faut mépriser l'argent, surtout la petite monnaie.

FRANÇOIS CAVANNA

Monogame

Je me suis fait auprès de ma femme une solide réputation de monogame.

PIERRE DESPROGES

Monogamie

Même chez les peuples civilisés, on rencontre parfois de vagues vestiges de l'instinct monogamique.

MARK TWAIN

La monogamie laisse beaucoup à désirer.

FRANCIS BLANCHE

Montagne

La Suisse ? Ôtez les montagnes, qu'est-ce qui reste ?

DADA

Monter

L'homme public ne monte jamais si haut que lorsqu'il ne sait pas où il va.

CARDINAL DE RETZ

Montherlant

Un bas du cul qui se prend pour un grand d'Espagne.

JACQUES PRÉVERT

Montre

Il est possible de posséder trop. Un homme avec une montre sait quelle heure il est ; un homme avec deux montres n'en est jamais tout à fait sûr.

LEE SEGALL

Quand quelqu'un prend sa retraite et que dorénavant, il n'a plus d'horaire à respecter, ses amis généralement lui offrent une montre.

R. C. SHERIFF

Si je regarde ma montre souvent, Madame, ce n'est pas que je sois mal élevé, mais je m'ennuie tellement.

FRANCIS BLANCHE

Moquer

La différence entre le sexe et la mort, c'est que mourir, vous pouvez le faire seul et personne ne se moquera de vous.

WOODY ALLEN

Moral

En pays cannibale, le cannibalisme est moral.

SAMUEL BUTLER

Quand on se fout de la morale, le moral est meilleur.

ALBERT WILLEMETZ

Moral, moralement, adjectif et adverbe utilisés pour démentir une nouvelle bonne mais fausse. Le vainqueur moral d'une épreuve l'a perdue. Si on vous donne moralement la Légion d'honneur, ça veut dire qu'on ne vous la donne pas du tout.

MARCEL PAGNOL

Morale

En tout, la solution la plus avantageuse pour ses intérêts lui apparaissait aussi comme la plus morale.

JEAN CAZALET

La morale est comme tous les régimes : elle interdit ce qui est bon.

ALFRED CAPUS

La morale est mal disposée dans un pantalon.

FRANCIS PICABIA

Moraliste

Il n'est de bons moralistes que ceux qui ne s'occupent que de la morale des autres.

MAURICE SACHS

Morphine

La morphine a été inventée pour permettre aux médecins de dormir.

SACHA GUITRY

Mort

L'homme est adossé à la mort comme le causeur à la cheminée.

PAUL VALÉRY

Dans la mort, les plus à plaindre sont ceux qui restent, dit-on. Bon, demandez-leur donc de changer.

LUCIEN GUITRY

On ne sait pas de quoi il est mort. On ne savait pas déjà de quoi il vivait.

ALFRED CAPUS

La mort ? Pourvu que je vive jusque-là.

JEAN PAULHAN

La mort, c'est tellement obligatoire que c'est presque une formalité.

MARCEL PAGNOL

Dialogue :
« De quoi est-il mort ?
— Il ne l'a pas dit. »

LÉO CAMPION

Pourquoi les morts ne vivent-ils pas ? Les vivants meurent bien.

CHAVAL

Le premier homme qui est mort a dû être drôlement surpris.

WOLINSKI

Si j'ai peur de la mort, c'est que peut-être Dieu existe et que, peut-être, il est méchant.

HENRY BERNSTEIN

Ce n'est pas que j'aie peur de la mort, mais je ne veux pas être là quand ça m'arrivera.

WOODY ALLEN

Je vous croyais mort ! Enfin, ce sera pour une autre fois.

JULES RENARD

La mort est une fin en soi.

PHILIPPE HÉRACLÈS

Mot

Je m'arrêterais de mourir, s'il me venait un bon mot.

VOLTAIRE

Il a toujours le petit mot pour faire rire de lui.

JULES RENARD

Entre deux mots, il faut choisir le moindre.

PAUL VALÉRY

Mes mots feront fortune, moi pas.

TRISTAN BERNARD

La pensée vole et les mots vont à pied.

JULIEN GREEN

Dialogue :
« Puis-je vous dire un mot ?
— Ça dépend lequel. »

FRANCIS BLANCHE

Mou

Tous les mous sont dans la nature.

JACQUES STERNBERG

Mouche

Il y a deux façons d'enculer les mouches. Avec ou sans leur consentement.

BORIS VIAN

Mourir

Apprendre à mourir ? Pourquoi ? On y réussit très bien la première fois.

CHAMFORT

Mot d'un homme immensément riche habitué à pouvoir tout payer, tout acheter et sentant venir sa fin :
« Quel dommage qu'il faille mourir soi-même. »

PAUL LÉAUTAUD

Il paraît que l'on n'apprend pas à mourir en tuant les autres.

CHATEAUBRIAND

Je crois, comme tout le monde, que c'est très difficile de mourir mais je vois que, quand il en est là, chacun s'en tire.

D'ARGENSON

D'un mythomane :
« C'est la première fois que je meurs dans mon lit ! »
BERNARD ZIMMER

Moustique

Un moustique peut piquer et faire se cabrer un cheval, mais l'un demeure un insecte et l'autre est toujours un cheval.
JULES RENARD

Mouvement

Méfie-toi de ton premier mouvement, c'est le bon.
HENRY BECQUE

Moyens

Merci mille fois pour votre réception bien au-dessus de vos moyens.
SIM

Je vis tellement au-dessus de mes moyens que, pour ainsi dire, nous vivons à part.
HECTOR SAKI

Mozart

Rien ne ressemble plus à du Mozart que du Ravel quand t'y connais zéro.
JEAN-MARIE GOURIO
(Brèves de comptoir)

Le petit Mozart à sa première leçon de musique :
« Quel sol fais-je ? Quelle harpe ai-je ? »
ROLAND BACRI

Muet

Dialogue :
« Êtes-vous bien sûr qu'il est muet ?

— Il le dit. »

TRISTAN BERNARD

Mur

Les murs ont des oreilles dans la mesure où les cloisons sont nasales et les conduits acoustiques.

PIERRE DAC

La grande muraille de Chine : c'est aussi intéressant qu'un mur puisse l'être.

GEORGE BERNARD SHAW

Les murs ont des oreilles. Vos oreilles ont des murs.

MURS DE LA SORBONNE 68

La femme est capable de tous les exercices de l'homme sauf de faire pipi debout contre un mur.

COLETTE

Musée

Je ne tiens pas à ce qu'un jour quelqu'un vienne admirer mes caleçons dans un musée.

FRÉDÉRIC CHOPIN

Les trésors de son musée : l'aquarium opaque pour poissons timides, un vrai morceau de la fausse croix, une tasse à café avec anse à gauche pour les gauchers et le crâne de Voltaire enfant.

ALPHONSE ALLAIS

Musique

Les Anglais ne s'intéressent pas à la musique, mais ils aiment le bruit qu'elle fait.

SIR THOMAS BEECHAM

À l'occasion, il m'arrive de jouer un morceau d'un compositeur contemporain et cela pour deux raisons : primo, pour le dissuader d'en composer un autre, deuxio, pour me rappeler combien j'aime Beethoven.

JASCHA HEIFETZ

Musset

Épitaphe pour la tombe de Musset :
« Enfin saule. »

ALEXANDRE BREFFORT

Mustang

Mustang : cheval indocile des plaines de l'Ouest américain. Dans la haute société anglaise, ce nom désigne l'épouse américaine d'un membre de l'aristocratie britannique.

AMBROSE BIERCE

Mystère

Puisque ces mystères nous échappent, feignons d'en être les organisateurs.

JEAN COCTEAU

Nager

Je sais nager juste assez pour me retenir de sauver les autres.

JULES RENARD

Nain

Le nain Pieral : le plus bref des laids.

ANONYME

Naissance

Si nous ne contrôlons pas les naissances, en l'an 2000, il n'y aura plus de place pour servir le dîner, à moins qu'on ne dresse le couvert sur la tête de parfaits étrangers.

WOODY ALLEN

Autrefois, je n'étais pas né, mais depuis je me suis rattrapé.

MAURICE ROCHE

Le contrôle des naissances ? Vous auriez dû y penser avant de naître.

N. F. SIMPSON

Naples

Voir Naples et mourir. Quand on quitte Naples on trouve la formule idiote.

ROGER PIERRE

Napoléon

Ce qui a perdu Napoléon, c'est l'ambition. S'il était resté simple officier d'artillerie, il serait encore sur le trône.

HENRI MONNIER

Poème :

Quand on porta aux Invalides
Les cendres de Napoléon Premier
On s'aperçut — c'est trop stupide
Qu'il n'y avait pas de cendrier !

TRISTAN BERNARD

Napoléon III

Napoléon Ier prenait les capitales. Napoléon III prend nos capitaux.

ALEXANDRE DUMAS

Nappe

Grande étendue d'eau que, par mesure de précaution, on met sur la nappe pour prendre son repas.

LÉO CAMPION

Narcisse

Parfois, on voudrait rester seul avec soi-même. Et revoilà ce con de Narcisse.

FRÉDÉRIC MUSSO

Narcissisme

L'histoire d'amour entre Margot Asquith et Margot Asquith restera comme une des histoires d'amour les plus charmantes de la littérature.

DOROTHY PARKER

Avoir des amis dont vous aimez qu'ils soient comme vous est une forme de narcissisme.

NORMAN DOUGLAS

Nation

Une nation est une société unie par des illusions sur ses ancêtres, et par la haine commune de ses voisins.

DEAN WILLIAM R. INGE

Nature morte

Devant des natures mortes :
« Il faudrait qu'on les achève ! »

PICASSO

Naturel

Il a chassé le naturel. Le naturel n'est pas revenu.

JULES RENARD

400 000 ans après son apparition sur la terre, l'homme ne sait rien de plus difficile que de rester naturel.

PIERRE DANINOS

Naturiste

Chassez le naturiste, il revient au bungalow.

JEAN ROUCAS

Néant

À propos de Félix Faure :
En entrant dans le néant, il a dû se sentir chez lui.

CLEMENCEAU

Nécessité

Dialogue :
« Il faut bien que tout le monde vive ?
— Je n'en vois pas la nécessité. »

BARBEY D'AUREVILLY

Nécrologie

Je n'ai jamais souhaité la mort de personne, mais il y a quelques nécrologies que j'ai lues avec plaisir.

CLARENCE DARROW

Nectar

Boisson servie aux banquets des divinités de l'Olympe. On a perdu le secret de sa composition, mais les gens du Kentucky croient être arrivés à connaître son ingrédient principal.

AMBROSE BIERCE

Népotisme

C'est quand le neveu du patron est un crétin.

ABE BURROW

Neutralité

La neutralité suisse : une vierge qui gagne sa vie dans un bordel et qui prétend rester chaste.

TOM STOPPARD

Newton

Des millions de gens ont vu tomber une pomme, Newton est le seul qui se soit demandé pourquoi.

BERNARD BARUCH

Nez

Un nez qui peut voir en vaut deux qui reniflent.

EUGÈNE IONESCO

Elle avait un nez superbe qu'elle tenait de son père. Il était chirurgien esthétique.

GROUCHO MARX

Elle avait un nez si gros que pour l'embrasser sur les deux joues, on avait plus vite fait de passer par-derrière.

TRISTAN BERNARD

À propos de Jules Claretie, administrateur de la Comédie-Française qui avait le nez fortement dévié :
« Il le met de côté pour ses vieux jours. »

MARGUERITE MORENO

« Il a l'air de n'avoir reçu qu'une gifle. »

TRISTAN BERNARD

À propos d'un journaliste qui avait lui aussi le nez de travers :
« C'est le seul type qu'on voit à la fois de face et de profil. »

GASTON BONHEUR

À un ami qui avait un nez très gros :
« Dis donc, quand tu te mouches, tu n'as pas l'impression que tu serres la main à un copain ? »

JEAN GABIN

Niagara

Les chutes du Niagara ne sont jamais que la seconde grosse déception de la lune de miel.

OSCAR WILDE

Nietzsche

Ce que j'en pense ! Il y a bien des lettres inutiles dans son nom.

JULES RENARD

Nihiliste

Russe qui nie l'existence de tout sauf de Tolstoï. Le chef de cette école est Tolstoï.

AMBROSE BIERCE

Ninon de Lenclos

C'est une personne charmante et qui vit le plus honnêtement qu'il est possible hors du mariage et hors du célibat.

CHAMFORT

Nobel

Le prix Nobel, c'est une bouée de sauvetage lancée à un nageur qui a déjà atteint la rive.

GEORGE BERNARD SHAW

Je peux pardonner à Alfred Nobel d'avoir inventé la dynamite. Mais seul un ennemi avéré du genre humain a pu inventer le prix Nobel.

GEORGE BERNARD SHAW

Noblesse

L'annuaire de la noblesse est en Angleterre le plus bel ouvrage d'imagination qu'on ait jamais publié.

OSCAR WILDE

Noé

On trouve dans la Bible beaucoup de situations du monde moderne. Par exemple Noé, cherchant pendant quarante jours une place pour se garer.

LAURENCE J. PETER

Noir

Quand il fait noir, il me semble que je meurs.

CLAUDE MONET

Nom (propre)

C'est un ami dont je ne sais pas le nom, et je le connais depuis trop longtemps pour le lui demander.

GEORGES FEYDEAU

Nombril

Les Italiens disent : « *Sotto umbilico ne religione ne verita.* »

CHAMFORT

La Méditerranée est une sorte de Gange où les nombrils vont en pèlerinage.

SAN-ANTONIO

Non

Elle parle dix-huit langues et ne sait dire *non* dans aucune.

DOROTHY PARKER

Dans la bouche d'une femme, *non* n'est que le frère aîné de *oui*.

VICTOR HUGO

On est jeune tant qu'on sait dire « Non ». Premier oui, première ride.

HENRI JEANSON

Nonagénaire

Parole de nonagénaire :
« J'ai des troubles de mémoire. Par exemple, il m'arrive de poursuivre les jolies femmes. Je ne me souviens plus pourquoi. »

PIERRE-JEAN VAILLARD

Nonce

Tous ses chemins partent de Rome.

ROBERT SCIPION

Non-conformiste

S'il y a quelque chose que le non-conformiste déteste plus qu'un conformiste, c'est un autre non-conformiste qui ne se conforme pas au standard ordinaire de la non-conformité.

BILL VAUGHAN

Notaire

Arrive souvent au dernier acte.

TRISTAN BERNARD

Note

Au restaurant, lorsqu'arrive le moment où, à propos de la note, l'autre personne dit : « Voyons, nous n'allons pas nous disputer pour ça ! », contentez-vous de répondre : « Très bien, mon vieux. » Un parfait gentleman ne se querelle jamais.

W. C. FIELDS

Nourrice

Devinette : Mon premier c'est toi et moi. Mon second c'est moi et toi. Mon tout peut suppléer au ruminant.
Réponse : Nounou.

ALPHONSE ALLAIS

La nourrice est un pis-aller.

ALEXANDRE BREFFORT

Nourriture

Il n'y a pas d'amour plus sincère que celui de la nourriture.

GEORGE BERNARD SHAW

Nouveau

À un garçon de restaurant qui lui proposait des pommes de terre nouvelles :

« Il n'y a rien de nouveau, Monsieur, sous le soleil. »

ALPHONSE ALLAIS

Rien n'est nouveau sous le soleil même quand il n'y a pas de soleil.

EUGÈNE IONESCO

Il n'y a rien de nouveau sous le soleil, mais il y a aussi tout un tas de vieux trucs que nous ignorons.

AMBROSE BIERCE

Nouvelle-Angleterre

La conscience — dans la Nouvelle-Angleterre — ne vous interdit pas de faire ce que vous ne devriez pas, elle vous empêche de vous en réjouir.

CLEVELAND AMORY

Noyade

Quand on se noie, on pense à sa famille qui va se demander d'abord pourquoi on est en retard pour le thé et ensuite ce qui va se passer étant donné qu'on n'a pas fait de testament.

GEORGE BERNARD SHAW

Nu

Un nu bien fait n'est jamais perdu.

WILLY

Nudiste

On n'a jamais vu un aveugle dans un camp de nudistes.

WOODY ALLEN

Nue

Elle veut bien poser toute nue. Elle ne demande qu'à se faire connaître.

SACHA GUITRY

J'ai été si surprise que j'en suis tombée nue.
LUCIEN GUITRY

La première fois que j'ai vu une femme nue, j'ai cru que c'était une erreur.
WOODY ALLEN

La vérité est trop nue. Elle n'excite pas les hommes.
JEAN COCTEAU

Nuit

Dialogue :
« Quel a été votre plus beau jour ?
— Une nuit. »
BRIGITTE BARDOT

Il y a des jours où je ne fais pas mon âge, mais il y a des nuits où je fais le double.
ALEXANDRE BREFFORT

Nymphomane

Avec elles, c'est le devoir des Danaïdes.
MAURICE DONNAY

On ne peut pas avoir tous les mecs de la terre, mais on peut essayer.
CLAUDE ANGELI

Obéir

À force d'obéir à la guerre, il s'était rendu capable de bien commander dans sa maison.

SCARRON

Objecteur

Je suis objecteur de science-con.

ROLAND BACRI

Objecteur (de conscience)

Article I : l'objecteur de conscience est un homme comme les autres.
Article II : il ne faut tout de même pas exagérer.

FRANÇOIS CAVANNA

Obscène

On peut trouver des choses obscènes dans tous les livres sauf dans l'annuaire du téléphone.

GEORGE BERNARD SHAW

Obscur

Soyez obscur clairement.

E. B. WHITE

Obsèques

On n'a que l'âge de ses obsèques.

FRANCIS BLANCHE

Si vous n'allez pas aux obsèques des autres, ils ne viendront pas aux vôtres.

CLARENCE DAY

Obus

Les obus et les décorations tombent au hasard.

ANDRÉ MAUROIS

Occupation (allemande)

Époque bizarre. On bloque les comptes et on compte les Blochs.

TRISTAN BERNARD

Odeur

L'argent n'a pas d'odeur, mais la pauvreté en a une.

PAUL LÉAUTAUD

Ce n'est pas que l'argent n'ait pas d'odeur. C'est que l'homme n'a pas d'odorat.

HENRI JEANSON

Œdipe

La fameuse aventure d'Œdipe, devenant malgré lui le mari de sa mère, après avoir tué son père ? C'est sans doute ce qu'Œdipe, frappé de cécité, racontait lui-même sur les routes pour attirer l'attention des passants. Voilà comment on écrit l'histoire avec des boniments d'aveugle.

TRISTAN BERNARD

Œdipe ne commence à voir clair que quand il est aveugle.

JEAN COCTEAU

Œil

C'est une femme que l'on n'écoute que d'un œil.

GILBERT CESBRON

Il n'avait qu'un œil alors que le préjugé populaire milite plutôt en faveur de deux.

CHARLES DICKENS

Pour se faire un ami, il faut savoir fermer un œil. Pour le garder, les deux.

NORMAN DOUGLAS

Œuf

Il n'est pas nécessaire de savoir pondre un œuf pour savoir s'il est frais.

JEAN ESKENAZY

L'œuf de Colomb. La poule qui l'a pondu n'a pas perdu son temps.

AMBROSE BIERCE

Ogre

Il y a des moments où l'absence d'ogre se fait cruellement sentir.

ALPHONSE ALLAIS

Oie

L'intérêt qu'elle prenait à l'histoire naturelle était limité à l'observation des pattes d'oie qui se formaient autour de ses yeux.

ÉRIC BENTLEY

Il écrit si bien qu'il me donne envie de rendre ma plume à la première oie qui passe.

FRED ALLEN

Oindre

Graisser un roi, ou tout autre fonctionnaire déjà suffisamment glissant.

AMBROSE BIERCE

Olive

L'olive : le plus grand commun diviseur des cocktails.

CHESTER ANTHONY

Omniscience

La science est son fort. L'omniscience, son faible.

SYDNEY SMITH

Oncle

À propos de Maurice Rostand, homosexuel notoire, à l'annonce que son frère Jean venait d'avoir un fils :

« Ce Maurice nous étonnera toujours. À présent, le voilà oncle. »

LÉON-PAUL FARGUE

Opéra

L'opéra en anglais, c'est juste aussi émouvant que le base-ball en italien.

HENRY L. MENCKEN

Opinion

C'est à partir du moment où les opinions d'un journal se mettent à compter que le journal ne peut plus se permettre d'avoir une opinion.

ROBERT DE JOUVENEL

Quand on a des opinions courantes, on les laisse courir.

BARBEY D'AUREVILLY

La modestie, c'est l'art de faire dire par les autres l'excellente opinion que vous avez de vous-même.

HARRY S. TRUMAN

Nous voir nous-mêmes comme les autres nous voient confirmerait sans aucun doute la mauvaise opinion que nous avons d'eux.

FRANKLIN P. JONES

Je ne partage pas ses opinions mais je ne suis pas sûr qu'il les partage lui-même.

ROBERT DE FLERS

Il pense par contagion et attrape une opinion comme un rhume.

JOHN RUSKIN

J'ai de moi-même une piètre opinion et je la mérite peu.

WILLIAM GILBERT

C'est mon opinion et je la partage.

HENRI MONNIER

Je veux bien changer d'opinion, mais avec qui ?

TRISTAN BERNARD

Je pardonne aux gens de n'être pas de mon avis. Je ne leur pardonne pas d'être du leur.

SACHA GUITRY

« Toi, tais-toi, me dit Élise, si je veux avoir ton opinion, je te la dirai. »

MARCEL JOUHANDEAU

Dialogue :
« Moi, je n'ai pas d'opinions.
— Alors, prenez les miennes. »

EDGAR FAURE

Opinion (publique)

L'opinion publique est un composé de folie, de sagesse, de sentiments faux, de sentiments justes, d'obstination et de paragraphes dans les journaux.

SIR ROBERT PEEL

Opium

Les Européens qui fument de l'opium me font penser aux Chinois qui portent des chapeaux melons.

SACHA GUITRY

Opticien

Qui se fait payer très cher ce que les autres ont à l'œil.

LÉVY

Optimisme

Le comble de l'optimisme, c'est un couple d'homosexuels qui achète un landau.

JOSÉ ARTUR

Optimiste

Je suis optimiste depuis cinquante ans. Je ne me suis pas trompé beaucoup plus souvent que les pessimistes. Et j'ai, tout de même, beaucoup mieux vécu.

JEAN CAZALET

Le pessimiste pense que toutes les femmes sont des garces. L'optimiste l'espère bien.

CHAUNCEY DEPEW

La seule différence entre un optimiste et un pessimiste, c'est que le premier est un imbécile heureux et que le second est un imbécile triste.

GEORGES BERNANOS

Dialogue :
« Qu'est-ce que c'est, papa, un optimiste ?

— C'est quelqu'un qui pense que Margot Asquith n'écrira plus de livres. »

DOROTHY PARKER

L'optimiste est celui qui sait à quel point le monde peut être triste. Le pessimiste, celui qui le découvre tous les jours.

PETER USTINOV

Parole d'optimiste : elle est en retard, donc elle viendra.

MARCEL ACHARD

Or

Le silence est la seule chose en or que les femmes détestent.

MARY WILSON LITTLE

Si le silence est d'or, l'Angleterre est le pays le plus riche du monde.

JANE ROUCH

Orange

Poème :

Célébrons, mes amis, ce beau fruit que l'on mange
L'hiver pour son parfum, l'été pour sa fraîcheur
Et que l'on a bien fait de dénommer « orange »
Puisqu'il en a le goût, la forme et la couleur.

TRISTAN BERNARD

Orateur

C'est un de ces orateurs qui, quand ils se lèvent, ne savent pas ce qu'ils vont dire, quand ils parlent, ne savent pas de quoi ils parlent, et quand ils se sont rassis, ne savent pas ce qu'ils ont dit.

WINSTON CHURCHILL

Quand un orateur prend la parole avec des feuillets à la main, il faut se réjouir même s'il a beaucoup de feuillets. Cela signifie qu'en tout cas, quand il sera arrivé au dernier, il s'arrêtera.

JAMES DE COQUET

Ne commencez jamais un speech en disant : « Je ne suis pas un orateur. » Ils s'en apercevront assez vite.

FRANCK MC KINNEY HUBBARD

Quand les gens l'applaudissaient trop fort, Phocion se tournait vers ses amis et leur demandait : « J'ai dit quelque chose d'idiot ? »

CHAMFORT

Ce qui manque aux orateurs en profondeur ils vous le donnent en longueur.

MONTESQUIEU

Ordinateur

Le vrai danger, ce n'est pas quand les ordinateurs penseront comme les hommes, c'est quand les hommes penseront comme les ordinateurs.

SYDNEY J. HARRIS

Un ordinateur peut, en un clin d'œil, commettre une erreur si monumentale qu'il faudrait des centaines de calculateurs travaillant pendant des mois pour commettre la même.

MERLE MEACHAM

Ordre

En Angleterre, il vaut mieux être dans l'ordre un homme, un cheval, un chien, une femme. Je pense qu'en Amérique cet ordre doit être inversé.

BRUCE GOULD

« D'abord les affaires, ensuite le plaisir », comme dit le roi Richard en poignardant l'autre roi avant d'étouffer ses enfants.

CHARLES DICKENS

L'ordre conduit à toutes les vertus mais qu'est-ce qui conduit à l'ordre ?

LICHTENBERG

Oreille

Beau parleur, beau séducteur ! On prend les femmes par les oreilles comme les lapins.

VICTOR HUGO

Dieu nous a donné deux oreilles et une bouche pour nous apprendre à dire seulement la moitié de ce que nous entendons.

ÉDOUARD HERRIOT

Hôtesse de l'air.

MAX FAVALELLI

Original

Avoir une idée originale, c'est se souvenir de quelque chose qu'on a entendu quelque part et avoir oublié où.

DEAN WILLIAM R. INGE

Originalité

L'originalité consiste à essayer de faire comme tout le monde sans y parvenir.

RAYMOND RADIGUET

Origine

Il était normand par sa mère et breton par un ami de son père.

ALPHONSE ALLAIS

Ormesson (Wladimir d')

Il fait très froid. Il fait cinq degrés au-dessous du d'Ormesson.

LÉON DAUDET

Ornement

Le silence est le plus bel ornement pour une femme, mais il est peu porté.

THOMAS FULLER

Orthographe

À un correspondant qui lui avait envoyé une lettre déplaisante, remplie de fautes :

« Monsieur, je suis l'offensé. J'ai le choix des armes. Je choisis l'orthographe, donc vous êtes mort. Je vous salue. »

LÉON-PAUL FARGUE

Orties

Les chroniqueurs sportifs s'en servent beaucoup pour y jeter la blanche hermine des amateurs passés professionnels.

PIERRE DANINOS

Oscar

J'aime beaucoup la cérémonie des Oscars à Hollywood. C'est la plus grande fête juive du monde.

WOODY ALLEN

Oseille

Sous les pas de la critique, l'oseille ne repousse plus.

MARC-GILBERT SAUVAJON

Oser

À Jouhandeau :

« Si j'avais osé ce que vous avez osé, qu'est-ce que j'aurais écrit ! »

FRANÇOIS MAURIAC

Les cons, ça ose tout ; c'est même à ça qu'on les reconnaît.

MICHEL AUDIARD

Ce qui m'intéresse chez une femme, c'est ce que je n'ose pas lui demander.

WOLINSKI

Oubli

Ce que j'ai appris, je l'ai oublié ; ce que je sais, je l'ai inventé.

CHAMFORT

À force de vivre avec lui, je l'ai oublié.

HENRI JEANSON

Il y a trois choses que j'oublie toujours : les noms, les visages, la troisième, je ne me rappelle pas.

ITALO SVEVO

Oublies

Je rêve de lire les mémoires d'une marchande d'oublies.

ALBERT WILLEMETZ

Oui

Dialogue :
« Vous êtes marié ?
— Un peu... vous savez ce que c'est. Un beau jour on se rencontre chez le maire, il vous pose des questions. On répond oui parce qu'il y a du monde... »

GEORGES FEYDEAU

Je me flatte d'avoir toujours le dernier mot dans mon ménage et ce mot est généralement oui.

JULES RENARD

Pour une réponse affirmative, il n'existe qu'un mot : « oui ». Tous les autres mots ont été inventés pour dire non.

TRISTAN BERNARD

La réponse est oui. Mais quelle était la question ?

WOODY ALLEN

Outrage

C'est ce que j'appelle ajouter l'outrage à la blessure comme disait le perroquet quand après l'avoir arraché à sa terre natale, on lui fit parler l'anglais.

CHARLES DICKENS

Elle est de ces femmes pour qui les derniers outrages seraient les premières politesses.

ALFRED CAPUS

Ouvrier

La différence entre un ouvrier et un intellectuel ? L'ouvrier se lave les mains avant de pisser et l'intellectuel après.

JACQUES PRÉVERT

Ovaire

Ovaire toute la nuit.

MARCEL DUCHAMP

Overdose

Il y a des jours où je pense que je vais mourir d'une overdose d'autosatisfaction.

SALVADOR DALI

Paganini

Être le Paganini du Violon d'Ingres.

JEAN COCTEAU

Page rose

ALEA JACTA EST : Ils sont bavards à la gare de l'Est.
ALEA JACTA OUEST : À Montparnasse aussi.
ECCE HOMO : Voilà la lessive.
TESTIS UNUS, TESTIS NULLUS : On ne va pas bien loin avec une seule couille.

PIERRE DESPROGES
(Dictionnaire superflu)

Paiement

Personne n'est assez payé.

ALFRED CAPUS

Paillasson

Le rôle du paillasson admiratif est le seul dans lequel on se tolère, d'humain à humain, avec quelque plaisir.

LOUIS-FERDINAND CÉLINE

Paille

C'était un homme de paille en herbe.

COLUCHE

Pain

Quand le pain est mouillé, il faut le boire.

CHAVAL

Paix

Vous allez voir qu'un jour, on va nous déclarer la paix et que nous ne serons encore pas prêts.

TRISTAN BERNARD

Palefrenier

Réflexion de palefrenier : je panse donc j'essuie.

ALPHONSE ALLAIS

Pan

Dieu grec dont le nom était tout un programme.

LÉO CAMPION

Paon

Elle a tout du paon, sauf la beauté.

OSCAR WILDE

Papa

À quinze ans, ne pas avoir sur l'amour les idées de papa, c'est le meilleur moyen de devenir très vite papa soi-même.

FRANÇOIS BRIGNEAU

Pape

Le pape est une idole à qui on lie les mains et à qui on baise les pieds.

VOLTAIRE

Paperasserie

La lecture n'est pas une occupation que nous encourageons chez les officiers de police. Nous essayons de réduire la paperasserie au minimum.

JOE ORTON

Papillon

Pour le papillon, la propriété, c'est le vol.

ALBERT WILLEMETZ

Papin

C'est après s'être assis par mégarde dans une marmite d'eau bouillante que Denis Papin a inventé le couvercle.

FRANÇOIS CAVANNA

Paquet

Un homme enveloppé dans ses pensées, cela fait un bien petit paquet.

JOHN RUSKIN

Parachute

Je vous offrirais bien un parachute si j'étais sûr qu'il ne s'ouvre pas.

GROUCHO MARX

La culture, c'est comme les parachutes. Quand on n'en a pas, on s'écrase.

PIERRE DESPROGES

Paradis

Est-ce qu'on peut arriver au paradis une demi-heure avant que le diable sache qu'on est mort ?

GEORGE BERNARD SHAW

Le paradis, ce serait pour moi une terrasse de café d'où l'on ne partirait jamais.

ALPHONSE ALLAIS

L'église est l'endroit où des gens qui ne sont jamais allés au paradis le vendent à d'autres qui n'iront jamais.

HENRY L. MENCKEN

Si on ne peut pas rire au paradis, je ne tiens pas à y aller.

LUTHER

Le Paradis me plairait pour le climat et le Purgatoire pour la société.

ABBÉ WETERLE

Au Paradis, tu seras assis à la droite du Seigneur. C'est normal. C'est la place du mort.

PIERRE DESPROGES

Paradoxe

Un paradoxe est une opinion qui vit de ses charmes aux dépens de la vérité.

RENÉ DE OBALDIA

Parallèle

Poème :

« Deux parallèles s'aimaient.
Hélas ! »

ANDRÉ FRÉDÉRIQUE

Paranoïaque

C'était un paranoïaque de la modestie.

ANTOINE BLONDIN

Parapluie

Le parapluie est le seul arrangement que les Anglais ont avec le ciel.

ALBERT WILLEMETZ

Qui avale son parapluie marche forcément droit.

DADA

Pardonner

Les gens pardonnent tout sauf la beauté et le talent. Aussi suis-je doublement impardonnable.

JAMES MC NEIL WHISTLER

J'avais eu le bonheur de sauver trois fois la vie à sa femme. Il ne me l'a jamais pardonné.

HENRI MONNIER

Les amitiés, comme les mariages, dépendent de la faculté de pardonner l'impardonnable.

JOHN MAC DONALD

Dieu me pardonnera ! C'est son travail.

HEINRICH HEINE

Une chose dont vous vous souviendrez toujours, c'est la fois où vous avez pardonné et oublié.

TRISTAN BERNARD

Parent

Deux hommes trahis par la même femme sont un peu parents.

ALFRED CAPUS

Un parent riche n'est jamais éloigné.

GOUDINET

Un parent pauvre est le produit le plus ridicule de la nature.

CHARLES LAMB

Si vos parents n'ont pas eu d'enfants, il y a une bonne chance que vous n'en ayez pas non plus.

CLARENCE DAY

Parenté

Parenté : un rapport de famille qualifié de vague lorsque son objet est pauvre et obscur et présenté comme intime quand il est riche et célèbre.

SAMUEL JOHNSON

Paresse

La paresse des imbéciles est une bonne chose pour tout le monde.

SACHA GUITRY

J'ai perdu mille ans dans ma vie.

JULES RENARD

Il ne passait jamais au soleil. Il avait la flemme de traîner son ombre.

MARCEL PAGNOL

Dans un bar :
Seize heures ; l'heure délicieuse où il est trop tard pour aller au bureau et trop tôt pour rentrer chez soi.

PETER ARNO

La paresse est mon point fort. Je n'en tire aucune gloire. C'est un don.

JEROME K. JEROME

Le mouton paresseux trouve sa laine trop lourde.

PROVERBE ANGLAIS

Elle était tellement paresseuse qu'elle ne faisait même pas son âge.

JEAN-MARIE FONTENEAU

Attitude de repos inexcusable chez une personne des basses classes de la société.

AMBROSE BIERCE

Je connais bien ma paresse. Je pourrais écrire un traité sur elle si ce n'était un si long travail.

JULES RENARD

Je me surmène de paresse.

JULES RENARD

La vraie paresse, c'est de se lever à 6 heures du matin pour avoir plus longtemps à ne rien faire.

TRISTAN BERNARD

Paresseuse

Elle est trop paresseuse pour inventer un nouveau mensonge quand un vieux peut faire l'affaire.

SOMERSET MAUGHAM

Parfait

Les veuves des célibataires et les enfants des vieilles filles sont toujours parfaits.

CHAMFORT

Personne n'est parfait. Moi-même je suis particulièrement sensible aux courants d'air.

OSCAR WILDE

Pari

Dialogue :

« Je parie mille francs que tu ne sais pas pourquoi je viens te voir ?

— Si. Tu viens me taper de mille francs.

— Pas du tout, justement. Je venais juste te dire bonjour. Tu as perdu. Donne-moi mille francs. »

JULES RENARD

Un optimiste est celui qui croit que le mariage est un pari.

LAURENCE J. PETER

Les paris stupides :
« Un certain Blaise Pascal,
Et cætera et cætera. »

JACQUES PRÉVERT

Paris

À Paris, quand je leur parle en français, les gens me regardent avec des yeux ronds. Je n'ai jamais réussi à obtenir que ces imbéciles comprennent leur propre langue.

MARK TWAIN

Paris est une grande basse-cour composée de coqs d'Inde qui font la roue et de perroquets qui répètent des paroles sans les entendre.

VOLTAIRE

Et dire que si Paris était aux antipodes, il serait seulement minuit. Je pourrais dormir encore sept heures et je passerais pour un homme matinal. Quel est l'idiot contrariant qui a mis Paris de ce côté du globe.

GEORGES FEYDEAU

Quand Paris se sent morveux, c'est la France qui se mouche.

MARCEL AYMÉ

Paris n'a pas été bâti en un jour et n'est même pas encore terminé.

CHAVAL

Autrefois Paris s'appelait Lucette.

COPIE D'ÉCOLIER

Conduire dans Paris, c'est une question de vocabulaire.

MICHEL AUDIARD

Parlement

L'alcool est un produit très nécessaire... Il permet au Parlement de prendre à onze heures du soir des décisions qu'aucun homme sensé ne prendrait à onze heures du matin.

GEORGE BERNARD SHAW

Mot étrange formé de l'indicatif de deux verbes : « parler » et « mentir ».

JEAN CAZALET

Parler

On sait assez qu'il ne faut guère parler de sa femme mais on ne sait jamais assez qu'on devrait encore moins parler de soi.

LA ROCHEFOUCAULD

Sur vingt personnes qui parlent de nous, dix-neuf en disent du mal et la vingtième, qui en dit du bien, le dit mal.

RIVAROL

Parler pour ne rien dire, c'est pour les trois quarts et demi des gens exprimer tout ce qu'ils pensent.

OSCAR COMMETANT

Il n'y a qu'une chose au monde pire que de savoir qu'on parle de vous, c'est de savoir qu'on n'en parle pas.

OSCAR WILDE

Il y a des gens qui parlent, qui parlent jusqu'à ce qu'ils aient trouvé quelque chose à dire.

SACHA GUITRY

Les bavards sont ceux qui vous parlent des autres. Les raseurs sont ceux qui vous parlent d'eux-mêmes. Ceux qui vous parlent de vous sont de brillants causeurs.

MARCEL PAGNOL

Parler pour ne rien dire et ne rien dire pour parler sont les deux principes majeurs et rigoureux de tous ceux qui feraient mieux de la fermer avant de l'ouvrir.

PIERRE DAC

Parler (en public)

Mon père m'a donné ces conseils pour parler en public : « Reste sincère. Reste court. Reste assis. »

JAMES ROOSEVELT

Parnassiens

Il essayait, dans ses vers, d'imiter les Parnassiens et on l'appelait « Leconte de la presqu'île ».

JULES RENARD

Paroisse

Parole d'anticlérical : la paroisse est la mère de tous les vices.

DUCOURET-NÈGRE

Parole

La parole a été donnée à l'homme pour déguiser sa pensée.

TALLEYRAND

Béni soit l'homme qui, n'ayant rien à dire, s'abstient d'en administrer la preuve en paroles.

GEORGE ELIOT

Mon adversaire a plus que quiconque le don de comprimer le plus grand nombre de paroles dans le moins de pensée possible.

WINSTON CHURCHILL

Les paroles seules comptent, le reste est bavardage.

EUGÈNE IONESCO

Il se coupait à lui-même la parole.

LICHTENBERG

Je n'ai qu'une parole, mais je n'ai pas de mémoire.

MARCEL ACHARD

À propos d'une amie peu loquace :
« La parole n'est pas son langage. »

LOUISE DE VILMORIN

Parole d'honneur

Quand je suis presque sûr, je donne ma parole d'honneur ; quand je suis sûr, je parie.

YVES MIRANDE

Parsifal

Parsifal est le genre d'opéra qui commence à six heures. Après trois heures, vous regardez votre montre et il est six heures vingt.

DAVID RANDOLPH

Partage

Il serait stupéfait si on le traitait d'escroc. En toute honnêteté, il entend par « partage égal » une part de soixante-quinze pour lui et de vingt-cinq pour l'autre.

SOMERSET MAUGHAM

Partager

Il n'y a que les pauvres qui partagent.

LÉON BLOY

Un jour Dieu a dit : « Je partage en deux. Les riches auront de la nourriture. Les pauvres auront de l'appétit. »

COLUCHE

J'ai fini par m'apercevoir que je n'étais plus le seul à partager la fidélité de mon épouse.

EUGÈNE LABICHE

Partial

Je fais de mon mieux pour être partial.

GEORGE BERNARD SHAW

Partir

Dialogue :
« Partir, c'est mourir un peu.
— Oui, mais mourir, c'est partir beaucoup. »

SORO

Partir, c'est crever un pneu.

COLUCHE

Partouze

L'Amour avec un grand tas.

ALEXANDRE BREFFORT

Parvenu

Si on vous traite un jour de parvenu, tenez pour bien certain que vous serez arrivé.

SACHA GUITRY

Pascal

Blaise Pascal avait à dix ans réinventé tout seul la géométrie, l'algèbre, le calcul différentiel et le couteau à châtrer les chats, mais il ne savait pas faire bouger ses oreilles.

FRANÇOIS CAVANNA

Passé

Dieu ne peut rien changer au passé. Les historiens, oui.

SAMUEL BUTLER

L'homme est le passé de la femme.

José Artur

On ne sait jamais ce que le passé vous réserve.

Alexandre Breffort

Quand on se penche sur son passé, on risque fort de tomber dans l'oubli.

Coluche

Pastis

Le pastis, c'est comme les seins. Un c'est pas assez et trois c'est trop.

Fernandel

Paternaliste

Paternaliste, un mot qui a été inventé par quelqu'un qui n'était pas orphelin.

Gaston Bonheur

Patience

Une femme qui n'a jamais vu son mari pêcher à la ligne ne sait pas quel homme patient elle a épousé.

Ed Howe

La prière de l'Américain moderne : « Ô Dieu, je prie pour que vous m'accordiez la patience. Et tout de suite. »

Oven Arnold

Patience : forme mineure du désespoir déguisée en vertu.

Ambrose Bierce

Le mariage est une patience qui peut devenir une réussite.

Albert Willemetz

Nous pouvons apprendre beaucoup de choses des enfants, par exemple jusqu'où va notre patience.

FRANKLIN P. JONES

Patriotisme

Le mariage fait des cocus et le patriotisme des imbéciles.

PAUL LÉAUTAUD

Le patriotisme, c'est la conviction que mon pays est supérieur aux autres parce que j'y suis né.

GEORGE BERNARD SHAW

Si je devais pondre un œuf pour mon pays, je le ferais.

BOB HOPE

Un Américain loyal est celui qui devient fou quand un autre dénigre les institutions qu'il dénigre lui-même.

HERALD HUNTINGTON

Patron

Les statistiques indiquent, comme une conséquence du surmenage, que les patrons s'abattent comme des mouches sur tous les parcours de golf de la nation.

IRA WALLACH

Paulhan (Jean)

C'est rue Sébastien-Bottin que vous avez le plus de chances de le trouver absent.

ALEXANDRE VIALATTE

Pause

Les notes, je ne les fais pas mieux que beaucoup de pianistes. Mais les silences entre les notes..., ah, c'est là l'art !

ARTHUR SCHNABEL

Pauvre

Il n'y a qu'une classe de la société qui pense à l'argent plus que les riches, ce sont les pauvres. Ils ne pensent même qu'à ça.

OSCAR WILDE

Les pauvres ont si peu de chance que si la merde valait de l'or, ils viendraient au monde sans trou du cul.

EDDIE MURPHY

Je demandais à un homme pauvre comment il vivait. Il répondit : « Comme un savon, toujours en diminuant. »

JONATHAN SWIFT

Il n'est pas honteux d'être pauvre mais c'est bien gênant.

SYDNEY SMITH

Je vous recommande mon ami T. Il est pauvre mais malhonnête.

FRANCIS CARCO

Les pauvres sont plus souvent volés que les riches. C'est pour ça qu'ils sont pauvres.

ANONYME

Un mécontent, c'est un pauvre qui réfléchit.

JEAN-CLAUDE BRISVILLE

Pauvreté

Un des avantages de la pauvreté, c'est qu'elle vous oblige à pratiquer la vertu.

JEROME K. JEROME

Pavé

Le meilleur symbole du peuple, c'est le pavé. On marche dessus jusqu'à ce qu'il vous tombe sur la tête.

VICTOR HUGO

Pavlov

Le réflexe de Pavlov, c'est tout simple. Tous les jours, au moment où on donne à manger aux poissons rouges, on fait tinter une clochette. Les poissons rouges se précipitent sur la nourriture. Au bout de quelques jours, on leur donne à manger sans faire tinter la clochette. Ils se précipitent sur la nourriture de la même façon.

GROUCHO MARX

Payant

Il y a des dîners gratuits tellement ennuyeux que c'est plus cher que s'ils étaient payants.

JOSÉ ARTUR

Payer

En amour les jeunes paient pour ce qu'ils font ; les vieux pour ce qu'ils ne font pas.

BEAUMARCHAIS

Paysan

L'air est plus pur à la campagne parce que les paysans dorment les fenêtres fermées.

FRANCIS BLANCHE

Le paysan est un paresseux qui se lève tôt.

EDGAR FAURE

Le problème paysan : combien faut-il de traites de la vache pour payer la traite du tracteur ?

PHILIPPE BOUVARD

Peau

Ah, que la peau des femmes est douce au fond des bois.

ROBERT DE FLERS

Péché

Le christianisme a fait beaucoup pour l'amour en en faisant un péché.

ANATOLE FRANCE

Que la paresse soit un des péchés capitaux nous fait douter des six autres.

ROBERT SABATIER

C'est un péché de penser du mal des autres, mais c'est rarement une erreur.

HENRY L. MENCKEN

Le Christ est mort pour nos péchés. Nous devons donc en commettre un de temps en temps. Sinon, il serait mort pour rien.

JULES FEIFFER

Que celui qui n'a jamais péché demande à son voisin de lui raconter.

FRANÇOIS CAVANNA

Pédérastie

La pédérastie est un cas bandable.

VERLAINE

On dit qu'il est pédéraste : accusation sans fondement.

SACHA GUITRY

Pédicure

Un spécialiste qui s'occupe des oignons des autres.

JEAN CAZALET

Peigne

L'expérience est le peigne que donne la vie quand on a perdu ses cheveux.

JUDITH STERN

Peine

Ce qui vaut la peine d'être fait vaut la peine qu'on demande à quelqu'un d'autre de le faire.

AMBROSE BIERCE

Le bonheur d'un con fait toujours peine à voir.

FRÉDÉRIC DARD

Peintre

Un amateur est un artiste qui travaille pour pouvoir peindre. Un professionnel est quelqu'un dont la femme travaille pour qu'il puisse peindre.

BEN SHAN

L'Art moderne, c'est ce qui arrive quand les peintres cessent de regarder les femmes et pensent qu'ils ont une meilleure idée.

JOHN CIARDI

Il y a trois sortes de gens dans le monde : ceux qui ne supportent pas Picasso, ceux qui ne supportent pas Raphaël et ceux qui n'ont jamais entendu parler ni de l'un ni de l'autre.

JOHN WHITE

Peinture

Achetez les Vieux Maîtres. C'est un meilleur placement que les vieilles maîtresses.

LORD BEAVERBROOK

La peinture, c'est très facile quand vous ne savez pas comment faire. Quand vous le savez, c'est très difficile.

EDGAR DEGAS

N'importe quel imbécile peut peindre un tableau, mais il faut être malin pour le vendre.

SAMUEL BUTLER

Pendaison

La pendaison est une des fins de l'homme.

ALFRED JARRY

Pendu

La peur de tomber : voilà ce qui fait grimacer les pendus.

PIERRE DUMAYET

Pénélope

Pénélope était la dernière épreuve qu'Ulysse eut à subir à la fin de son voyage.

JEAN COCTEAU

Pénis

Le canari des îles sous le ventre.

SAN-ANTONIO

Pensée

Sans pensées va rarement sans mots.

HOWARD NEWTON

La pensée, en Angleterre, n'est pas une maladie contagieuse.

OSCAR WILDE

Nous avons beaucoup de mal à croire que les pensées des autres sont aussi stupides que les nôtres, mais c'est probablement le cas.

JAMES HARVEY ROBINSON

Pensée suisse :
« Quand je vois ce que je vois et que j'entends ce que j'entends, je suis bien content de penser ce que je pense. »

FERNAND RAYNAUD

Les pensées sont fermées le dimanche.

PAUL VALÉRY

Les mauvaises pensées ne sont permises qu'aux gens importants.

MICHEL AUDIARD

Penser

Il n'y a que dans ces courts instants où la femme ne pense plus à ce qu'elle dit, que l'on peut être sûr qu'elle dit vraiment ce qu'elle pense.

GEORGES FEYDEAU

Penser, c'est laisser monter des paroles jusqu'à sa bouche et, en fronçant les sourcils, en serrant les dents, en pinçant les lèvres, les retenir.

FOOTIT

Une dame disait... « Je ne pense jamais, cela me fatigue — ou si je pense, je ne pense à rien. »

GEORGES COURTELINE

Parfois je pense et parfois je suis.

PAUL VALÉRY

Rien de plus facile à retourner qu'une pensée. L'envers vaut l'endroit.

HENRI JEANSON

Il parle comme il pense, mais plus souvent.

LUCIEN GUITRY

Il ne dit rien et il n'en pense pas plus.

JACQUES AUDIBERTI

Les hommes peuvent vivre quelques minutes sans respirer, quelques jours sans boire, quelques semaines sans manger et sans penser pendant des années.

KEN RUTH

Ceux qui pensent à tout n'oublient rien et ceux qui ne pensent à rien font de même puisque, ne pensant à rien, ils n'ont rien à oublier.

PIERRE DAC

Quelques personnes pensent deux ou trois fois par an. Je me suis fait une réputation internationale en pensant une ou deux fois par semaine.

GEORGE BERNARD SHAW

Penseur

Dieu s'enferme, mais le penseur écoute aux portes.

VICTOR HUGO

Les silencieux ne sont pas forcément des penseurs. Il y a des armoires fermées à clef et qui sont vides.

MADELEINE BROHAN

Il passait pour un penseur tant il avait le silence facile.

ALEXANDRE BREFFORT

Pension

À propos d'un international de rugby dont l'appétit était légendaire :
« Il vaut mieux l'avoir en photo qu'en pension. »

ROGER COUDERC

Perfection

Existe-t-il dans la nature quelque chose de réellement « parfait » à l'exception de la stupidité de mon oncle Heyman.

WOODY ALLEN

Périgord

La cuisine du Périgord est sans beurre et sans reproche.

CURNONSKY

Perle

Les perles qu'on trouve dans les huîtres pendant les mois sans R sont fausses.

FRANÇOIS CAVANNA

Perroquets

Le devoir, l'honneur, des mots à qui on fait dire ce qu'on veut, comme aux perroquets.

HECTOR SAKI

Le perroquet ne parlait plus que sa langue maternelle.

LICHTENBERG

Persécution

J'ai été persécuté fort au-delà de mon mérite.

VOLTAIRE

Persévérance

C'est bien connu que la persévérance est une bonne chose et l'obstination une mauvaise.

LAURENCE STERNE

Vertu obscure qui permet à la médiocrité d'obtenir un succès sans gloire.

AMBROSE BIERCE

Personnage

On a fait de moi un personnage à qui je refuserais de serrer la main.

JEAN COCTEAU

Perspective

La perspective ne permet pas aux aveugles de voir.

LICHTENBERG

Pesanteur

Nous pouvons arriver à vaincre la pesanteur. Pas la paperasserie.

WERNER VON BRAUN

Supposez que vous supprimiez la pesanteur, les avalanches remonteront-elles les pentes ?

JEAN TARDIEU

Peser

Je l'estime, à vol d'oiseau, pouvoir peser dans les 240 livres.

HENRI MONNIER

Pessimiste

L'homme qui est pessimiste à 45 ans en sait trop, celui qui est optimiste après n'en sait pas assez.

MARK TWAIN

Pessimiste : femme qui pense qu'elle ne pourra pas garer sa voiture entre deux autres dans un espace visiblement trop étroit. Optimiste : l'homme qui pense qu'elle n'essayera pas.

CROVER WHALEN

Le pessimiste est celui qui, entre deux maux, choisit les deux.

OSCAR WILDE

Un pessimiste est un type qui regarde des deux côtés avant de traverser une rue à sens unique.

LAURENCE J. PETER

Un optimiste peut voir une lumière là où il n'y en a pas. Mais pourquoi le pessimiste se précipite-t-il aussitôt pour l'éteindre ?

MICHEL DE SAINT-PIERRE

Les optimistes croient que nous vivons dans le meilleur des mondes possibles. Les pessimistes craignent que cela soit vrai.

JAMES BRANCH CABELL

Pétain

Le connétable du déclin.

GALTIER BOISSIÈRE

On demandait à Pétain :
« Vous n'avez jamais envisagé d'écrire vos mémoires ? »
Réponse :
« Je n'ai rien à cacher. »

Petit

Je plains les gens petits. Quand il pleut, ils sont les derniers à le savoir.

PETER USTINOV

Petit déjeuner

La raison des divorces, c'est quelquefois les déjeuners du mari avec sa secrétaire mais plus souvent ses petits déjeuners avec sa femme.

A. P. HERBERT

Tout bonheur commence par un petit déjeuner tranquille.

SOMERSET MAUGHAM

Petits pois

On dit quelquefois que les petits pois en Angleterre sont comme des boulets de canon. On exagère. Ils ne sont pas si gros que ça.

CHESTER ANTHONY

Pétrarque

Croyez-vous que si Laure avait été mariée à Pétrarque, celui-ci lui aurait écrit des sonnets toute sa vie ?

LORD BYRON

Peur

La peur de l'ennui est la seule excuse du travail.

JULES RENARD

Dialogue :
Lui : « Je vous fais peur ?
Elle. — Non. Et je voudrais bien vous rencontrer tout seul, un soir, au coin d'un bois. »

JULES RENARD

Ce qui fait rester les femmes, c'est la peur qu'on soit tout de suite consolé de leur départ.

SACHA GUITRY

Le courage, c'est d'avoir peur sans que cela apparaisse.

PIERRE VÉRON

J'ai peur du passé, du présent, du futur, du passé simple et du plus-que-parfait du subjonctif.

WOLINSKI

Peureux

Un homme qui, en présence du danger, pense avec ses jambes.

JOSEPH ADDISON

Peut-être

Si une lady dit « non », cela signifie « peut-être ». Si elle dit « peut-être », cela veut dire « oui ». Si elle dit « oui », ce n'est pas une lady.

GEORGE BERNARD SHAW

Phénomène

Si le phénomène observé n'est pas nouveau il a été décrit depuis longtemps. S'il est nouveau, il est impossible.

ANONYME

Philanthrope

Philanthrope : vieux monsieur riche (et généralement chauve) qui s'est entraîné à sourire pendant que sa conscience lui fait les poches.

AMBROSE BIERCE

Philosophe

Étant philosophe, j'ai un problème pour chaque solution.

ROBERT ZEND

Quand un philosophe vous répond, on ne comprend plus ce qu'on lui avait demandé.

ANDRÉ GIDE

Philosophie

Itinéraire composé de plusieurs routes qui mènent de nulle part à rien.

AMBROSE BIERCE

L'objet de la philosophie, c'est de partir d'une chose si simple que ça ne vaut pas la peine d'en parler et d'arriver à une chose si compliquée que personne n'y comprend plus rien.

BERTRAND RUSSEL

C'est une chose extraordinaire que toute la philosophie tient dans ces trois mots : je m'en fous.

MONTESQUIEU

Philosophons un peu, cela fait digérer.

VICTOR HUGO

La philosophie, c'est ce qui permet aux riches de dire que ce n'est pas un malheur d'être pauvre.

WILLIAM JAMES

Phobie

La psychanalyse : dites-moi vos phobies et je vous dirai ce qui vous fait peur.

ROBERT BENCHLEY

Photographie

Une mauvaise photo qui rappelle vos traits vaut mieux qu'un beau paysage qui ne vous ressemble pas.

PIERRE DAC

Que de gens ont voulu se suicider et se sont contentés de déchirer leur photographie.

JULES RENARD

Phryné

Les procès célèbres :
« Pour démontrer que s'il n'y a pas d'effet sans cause, il y a quelquefois des causes sans effets. Phryné enlève les siens, ce qui en produit un sur les juges. »

CHARLES AVELOT

Phylis

Plante de la famille des liliacées dont la demi-douzaine est dangereuse.

LÉO CAMPION

Phylloxera

Jeune fille, ta feuille de vigne a le phylloxera.

JULES RENARD

Physionomie

Il avait une de ces physionomies britanniques que l'on voit une fois et dont on ne se rappelle jamais.

OSCAR WILDE

Physique et chimie

L'amour, c'est de la physique ; le mariage, c'est de la chimie.

ÉDOUARD PAILLERON

Piano

Après avoir entendu un certain nombre de récitals de piano (tous longs et exaspérants) rien ne me détend plus que de m'asseoir dans le fauteuil du dentiste et de m'y faire plomber les dents.

GEORGE BERNARD SHAW

C'est non d'un impôt, mais de deux qu'on devrait frapper les pianos ; le premier au profit de l'État, le second au profit des voisins.

GEORGES COURTELINE

J'aimerais jouer avec un piano qui aurait une grosse queue.

ERIK SATIE

Quand le piano tombe, le déménageur s'affole.

CHAVAL

Picasso

Picasso à Vallauris : « Mourir pour la poterie ! »

ALEXANDRE BREFFORT

Ce qu'il pensait de Picasso ? Il essayait de ne pas y penser.

NOËL COWARD

Picasso est peintre, moi aussi. Picasso est riche, moi aussi. Picasso est communiste, moi non plus.

SALVADOR DALI

Une dame riche à Picasso devant l'un de ses tableaux :
« Et cela représente quoi ?
— Cela représente un million. »

Moi, je serais Picasso, au prix où ça se vend, j'en fais qu'un et j'arrête.

JEAN-MARIE GOURIO
(Brèves de comptoir)

Pie

Je n'aimerais pas être une pie le matin. Le smoking, comme ça, de bonne heure, ça fait mauvaise impression ; comme si on avait découché.

JEAN CAZALET

Pièce

Dialogue :
L'actrice : « Dans quelle pièce me préférez-vous ?
— Dans votre salle de bains. »

RIP

Je fais des pièces et ma femme des scènes.

EUGÈNE LABICHE

Pied

Même quand j'aurai un pied dans la tombe, je flanquerai l'autre au derrière de ce crétin.

CLEMENCEAU

Depuis que je suis marié, je n'ai jamais mis les pieds dans une autre femme.

ALFRED CAPUS

Après l'amputation d'une jambe :
« Tout va bien. J'ai déjà un pied dans la tombe ! »

CAMI

On dit « bête comme un pied », c'est très intelligent les pieds. On ne peut pas marcher sans eux.

JACQUES PRÉVERT

J'ai le pied gauche qui est jaloux du pied droit. Quand j'avance le pied droit le pied gauche qui ne veut pas rester en arrière... passe devant... le pied droit en fait autant... et moi... comme un imbécile... je marche.

RAYMOND DEVOS

À quoi bon remettre à demain ce qu'on peut faire avec ses pieds.

MAURICE ROCHE

Lorsque vous portez une paire de bottes, vous ne vous heurtez jamais dans un meuble. Mais si vous vous promenez nu-pieds, tout le mobilier se jette sur vous et vous frappe.

JEROME K. JEROME

Piège

La mouche ne peut être plus en sécurité pour échapper au piège que sur le piège lui-même.

LICHTENBERG

On pourrait mettre sur beaucoup de femmes mariées l'inscription connue : « Il y a des pièges dans cette propriété ! »

VICTOR HUGO

Piéton

Il n'y a plus, de nos jours, que deux sortes de piétons : les rapides et les morts.

JEAN RIGAUX

Piéton : automobiliste descendu de sa voiture. Automobiliste : piéton remonté dans sa voiture.

LÉO CAMPION

Pieux

Ils étaient tellement pieux qu'on en fit une clôture.

LÉO CAMPION

Pigeon

Poème :

Deux pigeons s'aimaient d'amour tendre.
« Moralité,
L'un d'eux s'ennuyait au logis. »

TRISTAN BERNARD

Pignon

Une 2 CV qui rue sur pignon.

MARCEL DUCHAMP

Pinay

Nom d'emprunt.

ROGER LA FERTÉ

Pince

Elle avait une de ces bouches à lèvres serrées construites pour dire du mal comme la pince pour en faire.

VICTOR HUGO

Pionnier

Ne jamais être un pionnier. Au premier chrétien, le lion le plus affamé.

HECTOR SAKI

Pipe

Une tête de pipe faite de la même matière.

LICHTENBERG

Pique-nique

On peut espérer que, lorsqu'ils seront les maîtres du monde, les insectes se souviendront avec reconnaissance que nous les avons plutôt bien nourris lors de nos pique-niques.

COLETTE

Piqûres

Dans les armées, il y a quelque chose qui fait plus de morts que les batailles, ce sont les piqûres.

MARCEL PAGNOL

Pire

Je suis capable du meilleur comme du pire, mais dans le pire, c'est moi qui suis le meilleur.

COLUCHE

Les pires sont les gens qui ne savent rien, même pas qu'ils ne savent rien.

GASTON BONHEUR

Non seulement elle s'attend au pire mais elle le rend pire encore quand il se produit.

OSCAR WILDE

Le pire n'est pas toujours sûr.

PAUL CLAUDEL

Piron (Alexis)

Son épitaphe :

« Ci-gît Piron qui ne fut rien
Même pas académicien. »

Pise

Quand la tour de Pise penche vers la droite, c'est qu'il va pleuvoir. Quand elle penche vers la gauche, c'est que vous arrivez par l'autre bout de la rue.

FRANÇOIS CAVANNA

Pisser

Rien ne sert de pisser si on n'en a pas envie.

PIERRE DAC

Piston

À un importun qui voulait pistonner un de ses parents :

« Vous ai-je déjà parlé de mon neveu ?
— Non. Et je vous en suis très reconnaissant. »

WINSTON CHURCHILL

C'est par piston qu'on entre au paradis. Si c'était au mérite, mon chien y entrerait et moi je resterais dehors.

MARK TWAIN

Pivot (Bernard)

Avec lui, Proust aurait eu sa chance dans une émission sur l'asthme.

JEAN-LOUIS ÉZINE

Place

À une dame, debout, dans le métro :
« Je vous donnerais bien ma place, mais elle est occupée. »

GROUCHO MARX

Il y a place au soleil pour tout le monde mais ce n'est pas la place de la Concorde.

JULES RENARD

Placement

Il n'y a pas de meilleur placement pour un pays que de mettre du lait dans des enfants.

WINSTON CHURCHILL

Plafond

Pourquoi dit-on qu'un appartement est haut de plafond et jamais bas de plancher ?

PIERRE DAC

Plagiaire

Celui qui copie quelque chose et le redit plus mal.

AMBROSE BIERCE

Le plagiaire a un mérite : il conserve.

DISRAELI

Plagiat

Quand une chose a été dite et bien dite, aucun scrupule, prenez-la et copiez-la. Donner des références ? Pourquoi ? Ou bien vos lecteurs savent où vous avez pris le passage et c'est inutile. Ou ils ne le savent pas et ils se sentiront humiliés.

ANATOLE FRANCE

Quand un auteur, le premier, raconte une anecdote, c'est une œuvre originale. Quand un second la reprend, c'est un plagiat. Avec le troisième, c'est un manque d'imagination. Au quatrième, c'est l'exploitation d'un fonds commun. Au cinquième et pour les suivants, il s'agit alors de recherche.

JAMES BRANDER MATHEWS

Qu'est-ce qu'une œuvre originale ? Un plagiat pas encore détecté.

DEAN WILLIAM R. INGE

Plaideur

Personne qui se prépare à abandonner sa peau dans l'espoir de conserver ses os.

AMBROSE BIERCE

Plaire

Quand on veut plaire dans le monde, il faut se résoudre à se laisser apprendre beaucoup de choses qu'on sait par des gens qui les ignorent.

RIVAROL

Si vous voulez plaire à une femme, dites-lui des choses que vous n'aimeriez pas qu'un homme dise à votre épouse.

JULES RENARD

Ce qui me plaît me plaît moins que ce qui me déplaît me déplaît.

JULES RENARD

Plaisanterie

La plaisanterie d'un homme riche est toujours excellente.

THOMAS BROWN

Les meilleures plaisanteries sont déplacées.

JULIEN TORME

Plaisir

Chacun trouve son plaisir où il le prend.

JULES RENARD

De tous les plaisirs, les Jansénistes ne nous passent que celui de nous gratter.

MONTESQUIEU

On fait toujours plaisir en allant voir un ami. Si c'est pas en arrivant, c'est en partant.

LÉO CAMPION

Plan

D'un de ses ministres :
« C'est un homme de tout, tout second plan. »

DE GAULLE

Plat

Les plats faits chez soi vous chassent de chez vous.

THOMAS HOOD

Plate

Un célèbre astronome italien est mort en 1949 en déclarant « Et pourtant elle est plate ».

JACQUES AUDIBERTI

Platitude

Dans la conversation moderne, rien ne fait plus d'effet qu'une bonne platitude.

OSCAR WILDE

Elle plongea dans un océan de platitude et, de la brasse puissante d'un nageur émérite, se dirigea avec assurance vers les blanches falaises de l'évidence.

SOMERSET MAUGHAM

Platonique

Amour platonique : celui qui a pour objet une femme plate.

LUDOVIC O'FOLLOWELL

L'amour platonique : le temps qui sépare la première rencontre du premier baiser.

PAUL GÉRALDY

L'amour platonique, c'est l'amour qui se situe au-dessus du cou.

THYRA WINSLOW

Plébiscite

Vote populaire pour bien établir la volonté du souverain.

AMBROSE BIERCE

Plein

Dialogue :
« Je l'ai trouvé creux.
— C'est qu'il n'est plein que de lui-même. »

JEAN-CLAUDE BRISVILLE

Pleur

Elle est comme les autres femmes. Elle croit que deux et deux feront cinq si elle pleure assez longtemps et fait assez d'histoires.

GEORGE ELIOT

Pline le Jeune

Autrefois, ils avaient Pline le Jeune ; aujourd'hui, nous avons Bloch-Laisné.

JEAN RIGAUX

Plombier

Non seulement Dieu n'existe pas. Mais essayez donc d'avoir un plombier pendant le week-end.

WOODY ALLEN

Plonger

La diplomatie : l'art de plonger dans des eaux troubles sans faire de « plouf ».

ÉRIC LINKLATTER

Pluie

Il pleuvait si fort que tous les porcs devinrent propres et tous les hommes crottés.

LICHTENBERG

Dans sa bonté infinie, Dieu a donné la pluie aux Anglais afin de leur fournir, et pour l'éternité, un sujet de conversation.

CHESTER ANTHONY

Si les cafés de Londres avaient des terrasses comme à Paris, on y boirait de l'eau de pluie.

SOMERSET MAUGHAM

Ceux qui sont pour la liberté et contre l'agitation sont des gens qui veulent avoir la pluie, mais pas le tonnerre.

MARK TWAIN

Pluralisme

Le pluralisme, c'est quand plusieurs personnes sont du même avis que moi.

JEAN-FRANÇOIS REVEL

Plus

Degré comparatif de « trop ».

AMBROSE BIERCE

Pneu

La différence entre un pneu et un nègre ? Quand on met des chaînes aux pneus, ils ne chantent pas le blues.

COLUCHE

Poêle

Le poêle à bois et la caravane passe.

LÉO CAMPION

Poésie

Il ne faut pas poéter plus haut que son luth.

WILLY

Je sais que la poésie est indispensable, mais je ne sais pas à quoi.

JEAN COCTEAU

Publier un livre de poésie, c'est comme jeter un pétale de rose au fond du Grand Canyon et attendre l'écho.

DON MARQUIS

La poésie en vers libres, c'est comme jouer au tennis sans filet.

ROBERT FROST

Poète

Le poète, comme le mauvais sujet, doit être capable de tout.

JEAN COCTEAU

Poème :

Où est-il donc ce temps charmant
Où le mot m'arrivait si vite
Le mot venait d'abord et la pensée ensuite
J'étais un poète, vraiment.

TRISTAN BERNARD

Un poète peut survivre à tout sauf à une faute d'impression.

OSCAR WILDE

Un poète est un monsieur qui s'efforce de saisir l'eau par poignées. C'est seulement s'il y parvient que ce monsieur est un poète.

HENRI JEANSON

Le poète est un menteur qui dit toujours la vérité.

JEAN COCTEAU

Dans chaque individu, il y a un poète mort jeune.

STEPHAN KANTER

Un éditeur qui entre dans son bureau préfère y trouver un cambrioleur qu'un poète.

JEAN COCTEAU

Poids

Chaque fois que je perds du poids, je découvre avec horreur, le matin, que quelqu'un a profité de la nuit pour m'en remettre.

LORD GOODMAN

Poignard

C'est un véritable ami. Il vous poignarde de face.

LOUIS LÉONARD LEVINSON

Poincaré

Il sait tout, mais rien d'autre.

CLEMENCEAU

Pointe

Faites-le entrer, mais qu'il marche sur la pointe des pieds de peur de me réveiller.

ERIK SATIE

Pointu

C'est une brune pointue, ce qui ne veut pas dire piquante.

VICTOR HUGO

Poire

À Jules Renard qui me disait qu'il serait désolé s'il n'était pas un peu poire, j'ai répondu : « Moi aussi, mais je me garde pour ma soif. »

MAURICE DONNAY

Poireau

Quand on dit que le poireau est l'asperge du pauvre, ce n'est gentil ni pour le poireau, ni pour l'asperge, ni pour le pauvre.

ALBERT VALENTIN

Poison

Le succès est un poison qui ne doit être pris que tard dans la vie et encore à petites doses.

OSCAR WILDE

Poisson

Il boit comme un poisson, mais pas la même chose.

BOOTH TARKINGTON

Poitrine

Quand je regarde la poitrine d'une femme, je vois double.

JULES RENARD

D'une dame plate :
« Elle avait une fiction de poitrine. »

SACHA GUITRY

Quatrain :

Lorsque sur ta poitrine en feu
Ma soif d'aimer je désaltère
Je pense en remerciant Dieu
Qu'ils n'en ont pas en Angleterre

MAURICE DONNAY

Poivre

Comment faire manger du poivre à un chat, ce qu'il déteste : lui en saupoudrer le derrière. Ça le démange horriblement. Aussitôt, il se lèche. Et il mange le poivre.

MAO TSÊ-TUNG

Poli

Propos de Titin :

« Je le connais, moi, ce Fresnay... il est gentil, poli. Il ne vous dirait pas "merde" sans lever le chapeau. »

Rapporté par MARCEL PAGNOL

On ne perd rien à être poli sauf sa place dans le métro.

TRISTAN BERNARD

Police

Le ministre de la Police est un homme qui s'occupe de ce qui le regarde et ensuite de ce qui ne le regarde pas.

TALLEYRAND

La police ressemble au sable où l'on s'enlise. Plus on se débat, plus on s'enfonce.

VICTOR HUGO

La police, c'est comme la Sainte Vierge. Si elle n'apparaît pas de temps en temps le doute s'installe.

MICHEL AUDIARD

Personnel féminin de la police : quand on lui dit « mon poulet », elle se gendarme.

ROLAND BACRI

Sans la police, tout le monde tuerait tout le monde et il n'y aurait plus de guerre.

HENRI JEANSON

Police (secrète)

On ne les reconnaît que quand ils sont en civil.

LAURENT TAILHADE

Policier

Les séries policières à la télévision s'arrêtent toujours au bon moment. Juste après que le malfaiteur a été arrêté et juste avant que le juge le remette en liberté.

ROBERT ORBEN

Politesse

Dieu ? Nous nous saluons, mais nous ne nous parlons pas.

VOLTAIRE

Le comble de la politesse : s'asseoir sur son derrière et lui demander pardon.

ALPHONSE ALLAIS

Politesse : usage hors d'usage.

ROMAIN COOLUS

Politicien

Un politicien est un homme dont les opinions politiques sont opposées aux vôtres. S'il a les mêmes idées que vous, c'est un homme d'État.

LLOYD GEORGE

Les hommes politiques. La moitié sont bons à rien. L'autre moitié sont prêts à tout.

COLUCHE

Les politiciens sont les mêmes partout. Ils promettent de construire un pont même s'il n'y a pas de fleuve.

NIKITA KHROUCHTCHEV

Il y a des politiciens qui, si leurs électeurs étaient cannibales, leur promettraient des missionnaires pour le dîner.

HENRY L. MENCKEN

Hélas, nos politiciens sont soit incompétents, soit corrompus. Quelquefois les deux le même jour.

WOODY ALLEN

Politique

La politique est peut-être la seule profession pour laquelle on considère qu'aucune préparation n'est nécessaire.

ROBERT LOUIS STEVENSON

Être un homme politique, c'est être capable de dire à l'avance ce qui va arriver demain, la semaine prochaine, le mois prochain et l'année prochaine. Et d'être capable, après, d'expliquer pourquoi rien de tout cela ne s'est produit.

WINSTON CHURCHILL

La politique est devenue si chère qu'il faut une fortune même pour se faire battre.

WILL ROGERS

Il ne sait rien. Il pense qu'il sait tout. Ce qui le désigne pour une carrière politique.

GEORGE BERNARD SHAW

Pologne

S'il n'y avait pas de Pologne, il n'y aurait pas de Polonais.

ALFRED JARRY

Un sandwich polonais, c'est deux tranches de pain et, au milieu, un ticket sur lequel il y a écrit « jambon ».

COLUCHE

Pomme

J'écris des pièces comme un pommier donne des pommes. Les ennuis commencent lorsqu'un cerisier essaie de donner des abricots.

SACHA GUITRY

Que la nature est prévoyante ! Elle fait pousser les pommes en Normandie sachant que les indigènes de cette province ne boivent que du cidre.

HENRI MONNIER

Pomme (de terre)

Les pommes de terre cuites sont plus faciles à digérer que les pommes en terre cuite.

ALPHONSE ALLAIS

Ponce-Pilate

Je ne me suis pas lavé les mains depuis Ponce-Pilate.

JULES RENARD

Ponctualité

Je crois en la ponctualité quoique je lui doive d'être souvent seul.

E. V. LUCAS

Pont

Poème :

La nature a fait preuve
D'un bon sens très profond
En faisant passer les fleuves
Juste au-dessous des ponts.

FRANC NOHAIN

Pont-l'Évêque

Son onctuosité n'est nullement ecclésiastique.

ROBERT SCIPION

Popularité

La popularité, c'est la gloire en gros sous.

VICTOR HUGO

Population

Nous pensons souvent — et ça fait peur — que la population du globe va finir par éclater. Nous n'y pensons jamais au moment de faire l'amour.

ARTHUR HOPE

Porcelaine

La porcelaine cassée dure plus longtemps que la porcelaine intacte.

JULES RENARD

Porc-épic

Chez les porcs-épics, le viol est inconnu.

GREGORY CLARK

Pornographie

Nous vivons une époque beaucoup trop permissive. Jamais encore la pornographie ne s'était étalée avec une telle impudeur. Et en plus, les films sont flous !

WOODY ALLEN

Port

Endroit où les bateaux venus s'abriter de la tempête s'exposent à la fureur des douaniers.

AMBROSE BIERCE

Porte

Ce n'est pas parce qu'en hiver on dit « fermez la porte, il fait froid dehors », qu'il fait moins froid dehors quand la porte est fermée.

PIERRE DAC

Il faut qu'une porte soit ouverte ou fermée. Autrement, c'est un trou dans le mur.

FRANÇOIS CAVANNA

La plupart du temps quand on entend sonner à la porte, c'est qu'il y a quelqu'un.

EUGÈNE IONESCO

Il faut qu'une porte soit ouverte ou d'une autre couleur.

PIERRE DAC

Porte-clés

Les pense-bêtes sont les porte-clés de la mémoire.

PIERRE DAC

Portrait

Devant le portrait d'un personnage célèbre pour ses silences :
« Je le trouve très ressemblant. On dirait qu'il va se taire. »

FONTENELLE

Pose

Le comble de la pose : sonner sur son piano toutes les heures et toutes les demies pour faire croire qu'on a une pendule.

ALPHONSE ALLAIS

Position

Le mystère est une position trop favorable pour qu'un esprit bien élevé s'y maintienne.

JEAN COCTEAU

Posséder

Pendant longtemps je n'ai eu qu'un rêve : posséder cette femme et mourir ! Eh bien je l'ai eue... et je n'en suis pas mort.

AURÉLIEN SCHOLL

Possibilité

Il me semble quelquefois qu'en créant l'homme, Dieu ait surestimé ses possibilités.

OSCAR WILDE

Poste

L'aventure idéale est celle qui est menée par voie postale.

GEORGE BERNARD SHAW

Postérieur

Les grands fauteuils n'ont plus de postérieurs à leur mesure.

JACQUES PRÉVERT

Postérité

Bah ! La postérité nous rendra justice... si elle a le temps.

ALFRED CAPUS

Où est le risque d'en appeler à la postérité ? On n'y est jugé que par contumace.

PAUL-JEAN TOULET

Trente ans après ma mort, je me retirerai, fortune faite.

JEAN COCTEAU

Potentiel

Investissez Dieu dans vos affaires et vous allez voir votre potentiel atteindre son maximum dans notre société divinement capitaliste.

NORMAN VINCENT PEALE

Poule

La poule n'est que le moyen pour l'œuf de faire un autre œuf.

SAMUEL BUTLER

Le seul animal qu'on mange avant sa naissance.

SYDNEY SMITH

Pour

Je suis ni pour, ni contre. Bien au contraire.

COLUCHE

Pourcentage

Après l'amour, dix pour cent des hommes se retournent sur leur côté droit et s'endorment, dix pour cent font de même sur le côté gauche. Les autres se rhabillent et rentrent chez eux.

FRANCIS BLANCHE

Pourquoi

Pourquoi on vous aime quand vous êtes jeune, beau, célèbre, riche, adulé et que vous n'avez pas le cancer ?

ALAIN DELON

Poursuivre

Une femme doit suivre son mari, pas le poursuivre.

ALFRED CAPUS

Poussière

L'homme n'est que poussière ; d'où l'importance du plumeau.

ALEXANDRE VIALATTE

Avant de me dire que né dans la poussière je redeviendrai poussière, ils devraient d'abord balayer devant leur porte !

ROLAND BACRI

L'homme n'est que poussière. La femme est aspirateur.

FRANÇOIS CAVANNA

Pouvoir

Ceux qui croient que le pouvoir est amusant confondent « pouvoir » et « abus de pouvoir ».

ANDRÉ MALRAUX

Pré

Nous irons sur le pré. Je me battrai. Il broutera.

JULES RENARD

Prêcher

Il faut être riche pour prêcher la modération aux pauvres.

OSCAR WILDE

Préhistoire

Aux temps préhistoriques, pendant que les hommes dépeçaient la bête abattue et s'en disputaient les lambeaux, les femmes regardaient de loin. Et quand les mâles se dispersaient... elles suivaient amoureusement celui qui avait le plus gros bifteck.

MARCEL PAGNOL
(Topaze)

Préhistorique : appartenant à une époque très ancienne ou à un musée.

AMBROSE BIERCE

Préjugé

Je n'ai aucun préjugé. Je déteste tous les autres à égalité.

W. C. FIELDS

C'est un tort de lire un livre avant d'en faire la critique. Ça donne des préjugés.

GEORGES CROBY

C'est un homme insupportable. Il est bourré de préjugés et il en change tout le temps.

ALFRED CAPUS

Premier

Dialogue :
« Tu es le premier.
— Merveilleux !
— Et en plus tu es le premier qui le croit. »

ALFRED CAPUS

Premier janvier

Le premier janvier, le présent fait oublier le passé.

SACHA GUITRY

Prendre

On ne prend pas une femme par le raisonnement. On ne la prend pas par la prière. On la prend.

NINON DE LENCLOS

Les femmes préfèrent les hommes qui les prennent sans les comprendre aux hommes qui les comprennent sans les prendre.

MARCEL PRÉVOST

Prérogative

Droit du chef à mal agir.

AMBROSE BIERCE

Préservatif

Accessoire de l'amour masqué.

PIERRE DANINOS

Président

Pour devenir président de la République, il suffit d'être premier partout, tout le temps.

JEAN GIRAUDOUX

Ne l'oublions jamais : le président de la République est gardien de la Constitution et pendant qu'y fait ça, il est pas au bistrot.

PIERRE DESPROGES

Presse

Avec une campagne de presse bien menée, au bout de deux mois, les Français croiraient en Dieu.

MAURICE DONNAY

La liberté de la presse, c'est le droit de dire ce que pense le propriétaire du journal à condition que ça ne gêne pas les annonceurs.

HANNEN SWAFER

Dans la presse américaine, il faut savoir lire entre les mensonges.

GOODMAN ACE

Prêt

Qui donne aux pauvres prête à Dieu. Qui donne à l'État prête à rire.

TRISTAN BERNARD

Un homme, attaquant une femme sans être prêt, lui dit : « Madame, s'il vous était égal d'avoir encore un quart d'heure de vertu ? »

CHAMFORT

Prêter

Il vaut mieux donner que prêter. Ça ne revient pas plus cher.

GEORGE BERNARD SHAW

Prêtre

Dialogue de curés :
« Pensez-vous que nous verrons le mariage des prêtres ?
— Nous, non, mais nos enfants sûrement. »

ANDRÉ FRÉDÉRIQUE

Preuve

Tout est preuve pour les croyants. Tout est preuve pour les athées.

JEAN DUTOURD

Des preuves, des preuves... Eh bien qu'est-ce que ça prouve ?

ALPHONSE KARR

Prévert (Jacques)

Un Géraldy dont l'abat-jour serait un réverbère.

JEAN COCTEAU

Prévoir

Il est difficile de prévoir quoi que ce soit, mais surtout l'avenir.

STERN PETERSEN

On ne peut prévoir les choses qu'après qu'elles sont arrivées.

EUGÈNE IONESCO

Prier

Je vais prier pour vous à la cathédrale, mais sans grand espoir de succès.

SYDNEY SMITH

La plupart des gens ne prient pas ; ils mendient.

GEORGE BERNARD SHAW

Prière

La prière de l'agnostique : « Ô Dieu, s'il y a un Dieu, sauve mon âme si j'ai une âme. »

ERNEST RENAN

Prière d'insérer

Avant qu'on ait inventé les « prières d'insérer », les écrivains devaient établir leur réputation par la qualité de leurs livres.

ART BUCHWALD

Principe

Cet homme à cheval sur les principes rencontre une jument qui les lui fait perdre.

RENÉ DE OBALDIA

Quand, à propos d'une idée, quelqu'un dit qu'il est d'accord en principe, cela signifie qu'il n'a pas la moindre intention de la mettre jamais en pratique.

BISMARCK

C'est plus facile d'avoir des principes quand on est bien nourri.

MARK TWAIN

C'était un homme à cheval à côté des principes.

JEAN CAZALET

Vous devez apprendre très tôt que la chose la plus utile à propos d'un principe, c'est qu'on peut toujours le sacrifier à une opportunité.

SOMERSET MAUGHAM

En matière d'amour physique, les textiles gênent plus que les principes.

PHILIPPE BOUVARD

Printemps

Le printemps, c'est la saison où les garçons commencent à comprendre ce que les filles ont su tout l'hiver.

O'HENRY

Cette période la plus rude de l'hiver anglais généralement connue sous le nom de printemps.

WILLIAM COWPER

Prison

Hors le nécessaire, on n'y manque de rien.

SACHA GUITRY

Celui qui ouvre une prison doit savoir qu'on ne la fermera plus.

MARK TWAIN

L'homme le plus inquiet d'une prison, c'est le directeur.

GEORGE BERNARD SHAW

Privations

Il vivait de privations. Et encore pas tous les jours.

Alexandre Breffort

Prix

Ta personne n'a pas de prix. Et je sais bien ce qu'il m'en coûte.

Sacha Guitry

Prix Nobel

Est-ce que ça vaut le coup un prix de français décerné par des Suédois ?

Marcel Pagnol

Problème

Les seuls problèmes que l'argent peut résoudre sont des problèmes d'argent.

Franck Mc Kinney Hubbard

Il n'y a pas de problème si complexe qu'une absence de solution ne finisse par régler.

Henri Queuille

Procès

La justice, c'est quand on gagne le procès.

Samuel Johnson

Prochain

Prochain : celui qu'on nous ordonne d'aimer comme nous-même et qui s'emploie par tous les moyens à nous rendre désobéissant.

Ambrose Bierce

C'est son prochain qu'il faut aimer comme soi-même. Les autres, c'est facile. Ils sont loin.

Henri Jeanson

Si l'on doit aimer son prochain comme soi-même, il est au moins aussi juste de s'aimer comme son prochain.

CHAMFORT

Tu aimeras ton prochain comme toi-même, mais choisis-le bien.

LOUISE BÉAL

Producteur (de cinéma)

Dialogue :

« Je vais produire un grand film. J'ai tout. Un scénario superbe. Des dialogues éblouissants. Une distribution sublime. Il ne me manque que vingt millions pour rouler.

— Qui ? »

YVES MIRANDE

Les producteurs de cinéma ? J'en ai connu beaucoup de ruinés, aucun de pauvre.

HENRI JEANSON

Les producteurs de cinéma achètent de grosses voitures américaines pour venir vous annoncer plus vite qu'ils sont ruinés.

JACQUES PRÉVERT

Professionnel

Ne jamais oublier que le *Titanic* avait été construit par des professionnels et l'arche de Noé par des amateurs.

ANONYME

Profil

On a beaucoup parlé de la face de Dieu. Jamais de son profil.

JEAN-CLAUDE BRISVILLE

Profond

Les pots de chambre aussi sont profonds.

JEAN COCTEAU

Progrès

Le progrès, c'est le paganisme des imbéciles.

CHARLES BAUDELAIRE

Est-ce un progrès si un cannibale se sert d'un couteau et d'une fourchette ?

STANISLAS J. LEE

C'est chouette le progrès, mais ça fait trop longtemps que ça dure.

JAMES THURBER

Pour beaucoup d'Américains, le progrès consiste à accepter le nouveau parce que c'est nouveau et à rejeter le vieux parce que c'est vieux.

LEWIS MUMFORD

Le progrès est le processus par lequel l'homme a supprimé les moustaches, l'appendice et Dieu.

HENRY L. MENCKEN

Rien n'arrête le progrès. Il s'arrête tout seul.

ALEXANDRE VIALATTE

Le remplacement d'un inconvénient par un autre ; c'est ce qu'on appelle le progrès.

ELLIS

Prohibition

Le seul avantage pour moi d'avoir connu l'époque de la prohibition, c'est que n'importe quel alcool me paraît bon.

JOHNSON PETER

Promesse

Promets-moi une chose : promets-moi si demain tu te remaries, de faire ton mari cocu.

JULES RENARD

Promettre

En politique, il faut donner ce qu'on n'a pas et promettre ce qu'on ne peut pas donner.

SACHA GUITRY

Je promets rarement, mais quand je promets, je ne tiens jamais.

JULES RENARD

On s'aimait... on s'était rien promis... mais on s'était tout donné.

HENRI JEANSON

Certaines personnes font des promesses pour le seul plaisir de ne pas les tenir.

WILLIAM HAZLITT

Prononciation

Sa prononciation rappelait celle de Démosthène quand il avait des cailloux dans la bouche.

LICHTENBERG

Prophète

Le meilleur de tous les prophètes, c'est encore le passé.

LORD BYRON

Prophétie

Le communisme, comme n'importe quelle autre religion, est surtout à base de prophéties.

HENRY L. MENCKEN

Propre

Inscription dans le cabinet de consultation d'un hôpital :

« Le propre d'une main, c'est d'être sale. »

Propreté

La propreté est le luxe des pauvres. Soyez sales.

LICHTENBERG

Prostate

La vie m'a appris qu'il y a deux choses dont on peut très bien se passer : la présidence de la République et la prostate.

CLEMENCEAU

Prostituées

Dialogue (au « Sphinx ») :

« Comment ça va, Paulette ?
— Mieux. Elle s'est remise au lit. »

YVES MIRANDE

Gagnent à être connues.

SULPICE GAVARNI

Protestant

Le pape disait des protestants que leur religion ne leur interdit pas de commettre tous les péchés possibles, elle les empêche seulement d'y prendre aucun plaisir.

CHRISTOPHER MORLEY

Prothèse

Que Dieu nous prothèse !

JOSÉ ARTUR

Proust

Proust explique beaucoup pour mon goût : trois cents pages pour vous faire comprendre que Tutur encule Tatave, c'est trop.

LOUIS-FERDINAND CÉLINE

La vie est trop courte. Proust est trop long.

PAUL VALÉRY

Provence

En Provence, le soleil se lève deux fois, le matin et après la sieste.

YVAN AUDOUARD

Provision

C'est triste de faire un chèque sans provision, mais c'est encore plus triste d'en faire un « avec » provision.

TRISTAN BERNARD

Prudence

C'est à la bonté de Dieu que nous devons d'avoir dans ce pays ces trois choses précieuses : la liberté de parole, la liberté de conscience et la prudence de ne jamais user d'aucune des deux.

MARK TWAIN

Poème :

Prudence, prudence, quand tu nous tiens
On peut bien dire : adieu, amour !

CLAUDE DAUPHIN

Psychanalyse

Un examen où on est sûr de se faire étendre.

ROBERT SCIPION

Il faut se méfier de la psychanalyse. Elle a un effet second : tu deviens pauvre.

PATRICK TIMSIT

Le schizophrène construit des châteaux dans les nuages. Le psychotique y vit. Le psychanalyste touche les loyers.

JÉRÔME LAURENCE

Un psychanalyste, c'est quelqu'un qui vous pose, pour beaucoup d'argent, des questions que votre femme vous pose pour rien.

JOEY ADAMS

Psychiatre

Je dis à ma femme la vérité. Je lui avouai que je voyais un psychiatre. Alors elle m'avoua tout. Qu'elle voyait un psychiatre, deux plombiers et un barman.

RODNEY DANGERFIELD

Psychologie

La psychologie est la science qui vous apprend des choses que vous savez déjà en des termes que vous ne comprenez pas.

JEAN NOHAIN

Psychotique

Le schizophrène dit que deux et deux font cinq et le psychotique sait que deux et deux font quatre mais il déteste ça.

GORDON GAMMAC

Public

La plus cruelle manifestation de désapprobation du public, c'est son absence. Qu'il siffle, mais qu'il vienne.

MARCEL ACHARD

Quand le public n'est pas là, il manque un personnage.

GOT

Mettez mille imbéciles ensemble et vous aurez un être intelligent, c'est ça le public. Jamais un malveillant. À moins bien entendu qu'il n'y ait des billets de faveur.

SACHA GUITRY

La première qualité d'un public, c'est d'être grand.

MARCEL ACHARD

Le gros public ? Qui c'est ça ? Un grand mince ?

HENRI JEANSON

Publicité

La publicité, c'est la science de stopper l'intelligence humaine assez longtemps pour lui soutirer de l'argent.

STEPHEN LEACOCK

Peu de gens, au début du dix-neuvième siècle, avaient besoin de quelqu'un pour leur dire ce dont ils avaient envie.

JOHN KENNETH GALBRAITH

La publicité, c'est l'art de faire des mensonges entiers avec des demi-vérités.

EDGAR A. SHOAFF

La publicité reste l'art de vendre quelque chose au client de la maison de publicité.

JEAN ANOUILH

Puceau

Un sot trouve toujours un puceau qui l'admire.

WILLY

Pucelage

Le pucelage ? C'est un oiseau qui s'envole quand la queue lui vient.

ALEXIS PIRON

Les pucelages, c'est comme les porte-monnaie. Il s'en perd tous les jours. Personne ne les retrouve.

ADRIEN HÉBRARD

Pudeur

Personne ne rougit dans le noir.

BENJAMIN WHICHOCOTE

Les femmes pudiques se donnent les yeux fermés, pour ne pas assister à leur chute.

ROBERT DE FLERS

Elle rougit si on lui parle de chaise ; pour ce qu'elle y pose.

CLAUDE DAUBERCIES

Puits

Dans son puits de science, il n'y avait pas d'eau fraîche.

JULES RENARD

Punaise

La punaise est plus terrible que le remords car ce dernier respecte le sommeil du juste.

EUGÈNE CHAVETTE

Punir

On récompense des écrivains parfois pour leur œuvre. Pourquoi n'en punit-on jamais ?

JULES ROMAINS

Punition

La punition des hommes qui ont trop aimé les femmes, c'est de les aimer toujours.

ALPHONSE KARR

Pygmalion

Ô le désespoir de Pygmalion qui aurait pu créer une statue et qui ne fit qu'une femme.

ALFRED JARRY

Pyramides

La forme même des pyramides n'est-elle pas là pour prouver qu'en Égypte comme ailleurs, les ouvriers travaillent de moins en moins.

PIERRE DUMAYET

Pyrénées

J'ai voulu franchir les Pyrénées il n'y avait plus de Pyrénées.

EUGÈNE IONESCO

Pyromane

Flambeur estival qui préfère les forêts aux casinos.

PHILIPPE BOUVARD

Quantité

À propos de la mer :
« Une telle quantité d'eau frise le ridicule. »

Henri Monnier

Quarantaine

Il est difficile de faire entrer une femme dans la quarantième année. Et plus difficile encore de l'en faire sortir.

André Roussin

Personne n'est jeune après quarante ans mais on peut être irrésistible à tout âge.

Coco Chanel

Quatorze

La guerre de 14, c'était pas des vacances. Heureusement dans un sens, parce qu'il a pas fait beau.

Coluche

Quatre-chevaux

Point de vue du cent kilos :
« La quatre-chevaux mène à tout à condition d'y entrer. »

Tristan Bernard

Québec

Le Québec est une des dix provinces contre lesquelles le Canada doit se défendre.

CARL DUBUC

Quelqu'un

Je n'ai qu'un conseil à vous donner : devenez quelqu'un. Seulement voilà. Qui ?

HENRI JEANSON

Quelque chose

Adam est le seul homme qui, quand il disait quelque chose d'épatant, était sûr que personne ne l'avait dit avant lui.

MARK TWAIN

Querelle

Quand un ami pieux lui demandait gentiment : « Henry, est-ce que tu t'es mis en paix avec Dieu ? », il répondait : « Mais nous ne nous sommes jamais querellés. »

BROOKS ATKISTON

Question

L'amour est la réponse, mais en attendant le sexe soulève de bonnes questions.

WOODY ALLEN

Quête

L'amour, la quête. Le mariage, la conquête. La nuit de noces, la quéquette. Le divorce, l'enquête.

HELEN ROWLAND

Quêteuse

Dame généralement riche qui fait la charité avec l'argent des autres.

JULES RENARD

Queue

Un Anglais, même s'il est seul, forme une queue bien alignée.

GEORGE MIKES

Qui

Qui rit vendredi, c'est toujours ça de pris. Qui pleure vendredi, dimanche ne saura pas quoi faire.

FRANÇOIS CAVANNA

Quincaillerie

Parmi nos articles de quincaillerie paresseuse nous recommandons le robinet qui s'arrête de couler quand on ne l'écoute pas.

MARCEL DUCHAMP

Quitter (se)

Il est infiniment rare qu'on se quitte bien car si l'on était bien, on ne se quitterait pas.

MARCEL PROUST

Quorum

Le quorum est gravement atteint.

JEAN FERNIOT

Raciste

Moi, déjà que je n'aime pas les racistes, mais alors les nègres.

ROMAIN BOUTEILLE
(L'Échappée belle)

Quand un Blanc dit qu'un Noir est un con, on dit que le Blanc est raciste. Quand un Noir dit qu'un Blanc est un con, on dit que le Noir est un con. Ce en quoi on a tort. On peut très bien être Noir et con. Sauf en Afrique du Sud où seuls les Blancs sont des cons. À part Ted.

PIERRE DESPROGES

Un raciste, quand il commande un « Black and White », demande deux verres séparés.

ROLAND MAGDANE

Il y a quand même moins de racistes que d'étrangers en France.

COLUCHE

Raconteur

Un bon raconteur d'histoires, c'est quelqu'un qui a une bonne mémoire et qui espère que les autres n'en ont pas.

IRVING SCOBB

Radio

La radio n'a pas rendu les hommes plus sots. Mais la bêtise est plus sonore.

JEAN ROSTAND

Ragot

Un ragot, c'est quand vous entendez dire du bien de quelqu'un que vous n'aimez pas.

EARL WILSON

Raie

Parole de coiffeur : il est interdit de descendre avant la raie.

PIERRE DESPROGES

Raisin

Je boirai du lait le jour où les vaches mangeront du raisin.

JEAN GABIN

Raison

Quand on a raison, il faut raisonner comme un homme ; et comme une femme quand on a tort.

PAUL-JEAN TOULET

On n'éprouve aucun plaisir à avoir raison si on ne peut pas démontrer aux autres qu'ils ont tort.

WILLIAM HAZLITT

Quand on parle de lui, on dit toujours « ce con de R... », il doit y avoir une raison.

MARCEL PAGNOL

Un con peut à l'occasion avoir raison. Question de chance.

WILLIAM COWPER

Quand on a raison vingt-quatre heures avant tout le monde on passe pour un fou pendant vingt-quatre heures.

CHAMFORT

La raison est femme : on l'entend beaucoup, mais on ne l'écoute guère.

LORD CHESTERFIELD

Quand on est sûr d'avoir raison, on n'a pas besoin de discuter avec ceux qui ont tort.

WOLINSKI

Raison (d'État)

La raison d'État, c'est des tas de raisons.

COLUCHE

Raisonnable

Moi je suis raisonnable. À midi, je fais un très bon repas... et le soir aussi.

YVES MIRANDE

Rancune

Dialogue :
« Crois-tu qu'il m'en veuille ?
— Pas une minute.
— Oui, mais toute la vie ?
— Évidemment. »

MAURICE DONNAY

Rapprocher

À un invité très riche qui lui demandait, à la fin d'un dîner, s'il pouvait « le rapprocher » de chez lui :
« J'habite 22 rue de Varenne. Mettez moi au 24. Ça ira très bien. »

JAMES DE COQUET

Raser

Cet homme, qui oublie chaque fois de se raser à moitié, vous comprend à demi-mot.

RENÉ DE OBALDIA

Raseur

Pour un raseur moyen qui sonne à la porte, répondre : « Mister Twain est absent. » Pour un affreux raseur, dire : « Mister Twain vient de sortir à l'instant. En lui courant après, vous pouvez le rattraper. »

MARK TWAIN

Un raseur est un type qui, quand vous lui demandez comment il va, vous le dit.

BERT LESTON TAYLOR

Celui qui parle quand vous désireriez qu'il écoute.

AMBROSE BIERCE

Les raseurs peuvent être classés en deux catégories : ceux qui ont un sujet qui leur tient à cœur et ceux qui n'ont absolument pas besoin d'un sujet.

A. A. MILNE

Les raseurs se rasent les uns les autres, mais il semble que ça ne leur apprenne rien.

FRED ALLEN

Ratage

La femme est un homme raté. Plus l'homme est raté, plus la femme est réussie.

DOCTEUR BESANÇON

Raté

Attention : les ratés ne vous rateront pas.

GEORGES BERNANOS

Il vaut mieux être un raté intelligent qu'un con efficace.

WOLINSKI

Ravel

Il a refusé la Légion d'honneur mais toute sa musique l'accepte.

ERIK SATIE

Réaction

Si un politicien tue sa mère, la première réaction de la presse et de ses opposants sera probablement, non pas de s'indigner contre cet acte monstrueux, mais de signaler que dans un rapport fait six ans plus tôt, il s'était fait remarquer comme l'ennemi n° 1 du matricide.

MEG GREENFIELD

Réaliste

Soyez réaliste. Demandez l'impossible.

MURS DE LA SORBONNE 68

Réanimation

Un hôpital devrait toujours avoir une salle de réanimation juste à côté du bureau du caissier.

FRANCIS WALSH

Rebelle

Celui qui propose un désordre nouveau et qui n'a pas réussi à l'établir.

AMBROSE BIERCE

Récamier (Madame de)

La Madone de la Conversation.

EDMOND DE GONCOURT

La célèbre allongée.

ANTOINE BLONDIN

Réception

Une réception, ce sont des gens que cela excède de recevoir des gens que cela excède de venir et qui n'invitent que par utilité des gens qui ne viennent que par intérêt.

FERNAND VANDEREM

C'était une de ces réceptions où vous toussotez plusieurs fois avant de vous décider à parler et où finalement vous décidez de ne pas parler du tout.

P. G. WOODEHOUSE

Recette

Au théâtre, c'est le nœud du problème.

ALFRED CAPUS

Recommencer

Si nous devions tout recommencer avec un autre Adam et une autre Ève, je demande qu'ils soient américains.

RICHARD RUSSEL

Réconciliation

Depuis trois ou quatre jours, dans la crainte d'une réconciliation, ils évitaient tous sujets de dispute.

SACHA GUITRY

Reconnaissance

Mais enfin, ça dure combien de temps, la reconnaissance ?

JEAN PROUVOST

Record

L'Amérique est un pays qui ne sait pas où il va, mais qui est bien décidé à battre tous les records de vitesse pour y arriver.

LAURENCE J. PETER

Reculer

Sous l'occupation :
« Les Allemands, quand ils se mettront à reculer, ils ne reculeront devant rien. »

JEAN COCTEAU

Rédacteur

Aux rédacteurs de L'Aurore *:*
« Messieurs les rédacteurs sont priés de ne pas être partis avant d'être arrivés. »

CLEMENCEAU

Réfléchir

Il vaut mieux ne pas réfléchir du tout que ne pas réfléchir assez.

TRISTAN BERNARD

Réfléchissez deux fois avant de parler et il y aura quelqu'un qui parlera d'autre chose.

FRANCIS RODMAN

Je me permets quelquefois de réfléchir entre mes repas, ce qui me fait perdre énormément de temps.

CHARLES PÉGUY

La plupart des gens préféreraient mourir que de réfléchir. C'est ce qu'ils font d'ailleurs.

BERTRAND RUSSEL

Réflexion

Un diplomate est un homme qui réfléchit à deux fois avant de ne rien dire.

FRÉDÉRIC SAWYER

Régime

À l'Assemblée nationale on peut toujours prévoir la fin d'un régime, pas celle d'une séance.

EDGAR FAURE

Réglisse

Réglisse : bâton de jeunesse.

MICHEL LACLOS

Regret

Mon seul regret dans la vie est de ne pas être quelqu'un d'autre. Reste à savoir qui ?

WOODY ALLEN

Un des grands regrets de ma carrière au théâtre, c'est de n'avoir jamais pu m'asseoir dans la salle pour me regarder.

JOHN BARRYMORE

Suivant l'enterrement d'un cousin éloigné un jour de canicule :
« Je commence à le regretter. »

LUCIEN GUITRY

Poème :

Comme disait Colbert à Monsieur de Louvois
J'aurais dû baiser plus quand baiser je pouvois.

TRISTAN BERNARD

Si ma femme venait à mourir, ma foi, je serais peut-être le premier à le regretter.

HENRI MONNIER

Réincarnation

Ce ne serait pas si mal la réincarnation si je pouvais revivre comme éponge !

WOODY ALLEN

Rékéké

Proverbe congolais :

« C'est se conduire en rékéké que d'étouffer le roukoukou dans sa coquille. »

ALEXANDRE VIALATTE

Relations

Dialogue :

« Il est timide. Toujours dans les jupes de sa mère.
— Il s'y fera des relations. »

GEORGES FEYDEAU

Ne pas se faire d'illusions. Dans « amis » il y a l'idée d'âmes. Dans « relations » l'idée que tout est relatif.

SACHA GUITRY

Relativité

Un homme resté assis près d'une jolie femme pendant une heure pense que cela n'a duré qu'une minute. Faites-le asseoir pendant une minute sur un calorifère brûlant, il pensera que cela a duré des heures. C'est cela, la relativité.

ALBERT EINSTEIN

Religion

Quand il s'agit d'argent, tout le monde a la même religion.

VOLTAIRE

Religion : fille de l'Espoir et de la Peur expliquant à l'Ignorance la nature de l'Inconnaissable.

AMBROSE BIERCE

C'est notre devoir de respecter la religion des autres mais très exactement comme nous respectons leur opinion quand ils affirment que leur femme est jolie et leurs enfants, superbes.

HENRY L. MENCKEN

Toutes les religions se ressemblent par la quête.

JULES RENARD

Je suis pratiquant, mais pas croyant.

SALVADOR DALI

On change plus facilement de religion que de café.

GEORGES COURTELINE

Remariage

On ne se marie jamais très bien du premier coup. Il faut s'y reprendre.

ALFRED CAPUS

Un deuxième mariage : le triomphe de l'amour sur l'expérience.

SACHA GUITRY

Rembourser

On ne prête qu'aux riches. Et on a raison. Les pauvres remboursent difficilement.

TRISTAN BERNARD

Remède

Remède : agent thérapeutique qui guérit rarement le mal qu'on a mais donne à chaque instant un mal qu'on n'avait pas.

GEORGES COURTELINE

Remords

Le remords est le meilleur stimulant pour la paresse.

TRISTAN BERNARD

Renard (Jules)

Après ma mort, je vois très bien mon buste avec cette inscription :
« À Jules Renard, ses compatriotes indifférents. »

JULES RENARD

Il se taisait par écrit.

JEAN-PAUL SARTRE

Rencontre

Dialogue :
« J'ai rencontré votre mari dans la rue mais il ne m'a pas reconnu.
— Oui, c'est ce qu'il m'a dit en rentrant. »

JULES RENARD

Rendez-vous

Les rendez-vous ne seraient pas désagréables si les gens ne vous faisaient pas perdre tant de temps à vous expliquer pourquoi ils sont en retard.

PIERRE DANINOS

Quand une femme accorde un rendez-vous, elle ne sait jamais si elle consentira ou si elle ne consentira pas. C'est même pour le savoir qu'elle donne le rendez-vous.

TRISTAN BERNARD

Renseignement

Bien que nos renseignements soient faux, nous ne les garantissons pas.

ERIK SATIE

Repartie

Repartie. Ce qui nous vient à l'esprit quand notre interlocuteur est parti.

DAN BENNET

Pour les reparties, mieux vaut jamais que tard.

ANDRÉ ROUSSIN

Repas

Le mariage est un repas dont le potage est meilleur que le dessert.

AUSTIN O'MALLEY

Repentir

Notre repentir, ce n'est pas tellement pour le mal que nous avons fait, mais pour la peur de ses conséquences.

LA ROCHEFOUCAULD

Répéter

Si vous ne dites rien, on ne vous demandera pas de le répéter.

CALVIN COOLIDGE

Répétitions générales

Le public des générales. Si la pièce est mauvaise, il s'emmerde. Si la pièce est bonne, ça l'emmerde.

MARCEL ACHARD

Réponse

Ma réponse tient en trois mots : Im Po Ssible !

SAM GOLDWYN

Repos

Trop de repos n'a jamais fait mourir personne.

TRISTAN BERNARD

Reprise

(Au théâtre.)
N'est parfois qu'une rechute.

MARCEL ACHARD

Réputation

Il vaut mieux être perdu de vue que de réputation.

COMMERSON

Résignation

On ne doit se résigner qu'au bonheur.

ALFRED CAPUS

Résister

Je n'aime que les gens qui me résistent mais je ne les supporte pas.

DE GAULLE

Résolution

Les résolutions sont comme les anguilles. On les prend facilement. Il est plus difficile de les tenir.

ALEXANDRE DUMAS FILS

Les bonnes résolutions sont des chèques tirés sur une banque où l'on n'a pas de compte courant.

OSCAR WILDE

Respect

Si vous voulez être respecté, commencez par être respectable et, en outre, assez costaud pour imposer le respect.

SOMERSET MAUGHAM

Respiration artificielle

Il m'a dit que c'était de la respiration artificielle, mais maintenant je suis enceinte.

ANTHONY BURGESS

Responsabilité

Prendre une femme à la légère est une lourde responsabilité.

ALBERT WILLEMETZ

Ressemblance

Le comble de la ressemblance : pouvoir se faire la barbe devant son portrait.

ALPHONSE ALLAIS

Ressembler

Très vite, rien ne ressemble plus à une femme légitime qu'une femme qui ne l'est pas.

ANDRÉ ROUSSIN

Il y a une minute où toutes les femmes se ressemblent ; c'est quand elles tombent.

ALFRED CAPUS

Restaurant

Le mariage est comme le restaurant : à peine est-on servi qu'on regarde ce qu'il y a dans l'assiette du voisin.

SACHA GUITRY

Reste

Il y a ce qu'on peut faire dans un lit et le reste. Le reste ne vaut pas cher.

GROUCHO MARX

Retard

J'ai remarqué souvent que les gens qui sont en retard sont de bien meilleure humeur que ceux qui ont dû les attendre.

ANDRÉ ROUSSIN

Je suis en retard, donc il est inutile que je me presse.

PIERRE LOUŸS

Retirer (se)

Les personnes qu'on a le plus de mal à convaincre que l'heure est venue pour elles de se retirer sont les enfants au moment d'aller au lit.

SHANNON FIF

Réussi

Dialogue :
« Moi, les femmes m'ont toujours réussi.
— À l'exception de Madame votre mère. »

MARGUERITE MORENO

Réussite

Derrière toute réussite, il y a une épouse ravie et une belle-mère étonnée.

BROOKS HAYS

Le secret de la réussite avec un enfant c'est de ne pas être ses parents.

MELL LAZARUS

La réussite, ce n'est jamais qu'une histoire de chance. Demandez à un raté.

EARL WILSON

Il y a des moments où tout réussit. Il ne faut pas s'effrayer. Ça passe.

JULES RENARD

Pour un homme, c'est de gagner plus qu'une femme ne peut dépenser. Pour une femme, c'est d'avoir épousé cet homme-là.

SACHA GUITRY

Réussite : un peu de savoir, un peu de savoir-faire et beaucoup de faire savoir.

JEAN NOHAIN

Revanche

À charge de revanche et à verge de rechange.

MARCEL DUCHAMP

Rêve

On faisait chambre commune et rêves à part.

MICHEL AUDIARD

Réveil

À sa bonne :

« Demain, j'ai un rendez-vous important. Vous me réveillerez à sept heures. Si à huit heures je ne suis pas levé, vous me laisserez dormir jusqu'à midi. »

TRISTAN BERNARD

Réveiller (se)

Ce qu'il y a de plus difficile dans le métier de critique dramatique, c'est d'apprendre à se réveiller avant l'entracte.

TRISTAN BERNARD

Revenir

Dialogue :

« Dis-moi qu'un jour tu me reviendras.
— Un jour peut-être, mais pas plus. »

SACHA GUITRY

Revenu

Je ne suis pas allé partout, mais je suis revenu de tout.

COLUCHE

Réverbère

Demander à un écrivain ce qu'il pense des critiques, c'est demander à un réverbère ce qu'il pense des chiens.

JOHN OSBORNE

Révolution

Les Français adorent les révolutions, mais ils ont horreur du changement.

ANATOLE DE MONZIE

L'émeute, c'est quand le populaire est battu : tous des vauriens ! La révolution, c'est quand il est le plus fort : tous des héros !

VICTORIEN SARDOU

Révolution (française)

La Révolution française a dressé les riches contre les pauvres. Elle a réussi à appauvrir les riches. Elle n'a pas réussi à enrichir les pauvres.

FISHER AMES

Revolver

Il est plus adroit de se tirer d'un mauvais pas qu'un coup de revolver au cœur.

ALPHONSE ALLAIS

On ne meurt pas d'amour. Quelquefois on meurt de l'amour d'un autre quand il achète un revolver.

MARCEL PAGNOL

Rhume

J'ai pris mon rhume en grippe.

SACHA GUITRY

Rhume : tempête sous narine.

LÉO CAMPION

Richard (Marthe)

Elle avait fait fermer les maisons closes :
« La veuve qui clôt. »

ANDRÉ FRÉDÉRIQUE

Riche

Les riches qui pensent que les pauvres sont heureux ne sont pas plus bêtes que les pauvres qui pensent que les riches le sont.

MARK TWAIN

Problème : combien faut-il de pauvres pour faire un riche ?

ROBERT SABATIER

Ça n'a aucune importance d'être riche ou d'être pauvre, aussi longtemps qu'on a de l'argent.

JOË LEWIS

J'ai été riche et j'ai été pauvre ; riche c'est mieux.

SOPHIE TUCKER

La seule chose que j'aime chez les riches, c'est leur argent.

LADY ASTOR

Il reste davantage aux riches quand ils sont ruinés qu'aux pauvres en pleine prospérité.

PHILIPPE BOUVARD

Parole d'homme riche : les pauvres, on a beau ne rien leur donner, ils n'arrêtent pas de demander.

CHAMFORT

Si j'étais riche, je pisserais tout le temps.

ALPHONSE ALLAIS

Je ne peux pas me marier. Je suis trop riche pour ça.

EDDIE MURPHY

Être riche, ce n'est pas avoir de l'argent, c'est en dépenser.

SACHA GUITRY

Il faut être très riche pour vivre comme un pauvre.

PICASSO

Il vaut mieux être riche et bien portant que pauvre et malade.

FERNAND RAYNAUD

Les riches ont besoin des pauvres pour être plus riches qu'eux et les pauvres ont besoin des riches pour être plus pauvres qu'eux.

WOLINSKI

Rideau

Dans la vie, on ne fait pas tomber le rideau quand on veut.

SACHA GUITRY

Ridicule

S'il y a des hommes dont le ridicule n'a jamais paru, c'est qu'on ne l'a pas bien cherché.

LA ROCHEFOUCAULD

Rien

Il y a trois choses qu'une femme est capable de réaliser avec rien : un chapeau, une salade et une scène de ménage.

MARK TWAIN

Il ne faisait rien de particulier mais il le faisait très bien.

WILLIAM GILBERT

Dieu a tout fait de rien. Mais le rien perce.

PAUL VALÉRY

Parti de rien, je suis arrivé à zéro.

GROUCHO MARX

Déclaration d'un candidat aux élections :
« J'ai débuté avec ma seule intelligence. Autant dire rien. »

HENRI JEANSON

Rien mal acquis ne profite jamais.

JACQUES STERNBERG

Rien faire et laisser dire.

ALPHONSE ALLAIS

Quand il suffit d'un rien, on n'a pas besoin de grand-chose.

ALPHONSE ALLAIS

Je ne fais rien, mais ça me prend tout mon temps.

JEAN CAZALET

Rigoler

La plupart du temps, je ne rigole pas beaucoup. Et le reste du temps je ne rigole pas du tout.

WOODY ALLEN

Rime

J'ai horreur de la rime. Surtout en prose.

JULES RENARD

Rire

La plus perdue de nos journées est celle où on n'a pas ri.

CHAMFORT

Les femmes ne se souviennent que des hommes qui les ont fait rire et les hommes des femmes qui les ont fait pleurer.

LOUIS VERNEUIL

Le rire... c'est une vertu qui n'appartient qu'aux hommes et que Dieu, peut-être, leur a donnée pour les consoler d'être intelligents.

MARCEL PAGNOL

Dis-moi pourquoi tu ris et je te dirai qui tu es.

MARCEL PAGNOL

Le rire ? Ne m'appelez plus pour ce sujet. Je n'y suis pour Bergson.

FRANCIS BLANCHE

Qui rit vendredi, c'est toujours ça de pris.

FRANÇOIS CAVANNA

Qui prête à rire n'est jamais sûr d'être remboursé.

RAYMOND DEVOS

Au milieu d'une salle qui éclate de rire, je ne vois que le spectateur qui ne rit pas.

FERNAND RAYNAUD

Si tu veux savoir qui est le bon philosophe, mets-les tous en ligne. Celui qui rit, c'est le bon.

NIETZSCHE

Quand celui qui rit le dernier a fini de rire, personne ne rigole plus.

PIERRE DAC

Risque

N'épouse pas une femme qui a vingt ans de moins que toi, car c'est courir deux risques : qu'elle te quitte ou bien qu'elle reste.

SACHA GUITRY

À certains maris, il ne suffit pas de n'être pas trompés par leur femme. Ils veulent avoir toute la gloire de ne pas l'être en courant tous les risques possibles.

TRISTAN BERNARD

Rivarol

Il s'était endormi, dans un salon, après le dîner. Un invité dit à une dame :

« Laissons-le dormir... ne parlons plus. »

Rivarol ouvre un œil :

« Ah, mais si vous ne parlez plus, je ne dormirai pas. »

À un illettré qui lui disait :

« Je vous écrirai demain sans faute.

— Écrivez-moi comme d'habitude. »

Son épitaphe :

« La paresse nous l'avait ravi avant la mort. »

Robe

Les plus belles robes sont portées pour être retirées.

JEAN COCTEAU

Ses robes viennent de Paris mais elle les porte avec un fort accent anglais.

HECTOR SAKI

Rochefort (Henri)

Au président du tribunal qui lui reprochait d'avoir toujours sur lui un revolver :

« Monsieur le Président, j'ai toujours sur moi aussi de quoi commettre un attentat à la pudeur, mais je n'y songe nullement. »

Rodin (Auguste)

On ne pouvait pas s'asseoir sans trouver ses mains.

ANNA DE NOAILLES
cité par l'abbé MUGNIER

Roi

Les rois sont avec leurs ministres comme les cocus avec leurs femmes : ils ne savent jamais ce qui se passe.

VOLTAIRE

Paroles d'un courtisan :
« Après la mort du roi, on peut tout croire. »

CHAMFORT

Dialogue :
« Le roi (Louis XVIII) est resté au Conseil trois heures. Que s'est-il passé ?
— Trois heures. »

TALLEYRAND

Si j'étais roi ? Je me méfierais du valet d'atout.

TRISTAN BERNARD

Si je perds mon trône, il n'y aura plus que cinq rois : le roi de pique, le roi de cœur, le roi de trèfle, le roi de carreau et la reine d'Angleterre.

FAROUK

Roman

L'amour plaît plus que le mariage pour la raison que les romans sont plus amusants que l'histoire.

CHAMFORT

On n'écrit pas un roman d'amour pendant qu'on fait l'amour.

COLETTE

Rose

De mémoire de rose, on n'a jamais vu mourir un jardinier.

FONTENELLE

Il y a des gens qui vous laissent tomber un pot de fleurs sur la tête d'un cinquième étage et qui vous disent : je vous offre des roses.

VICTOR HUGO

Ce n'est pas parce qu'il y a une rose sur le rosier que l'oiseau s'y pose ; c'est parce qu'il y a des pucerons.

JULES RENARD

Digest :
Cueillez dès aujourd'hui les roses de la vie.
C'est le sort le plus beau, le plus digne d'envie.

ALEXANDRE DUMAS

Roseau

L'homme est un roseau dépensant.

JULES RENARD

Rostand (Edmond)

Le Victor Hugo des demoiselles.

ANDRÉ SUARÈS

Rothschild

Pour tout le monde, deux et deux font quatre ; pour les Rothschild, ça fait vingt-deux.

PHILIPPE DE ROTHSCHILD

Roue

Par bonheur la roue a été inventée avant la voiture ; le bruit du trafic aurait été insupportable.

H. P. Martz

Rouge

« Ce que j'aime avant tout, c'est la vérité », me disait-elle en se mettant du rouge à lèvres.

Francis de Croisset

Rougeole

L'amour est comme la rougeole. Plus il vient tard, plus il est dangereux.

Douglas Jerrold

Roulette

Je joue l'âge de ma femme. Je perds. Je joue l'âge de mes enfants. Je perds. Je joue les chiffres de la plaque d'immatriculation de ma voiture. Je perds. J'en ai assez. Dorénavant je vais jouer au hasard.

Fernand Raynaud

Route

Un critique, c'est quelqu'un qui connaît la route, mais qui ne sait pas conduire.

Kenneth Tynan

Roxane

Roxane (à Cyrano) :

« Je vous vois derrière le platane
Grimpez donc jusqu'au balcon
Il me manque une rime en con. »

Boris Vian

Royal

En Angleterre il y a l'Opéra Royal, le Ballet Royal, la Royal Gallery, un Hospice Royal, des Parcs Royaux. Une seule chose est nationale : la dette publique.

CHESTER ANTHONY

Rubicon

À propos de De Gaulle en 1950 :
« Il nous a conduits jusqu'au Rubicon pour pêcher à la ligne. »

ANDRÉ MALRAUX

Rugby

Au rugby, il y a ceux qui déménagent les pianos et ceux qui en jouent.

PIERRE DANOS

Il fallait être anglais pour inventer le rugby. Qui d'autre aurait pu penser à un ballon ovale ?

PIERRE MAC ORLAN

Ruine

Il y a celles qui vous disent qu'elles ne sont pas à vendre et qui n'accepteraient pas un centime de vous. Ce sont celles-là, généralement, qui vous ruinent.

SACHA GUITRY

Rumeur

Personne à Washington ne croit une rumeur jusqu'à ce qu'elle soit officiellement démentie.

EDWARD CHEYVITZ

Le plus vieux média du monde.

JEAN-FRANÇOIS REVEL

Rupture

Je n'ai jamais détesté un homme après une rupture au point de lui rendre ses diamants.

ZSA-ZSA GABOR

La seule chose qui compte pour une femme, c'est de savoir si on la quitte ou si c'est elle qui s'en va.

ANDRÉ ROUSSIN

Une femme ne quitte en général un homme que pour un autre homme. Tandis qu'un homme peut très bien quitter une femme à cause d'elle.

SACHA GUITRY

Russe

T'as les Russes qui vont dans l'espace. Ils tournent vingt fois autour de la Terre. Ils retombent juste en Russie. C'est des coups à faire la gueule.

JEAN-MARIE GOURIO
(Brèves de comptoir)

Sabre

Ce sabre est le plus beau jour de ma vie... Je jure de soutenir, de défendre nos institutions et au besoin de les combattre.

Henri Monnier

Sac

Pris la main dans le sac, un gentilhomme se suicide, un bourgeois démissionne, un politicien nie, un aventurier persévère.

Vladimir Volkoff

Sacrements

J'ai reçu tous les sacrements, dit un célibataire pieux, excepté le mariage que je n'ai jamais reçu en original mais j'en ai tiré plusieurs copies.

Chamfort

Sacrifice

Curieux comme les femmes aiment le sacrifice à leur égard — de leur part, il ne faut guère en demander.

Paul Léautaud

Si on lui en fournit l'occasion, une femme se sacrifiera toujours. Se sacrifier est son plaisir favori.

Somerset Maugham

Sade

Se demander comment, avant lui, on appelait les sadiques.

PIERRE DANINOS

Sage

C'est plus facile d'être sage pour les autres que pour soi-même.

LA ROCHEFOUCAULD

Sagesse

Les vieux ont toujours fait croire aux jeunes que l'âge leur avait donné la sagesse. Et les jeunes ont mis si longtemps à découvrir que c'était faux qu'entre-temps, ils étaient devenus vieux et ils avaient intérêt à perpétuer cette imposture.

SOMERSET MAUGHAM

Saint

Saint : victime d'un canon.

ROMAIN COOLUS

Un saint est un pécheur mort, revu et corrigé.

AMBROSE BIERCE

Chaque saint a un passé et chaque pécheur un avenir.

OSCAR WILDE

Beaucoup de ses mérites, le saint les doit à son expérience comme pécheur.

ÉRIC HOFFER

Saint Denis

Saint Denis, décapité, a porté sa tête pendant une lieue... Il n'y a que le premier pas qui coûte.

MARIE DU DEFFAND

Sainte-Beuve

Sainte-Beuve : Sainte-Bévue.

SACHA GUITRY

Saint-Simon

Les épinards et Saint-Simon ont été mes seuls goûts durables.

STENDHAL

Salaire

De nos jours, le plus grand problème du mariage est de subvenir, avec un seul salaire, aux besoins de sa femme et à ceux de l'État.

MARK TWAIN

Salomon

Les procès célèbres :
« "Il faut couper la poire en deux", dit Salomon. "Vous auriez tort de me prendre pour une poire", répond l'enfant. "Hé bien mon salo", dit la mère. L'émotion est indescriptible. »

CHARLES AVELOT

Salon

La fréquentation des salons m'a appris une chose : à ne plus chercher à acheter au coin des rues ce que l'on trouve gratuitement auprès des femmes du monde.

MICHEL AUDIARD

Distique :

J'ai moi-même au salon vainement attendu
Le Monsieur qui monta n'est jamais descendu.

PAUL-JEAN TOULET

Salope

Le mâle repoussé traite généralement de « salope » la femme qui, précisément, refuse de l'être.

MARCEL PAGNOL

Samedi

Ne faites jamais l'amour le samedi. Si le dimanche il pleut, vous ne saurez plus quoi faire.

ANDRÉ DHAL

Sandwich

Les deux seules créatures qui s'accouplent en se faisant face sont l'homme et le sandwich au pâté.

FRANÇOIS CAVANNA

Sang (bleu)

Le sang bleu se retrouve parfois dans les veines d'un demeuré ou dans la trompe d'un moustique.

AUSTIN O'MALLEY

Sanseverina

Elle aimait trop le parmesan.

ROBERT SCIPION

Santé

Il vaut mieux trembler pour la santé des autres que pour la sienne propre.

TRISTAN BERNARD

Il y a des gens qui répondent « Très bien. Merci » quand on s'enquiert de leur santé. Sont-ils vains, pour s'imaginer qu'on s'en soucie ?

SOMERSET MAUGHAM

La santé, c'est d'avoir mal tous les jours à un endroit différent.

MICHEL CHRESTIEN

La santé, c'est le silence des organes.

PAUL VALÉRY

Je suis heureux parce que c'est bon pour la santé.

VOLTAIRE

Santon

Le meilleur dans l'homme, c'est le santon qui sommeille.

YVAN AUDOUARD

Sarah Bernhardt

Elle ne change pas. Toujours aussi vieille...

ALFRED CAPUS

Sarah Bernhardt fait couler les petits ruisseaux de larmes qui produisent les grandes rivières de diamants.

ALPHONSE ALLAIS

Elle a l'air intelligent quand elle écoute des choses qu'elle ne comprend pas.

JULES RENARD

Sardine

Sardine : petit poisson sans tête qui vit dans l'huile.

LÉO CAMPION

Sartre

Vichinsky du Café de Flore.

PASCAL PIA
cité par ROGER GRENIER

Satan

Satan n'emploie pas un seul salarié ! Son opposition en a des millions.

MARK TWAIN

Satie

Il a la petitesse d'un trou de serrure. L'essentiel est d'y mettre son œil.

JEAN COCTEAU

Satisfaction

Quand j'ai dit que quelqu'un allait mourir, apprendre qu'il est mort me procure une certaine satisfaction.

JULES RENARD

Sauce

En France, nous avons trois cents sauces et trois religions. En Angleterre, ils n'ont que trois sauces, mais trois cents religions.

TALLEYRAND

Les Anglais ont mis Dieu à toutes les sauces et ils n'en ont qu'une à mettre dans leur assiette.

VOLTAIRE

Saucisse

Cette saucisse qu'on appelle choucroute dans le Nord et cassoulet dans le Midi.

JEAN GIRAUDOUX

Quand les saucisses commencent à mordre les chiens, on peut s'inquiéter.

DEMARQUET

Sauvage

Poème :

La sauvage au rebours des femmes de Paris
Commence toute nue et finit fort vêtue.

VICTOR HUGO

Savant

Il n'est pas de sot qui se spécialisant à l'extrême ne finisse par faire figure de savant.

RAYMOND DELAS

Un savant, c'est quelqu'un qui sait des choses qu'il faudrait savoir mieux que lui pour être sûr que ce n'est pas un imbécile.

JEAN PAULHAN

Il y a deux sortes de savants : les spécialistes qui connaissent tout sur rien et les philosophes qui ne connaissent rien sur tout.

GEORGE BERNARD SHAW

Savoir

Genre d'ignorance qui distingue l'homme studieux.

AMBROSE BIERCE

D'un collaborateur qui avait mal digéré son immense savoir :
« On le feuillette plus qu'on ne le consulte. »

GASTON BONHEUR

Ne vous engagez jamais à dire tout ce que vous savez. Ça risque de vous prendre trop peu de temps.

NORMAN FORD

Un petit savoir est une chose dangereuse, mais une grande ignorance, c'est juste aussi mauvais.

SOMERSET MAUGHAM

Répéter « Je sais, je sais... » signifie qu'on ne sait pas et que d'ailleurs on s'en moque.

ROBERT SABATIER

Savoir-vivre

Conseil aux centenaires : dépêchez-vous.

PIERRE DESPROGES

La mort, c'est un manque de savoir-vivre.

PIERRE DAC

Scarron

Son épitaphe :

« Passant, ne fais ici de bruit
Garde que ton pas ne l'éveille
Car voici la première nuit
Que le pauvre Scarron sommeille. »

Sceptique

À force de faire le sceptique, je suis devenu sceptique sur bien des points et notamment sur le scepticisme.

ALFRED CAPUS

Un sceptique est un type qui, s'il rencontrait Dieu, lui demanderait ses papiers.

EDGAR A. SHOAFF

Sciatique

Sans ma sciatique, j'oublierais quelquefois que nous existons.

JEAN PAULHAN

Scorpion

Quand on fait guili-guili au scorpion, il redresse la queue.

MAURICE ROCHE

Scotch

Venez chez moi. Je vous offrirai un scotch and sofa.

SAM RAIMI

Scotland Yard

Laisserait croire que les meilleurs poulets britanniques viennent des basses-cours écossaises.

Robert Scipion

Scrupule

Il manquait de scrupules, mais il avait des préjugés.

Curnonsky

Sculpture

Le moins qu'on puisse demander à une sculpture, c'est qu'elle ne bouge pas.

Salvador Dali

Second degré

Dire « il vaut mieux avoir l'âge de ses artères que l'âge de César Franck », c'est le premier degré. Dire « il vaut mieux avoir l'âge de vos artères que l'âge de Vosar Franck », c'est le second degré.

Jean Yanne

Secret

Lorsqu'on a commis la folie de confier à quelqu'un un secret, le seul moyen d'être sûr qu'il le gardera pour lui est de le tuer sur-le-champ.

Cioran

Un secret, ce n'est pas quelque chose qu'on ne dit pas, c'est quelque chose qu'on dit à voix basse et à une seule personne à la fois.

Marcel Pagnol

Un secret a toujours la forme d'une oreille.

Jean Cocteau

Je sais que c'est un secret ; on le chuchote partout.

William Congreve

Si tu dis du bien de quelqu'un, inutile de demander le secret.

ALFRED CAPUS

C'est une erreur de penser que les femmes ne peuvent pas garder un secret. Elles peuvent. À plusieurs.

SACHA GUITRY

Secrétaire

Pour choisir votre secrétaire, pas de demi-mesure : la belle ou la bête. La bête fera votre travail, et souvent mieux que vous. La belle fera de votre bureau le lieu de pèlerinage de toutes les personnes influentes de la boîte. À vous d'exploiter cette situation.

ABE BURROW

Seigneur

Un grand seigneur est un homme qui a des ancêtres, des dettes et des pensions.

MONTESQUIEU

Sein

Quand une femme montre ses seins elle croit qu'elle offre son cœur.

TRISTAN BERNARD

Les seins et les trains électriques sont faits pour les enfants et ce sont les hommes qui jouent avec.

JEAN CAZALET

Comme on connaît ses seins, on met un soutien-gorge.

JEAN RIGAUX

Si on te pelote le sein droit, tends le gauche.

JACQUES STERNBERG

Sel

Ne donnez jamais, avant qu'on vous le demande, ni un conseil, ni le sel.

OSCAR WILDE

Self-made-man

Expression anglaise qui signifie « homme qui s'est fait lui-même ». On remarque en général que le travail a été mal fait.

MICHEL CHRESTIEN

Un self-made-man ? Oui — et qui adore son créateur.

WILLIAM COWPER

Selle

Quand l'homme eut inventé la selle, il s'aperçut que le plus gros restait à faire : rattraper le cheval.

FRANÇOIS CAVANNA

Semblable

Il n'y a que Dieu qui ait le droit de tuer son semblable.

HENRI MONNIER

Les hommes naissent semblables mais pas égaux.

RIVAROL

Séminaire

Lettre à sa mère d'un nouvel élève du séminaire : « Ici tout va bien. On est logé, nourri, noirci. »

DUCOURET-NÈGRE

Aux employés modèles, autrefois, on donnait des médailles. Aujourd'hui, sous le nom de séminaire, on leur propose des partouzes.

YVAN AUDOUARD

Sénateur

Je resterai député jusqu'à ma mort, après quoi j'irai au Sénat.

Attribué à FRÉDÉRIC DUPONT

Sens

Les voies qui ne sont ni en sens unique, ni en sens interdit, ni à double sens n'ont aucun sens parce qu'elles vont dans tous les sens.

PIERRE DAC

Sens (moral)

Il faut vous dire qu'à la suite d'une chute de cheval, j'ai perdu tout sens moral.

ALPHONSE ALLAIS

Sensibilité

Comme il a tout le temps les yeux humides, on croit que c'est de la sensibilité. Et puis on s'aperçoit que c'est de la conjonctivite.

GUY BEDOS

Sensiblerie

La sensiblerie n'est jamais que de la sentimentalité qui vous prend à rebrousse-poil.

SOMERSET MAUGHAM

Septennat

Tous les candidats à l'Élysée sont d'accord pour en réduire la durée jusqu'à la veille du scrutin. Le lendemain, celui qui a été élu n'en parle plus.

JEAN CAZALET

Sermon

Quand je fais mon sermon, c'est un grand réconfort pour moi de voir les fidèles me témoigner leur confiance par leur sommeil.

SYDNEY SMITH

Œuvre de chaire.

MAX FAVALELLI

Serpent

Au Paradis terrestre :
« Le Serpent du Jeu de Pomme. »

ANDRÉ FRANÇOIS

Quand tu vois un serpent, ne te demande jamais d'où il vient.

W. G. BENHAM

Serveur

Dieu ne peut pas répondre à tous ceux qui l'appellent. Il est comme un garçon dans un restaurant juif. Il a trop de tables à servir.

MEL BROOKS

Seul

Je vais donc vivre seul. Et déjà je me demande avec qui.

SACHA GUITRY

Seul : en mauvaise compagnie.

AMBROSE BIERCE

Si vous avez peur d'être seul, n'essayez pas d'avoir raison.

JULES RENARD

Enfin seul, sans *s*.

JULES RENARD

Sévigné (Madame de)

Connaîtrions-nous son nom si elle avait eu le téléphone ?

JEAN COCTEAU

Sexe

Le plaisir est de courte durée, la position ridicule et la dépense absurde.

LORD CHESTERFIELD

Sexe : Le fruit d'Ève fendu.

JEAN COCTEAU

Pour l'homme, parmi les plaisirs de ce monde, les relations sexuelles viennent en premier. Curieusement, il les exclut du paradis.

MARK TWAIN

Un homme se marie pour avoir un foyer mais aussi pour ne plus être embêté par ses problèmes de sexe ou autres affaires de ce genre.

SOMERSET MAUGHAM

Sexe (faible)

Appeler les femmes le sexe faible est une diffamation.

GANDHI

Sexologie

Au logis ? Au logis ? Pourquoi au logis.

FRANCIS BLANCHE

Shakespeare

« Chexpire »... Quel vilain nom ! On croirait entendre mourir un Auvergnat.

ALPHONSE ALLAIS

Shaw (Bernard)

À une époque où tant d'hommes ne croient à aucun dieu, il est réconfortant de voir comment Bernard Shaw croit en lui-même.

ISRAEL ZWANGILI

On ne connaît pas d'ennemi à M. Shaw. Mais tous ses amis le détestent.

OSCAR WILDE

Poème :

M. Shaw allait
Partir pour la guerre
Quand il apprit que le métier était
Dangereux et pas payé cher.

NICOLAS BENTLEY

Dialogue avec Sarah Bernhardt :
George Bernard Shaw : « Cela vous gênerait-il si je fume ?
Sarah Bernhardt. — Cela ne me gênerait même pas que vous brûliez. »

Sida

Slogan pour une campagne de publicité en faveur des préservatifs :
« Baisons futé. »

JACQUES SEGUELA

Siècle

Je sais trop que nous vivons dans un siècle où l'on ne prend au sérieux que les imbéciles et je vis dans la terreur de ne pas être incompris.

OSCAR WILDE

Il est difficile de se loger à plus de vingt dans un siècle.

HENRI MICHAUX

Sieste

Les Anglais détestent la sieste.

NOËL COWARD

Mon sport favori : la sieste.

YVES MIRANDE

Je ne peux pas rester sans rien faire. Je vais faire la sieste.

YVAN AUDOUARD

Signalisation

Un système longuement étudié mais parfaitement au point pour fournir des indications inutiles aux conducteurs avertis et pour laisser se débrouiller tout seuls ceux qui ne le sont pas.

CHESTER ANTHONY

Silence

Le silence n'a jamais trahi personne.

RIVAROL

Le silence est une des formes les plus perfectionnées de l'art de la conversation.

WILLIAM HAZLITT

Au silence qui suivit, je conclus que L... avait fait une plaisanterie.

RICHARD SHERIDAN

Le silence est devenu sa langue maternelle.

OLIVER GOLDSMITH

Une femme peut tout faire : penser, parler, chanter, se taire quelquefois.

SACHA GUITRY

Le silence de l'auditoire signifie que tout le monde est d'accord. Ou alors que personne n'écoute.

FRANKLIN P. JONES

Il avait à l'occasion de longs moments de silence qui rendaient sa conversation tout à fait délicieuse.

SYDNEY SMITH

Le silence est une des choses les plus difficiles à réfuter.

JOSH BILLINGS

Les mensonges les plus cruels sont souvent faits en silence.

ROBERT LOUIS STEVENSON

Sincère

C'est dangereux d'être sincère à moins d'être aussi stupide.

GEORGE BERNARD SHAW

Une femme qui n'est pas sincère ressemble rudement à une femme qui l'est vraiment.

TRISTAN BERNARD

Vous pouvez être sincère et rester quand même stupide.

CHARLES FETTERING

Sincérité

À réfléchir aux lettres que j'écris, je me demande quelle valeur de sincérité on a le droit de trouver à la correspondance des grands hommes.

JULES RENARD

Une petite sincérité est une chose dangereuse et une grande sincérité est absolument fatale.

IRÈNE PETER

Singe

Poème :

Lorsqu'à la cave, sa main serve
Porte la viande de conserve
On peut, sans fouler la méninge
Dire : l'homme descend du singe

GUILLAUME APOLLINAIRE

Si les singes avaient le talent des perroquets, on pourrait en faire des ministres.

CHAMFORT

À un insolent qui l'avait traité de nègre :
« Oui, Monsieur, mon père était mulâtre, mon grand-père, nègre, mon arrière-grand-père était singe. Ma génération commence où la vôtre finit. »

ALEXANDRE DUMAS

On dirait que le singe n'a été fait que pour humilier l'homme et lui rappeler qu'entre lui et les animaux, il n'y a que des nuances.

JEAN-BAPTISTE SAY

Singe : homme qui n'a pas réussi.

JULES RENARD

Le singe le plus parfait de l'univers ne peut pas dessiner un singe ; seul l'homme le peut, mais il n'y a que l'homme également qui tienne cela pour un privilège.

LICHTENBERG

Singulier

Il est singulier de songer qu'amour n'est féminin qu'au pluriel.

ALBERT WILLEMETZ

Sion
Le mouvement sioniste, c'est un Juif qui veut en envoyer un autre en Israël.

WINSTON CHURCHILL

Sirène
La sirène est une femme qui ne tient pas debout.

BERNARD DIMEY

Situation
Un personnage qui entre par la porte, ce n'est rien. S'il entre par la fenêtre, c'est une situation.

BILLY WILDER

Slip
Il était si petit qu'il portait des revers à ses slips.

JERRY LEWIS

Slogan
Le slogan est une maladie de la formule.

LÉON-PAUL FARGUE

Snob
C'était un moustique snob. Il ne buvait que du sang bleu.

JEAN CAZALET

Le vrai snob est celui qui craint d'avouer qu'il s'ennuie quand il s'ennuie et qu'il s'amuse quand il s'amuse.

PAUL VALÉRY

Le snob a ceci de particulier qu'il se rencontre partout et qu'il ne se reconnaît nulle part.

PIERRE DANINOS

Socialiste

Les socialistes sont comme Christophe Colomb. Ils partent sans savoir où ils vont. Quand ils arrivent, ils ne savent pas où ils sont. Tout ça avec l'argent des autres.

WINSTON CHURCHILL

Société

Les gens du monde ne sont pas plus tôt attroupés qu'ils se croient en société.

CHAMFORT

Ôtez l'homme de la société, vous l'isolez.

HENRI MONNIER

Sodomiser

Qui veut sodomiser son père l'appelle maman.

FRANÇOIS CAVANNA

Sœurs

Deux valent mieux qu'une : celui qui a écrit cela ne connaissait pas mes sœurs.

SAMUEL BUTLER

Soif

Dialogue :
« Vous avez souvent soif ?
— Je ne laisse jamais les choses aller jusque-là. »

W. C. FIELDS

Il versait à boire à sa voisine toutes les fois qu'il avait soif.

TRISTAN BERNARD

Soissons

« Fais gaffe au vase de Soissons, il est consigné » — Josette Clovis.

PIERRE DESPROGES

Soixante-dix

J'ai soixante-dix ans ; ce n'est pas mal pour un homme de mon âge.

SACHA GUITRY

Soixante-neuf

Premier jour de ma soixante-neuvième année. Un chiffre bien agréable en amour. Fichue affaire pour l'âge.

PAUL LÉAUTAUD

Soldat

Si l'administration militaire était bien faite, il n'y aurait pas de soldat inconnu.

LOUIS JOUVET

Quant à ces féroces soldats, je le dis, ce n'est pas pour cafter, mais y font rien qu'à mugir dans nos campagnes.

PIERRE DESPROGES

Soleil

La vieillesse, c'est le soleil qui se couche mais qui se couche tout seul.

ALBERT WILLEMETZ

Solitude

Si vous craignez la solitude, ne vous mariez pas.

ANTON TCHEKHOV

Dans la Genèse, il est dit que ce n'est pas bon pour un homme d'être seul, mais quelquefois c'est reposant.

JOHN BARRYMORE

Même dans la pire des solitudes, on trouvera toujours un ami pour vous dire des choses désagréables.

LYTTON

Somme

La seule véritable bête de somme, c'est la mouche tsé-tsé.

PIERRE DAC

Sommeil

Quand je suis en chaire, j'ai plaisir à voir l'auditoire me témoigner son approbation par son sommeil.

SYDNEY SMITH

Son sommeil était de loin ce qu'elle avait de plus profond.

SACHA GUITRY

Songe

L'homme descend du songe.

ANTOINE BLONDIN

Sorel (Cécile)

Et rose, elle a vécu ce que vivent les roses
Quand elles sont en fer forgé

JEAN RIEUX

Sot

Nous avons du mal à croire que les pensées des autres sont aussi sottes que les nôtres, mais c'est probablement le cas.

JAMES HARVEY ROBINSON

Si les sots pouvaient se faire une idée des souffrances qu'ils nous font endurer, ils se tairaient.

ALBERT HUSSON

Sottise

Si cinquante millions de gens disent une sottise, ça n'en reste pas moins une sottise.

ANATOLE FRANCE

La sottise pousse sans qu'on l'arrose.

JULES RENARD

Un tableau dans un musée entend plus de sottises que n'importe qui ou n'importe quoi n'importe où.

EDMOND DE GONCOURT

Souci

L'honnêteté des femmes naît souvent du souci de leur réputation et de leur repos.

LA ROCHEFOUCAULD

Souhait

Le seul moment de sa vie où une femme souhaite avoir un an de plus, c'est quand elle est enceinte.

MARY MARSH

Soulier

Qui attend les souliers d'un mort risque de marcher longtemps nu-pieds.

SHAKESPEARE

Soupe

Les femmes, c'est comme la soupe : il ne faut pas les laisser refroidir.

JEAN ANOUILH

Sourd

À propos de Chateaubriand :
« Il croit qu'il devient sourd parce qu'il n'entend plus parler de lui. »

TALLEYRAND

J'entends bien que je pourrais devenir sourd, je sens bien que je pourrais perdre l'odorat, mais je ne me vois pas devenir aveugle.

GABRIEL DE LAUTREC

Il est sourd de l'oreille gauche. Il n'entend pas du côté du cœur.

JULES RENARD

Poème :

Soldats tombés à Fontenoy :
Sachez que vous n'êtes pas tombés
Dans l'oreille d'un sourd.

JACQUES PRÉVERT

Ce qu'on lui dit par une oreille, ressort par la même.

GASTON BONHEUR

Au royaume des sourds, les aveugles sont muets.

JACQUES STERNBERG

C'est très reposant d'être sourd. On ne vous dit que l'essentiel.

SACHA GUITRY

Le silence était si absolu que je me croyais sourd.

JULES RENARD

Il m'est arrivé de prêter l'oreille à un sourd. Il n'entendait pas mieux.

RAYMOND DEVOS

Soutane

Si tu ne digères pas la soutane, ne bouffe pas du curé.

ALEXANDRE VIALATTE

Souvenir

Cacher son âge, c'est supprimer ses souvenirs.

ARLETTY

Spécialiste

Un spécialiste, c'est quelqu'un qui sait tout sur quelque chose et rien sur tout le reste.

AMBROSE BIERCE

Spécialité

Nous autres, Français, nous avons la spécialité de ne réussir que ce que nous n'entreprenons pas.

SAN-ANTONIO

Ma spécialité est d'avoir raison quand les autres ont tort.

GEORGE BERNARD SHAW

Spéculer

Il y a deux moments dans la vie d'un homme où il ne doit spéculer à aucun prix : quand il n'en a pas les moyens et quand il les a.

MARK TWAIN

Speech

Je suis toujours émerveillé par la capacité extraordinaire des Américains pour écouter les speechs.

ADLAÏ STEVENSON

Les Spartiates, les stoïciens, les héros, les saints et les dieux font des speechs courts.

RALPH WALDO EMERSON

Un speech est une grave responsabilité. Celui qui fait un mauvais speech d'une demi-heure devant deux cents personnes ne perd qu'une demi-heure de son temps. Mais il fait perdre cent heures du temps de son auditoire. Ce qui fait plus de quatre journées et devrait valoir à son auteur d'être pendu.

LLOYD JONES

Un speech, c'est comme un adultère. N'importe quel imbécile peut le commencer. Le finir exige une autre habileté.

GEORGE BERNARD SHAW

Spermatozoïde

Le spermatozoïde est le bandit à l'état pur.

CIORAN

Sperme

Dans la campagne de lutte contre le Sida :
« Il ne faudrait pas que celui qui vient de donner son sperme s'en lave les mains. »

CHRISTINE BOUTIN
(député U.D.F.)

Spirale

L'aspirant habite Javel et moi j'ai la bite en spirale.

MARCEL DUCHAMP

Spiritualité

C'est au cours d'un dîner copieux que la spiritualité de l'homme se manifeste avec le plus d'évidence.

SOMERSET MAUGHAM

Sport

Le seul sport de plein air que j'aie jamais pratiqué est le jeu de dominos. J'ai parfois fait une partie à la terrasse d'un café.

OSCAR WILDE

Si les Anglais ont inventé beaucoup de sports, c'est que, dès qu'ils se sentent dépassés dans l'un d'eux par une nation étrangère, ils en inventent un autre.

PETER USTINOV

Squash

Si le squash n'existait pas, les cardiologues auraient à l'inventer.

SAM SNEAD

Staline

Avec Staline, quand on avait dix à partager, il disait : « Bien. On ne parle pas des cinq qui sont à moi. Qu'est-ce qu'on fait avec les cinq vôtres ? »

WINSTON CHURCHILL

Star

La carrière d'une star commence quand elle ne peut pas entrer dans son soutien-gorge et finit quand elle ne peut plus entrer dans sa jupe.

ORSON WELLES

Une star, c'est quelqu'un qui travaille dur pour être connu et qui, ensuite, porte des lunettes noires pour qu'on ne le reconnaisse pas.

FRED ALLEN

Starlette

Dialogue avec une starlette :

« J'ai couché avec le producteur. J'ai couché avec le metteur en scène. J'ai couché avec la vedette. J'ai

couché avec le chef de publicité. Et je n'ai même pas mon nom sur l'affiche.
— Tu as oublié l'imprimeur. »

MARCEL PAGNOL

Statistique

La mort d'un homme est une tragédie. La mort d'un million d'hommes est une statistique.

STALINE

J'ai toujours trouvé les statistiques difficiles à avaler et impossibles à digérer. La seule chose dont je me souviens quand même, c'est que si on allongeait bout à bout tous les gens qui vont dormir à la messe le dimanche, ce serait quand même plus confortable pour eux.

MRS. ROBERT TAFT

Les faits sont têtus. Il est plus facile de s'arranger avec les statistiques.

MARK TWAIN

La statistique est la première des sciences inexactes.

EDMOND ET JULES DE GONCOURT

Il y a trois sortes de mensonges : les gros mensonges, les mensonges sacrés et les statistiques.

DISRAELI

Dans une usine, les cent ouvriers sont servis par dix femmes. L'un d'eux épouse un jour l'une des serveuses. Ce qui donne la statistique suivante : 1 % des ouvriers épouse 10 % des femmes.

ANONYME

Dans les situations critiques, quand on parle avec un calibre bien en pogne, personne ne conteste plus. Y a des statistiques là-dessus.

MICHEL AUDIARD

La raison d'être des statistiques, c'est de vous donner raison.

ABE BURROW

Stradivarius

Il mettait de l'âme dans tout ce qu'il faisait.

ROBERT SCIPION

Stratégie

La stratégie consiste à continuer de tirer pour faire croire à l'ennemi qu'on a encore des munitions.

MICHEL CHRESTIEN

Stupide

Né stupide, il avait considérablement développé ses dons naturels.

SAMUEL BUTLER

Style

Il soigne son style mais il ne le guérit pas.

BERNARD GRASSET

Subconscient

C'était une âme simple qui n'avait jamais été présentée à son subconscient.

WARWICK DEEPING

Subjonctif

Encore eût-il phallus que je la conasse pour que je la susse !

MAURICE ROCHE

Succès

La route du succès est encombrée de femmes poussant leurs maris devant elles.

THOMAS DEWAR

Le succès est un poison qui doit être pris tard, dans la vie, et même alors, seulement par petites doses.

OSCAR WILDE

Le succès des autres me gêne mais beaucoup moins que s'il était mérité.

JULES RENARD

C'est un homme aigri par le succès.

JULES RENARD

Le succès est impardonnable pour les autres.

AMBROSE BIERCE

Sueur

Je dois manger à la sueur de mon front, mais quand je sue, je n'ai jamais faim, j'ai soif.

FRANCIS PICABIA

Suffisant

Il est à la fois suffisant et insuffisant.

TALLEYRAND

Suggestion

Elle dit qu'il lui avait proposé, la nuit de leurs noces, quelque chose que même son propre frère n'aurait jamais suggéré.

JAMES THURBER

Suicide

Le suicide est une lâcheté. C'est un duel avec un adversaire désarmé.

ALFRED CAPUS

Suisse

Les Suisses ont su construire un très beau pays autour de leurs hôtels.

GEORGE MIKES

Les femmes suisses se retrouvent après le dîner dans une pâtisserie où elles mangent quatre glaces aux parfums variés, trois parts confortables d'un gâteau au chocolat, bien épais, couvert de crème fraîche et des fruits confits tout en bavardant gaiement et s'étonnent qu'en général les Anglaises semblent plus minces que les femmes suisses.

GEORGE MIKES

C'est parce que les produits de leur pays — la neige, le chocolat — fondent que les Suisses ont inventé, pour le vendre aux touristes, le coucou.

JEAN CAZALET

Sans argent, pas de Suisses. Pas de Suissesse non plus.

ANATOLE FRANCE

Les Suisses, s'ils avaient fait eux-mêmes leur pays, ils l'auraient fait moins haut.

CARL SPITTELER

En Italie, pendant trente ans sous les Borgia, il y a eu la guerre, la terreur, des meurtres sanglants. Cela a donné Michel-Ange, Léonard de Vinci, la Renaissance. En Suisse ils ont eu cinq siècles de paix. Et ça a donné quoi : le coucou.

GRAHAM GREENE
(Le Troisième Homme)

Au Tour de France :
« Un comble : des Suisses ont lutté contre la montre. »

ALEXANDRE BREFFORT

Suissesse

Suissesses. Je suis épouvanté par la quantité de *s* absorbés par ce simple mot.

ALPHONSE ALLAIS

Suivi

La seule façon d'être suivi, c'est de courir plus vite que les autres.

FRANCIS PICABIA

Sujet

La femme est un sujet dont on n'a pas fini de faire le tour.

HENRI JEANSON

On reproche aux gens de parler d'eux-mêmes, c'est pourtant le sujet qu'ils traitent le mieux.

ANATOLE FRANCE

Superflu

Le superflu, cette chose si nécessaire.

VOLTAIRE

Supérieur

Mes supérieurs sont des incapables, mes subordonnés des arrivistes.

ABE BURROW

Rien ne renforce plus l'amitié entre deux hommes que lorsque chacun des deux considère qu'il est supérieur à l'autre.

HONORÉ DE BALZAC

Supérieure

Je conviendrais bien volontiers que les femmes nous sont supérieures si cela pouvait les dissuader de se prétendre nos égales.

SACHA GUITRY

Superstitieux

Les gens superstitieux vous recommandent instamment de ne jamais passer sous une échelle, mais ils ne vous empêchent pas de passer sous un taxi.

PIERRE DAC

Superstition

La superstition, c'est l'art de se mettre en règle avec les coïncidences.

JEAN COCTEAU

Voyez-vous. Tolstoï, comme moi-même, n'a jamais cru à des superstitions comme la science ou la médecine.

GEORGE BERNARD SHAW

Sûreté

Fille de prudence dont on extrait des serrures, des épingles et des soupapes.

LÉO CAMPION

Surpris

À sa femme qui l'ayant trouvé couché avec sa maîtresse lui avait dit « Monsieur, vous me surprenez » : « Non, c'est nous qui sommes surpris. Vous, vous êtes étonnée. »

LITTRÉ

Survie

De nos jours, on survit à tout sauf à la mort.

OSCAR WILDE

Symbole

L'idée d'être un symbole me déplaît, mais si je dois être le symbole de quelque chose je préfère que ce soit du sexe.

MARILYN MONROE

Sympathie

Tout le monde peut sympathiser avec les malheurs de ses amis. Il faut une nature vraiment exceptionnelle pour sympathiser avec leurs succès.

OSCAR WILDE

Syndicaliste

Bouffe du singe pour défendre son bifteck.

ROBERT SCIPION

Tabac

Article 1er : Le tabac est un poison.
Article 2 : Tant pis.

SACHA GUITRY

Vous avez parfaitement le droit de dire à un fumeur qu'il fume trop s'il fume votre tabac.

SACHA GUITRY

Table

Au banquet réunissant les 23 000 maires de France, le 22 septembre 1900 aux Tuileries :
« Le triste, quand on est vingt-trois mille à table, c'est qu'il y en a un qui meurt dans l'année. »

ALFRED CAPUS

Argent sous la table : denier occulte.

GASTON BONHEUR

Tableau

Représentation en deux dimensions d'une chose très ennuyeuse en trois.

AMBROSE BIERCE

Tâcheron

C'est en tâchant qu'on devient tâcheron.

JACQUES STERNBERG

Tact

La vérité ou le tact ? Il faut choisir. La plupart du temps les deux sont incompatibles.

EDDIE CANTOR

Avoir du tact, c'est être capable de dire à quelqu'un qu'il a l'esprit ouvert quand il a un trou dans la tête.

F. H. KERNAN

Le tact dans l'audace, c'est de savoir jusqu'où on peut aller trop loin.

JEAN COCTEAU

Un monsieur entre par inadvertance dans une salle de bains où une dame fait sa toilette. S'il en ressort en disant « Pardon, Madame », c'est de la politesse. S'il dit « Pardon, Monsieur », c'est du tact.

JEAN NOHAIN

Talent

Il m'a fallu quinze ans pour découvrir que je n'avais aucun talent. Mais j'ai dû continuer à écrire parce qu'alors j'étais trop célèbre.

ROBERT BENCHLEY

Le talent est comme un robinet. Quand il est ouvert, on peut écrire. L'inspiration est une farce que les poètes ont inventée pour se donner de l'importance.

JEAN ANOUILH

Le talent c'est comme l'argent. Il n'est pas nécessaire d'en avoir pour en parler.

JULES RENARD

Il ne suffit pas d'avoir du talent. Il faut encore savoir s'en servir.

ALPHONSE ALLAIS

On finit par ne plus voir le talent d'une mauvaise âme.

ARLETTY

Talleyrand

Il boitait. Une dame qui louchait lui demande :
« Comment allez-vous ?
— Comme vous voyez. »

Talon

Les talons hauts ont été inventés par une femme qu'on embrassait toujours sur le front.

MARCEL ACHARD

Tambour

Dès que la guerre est déclarée, impossible de tenir les poètes. La rime est le meilleur tambour.

JEAN GIRAUDOUX

Tango

On ne voit que des figures qui s'ennuient et des derrières qui s'amusent.

CLEMENCEAU

Tank

Ce tank avait beaucoup de défauts de construction. Il a été très difficile à mettre au point. Quand on s'en est aperçu, on l'a baptisé le Churchill.

WINSTON CHURCHILL

Tanneur

Ce qui est essentiel dans le métier de tanneur, c'est de savoir employer son tan.

ROLAND BACRI

Tapeur

Il arrive toujours un moment où le tapeur arrive à se persuader qu'en empruntant une somme d'argent à son ami, au bout du compte, il lui a plutôt rendu service. À partir de là, c'est décidé ! Il ne lui rendra pas son argent.

JEAN CAZALET

Dialogue :
« Pouvez-vous me prêter cinq cents francs ?
— Si vous voulez que nous restions amis, ne me parlez plus jamais comme ça. »

PHILIPPE DE BALEINE

Le dilemme du tapeur :
« De deux choses l'une : ou X... ne se rappelle plus m'avoir prêté de l'argent, ou il croit que je ne me rappelle plus lui en avoir emprunté et dans un cas comme dans l'autre, je ne paierai pas ce que je dois. »

GEORGES COURTELINE

Je suis un tapeur. On le sait et on en profite.

LÉON BLOY

Tarascon

En France tout le monde est un peu de Tarascon.

ALPHONSE DAUDET

Tartine

Un philosophe est quelqu'un qui dit qu'il ne se soucie pas de quel côté il a beurré sa tartine parce qu'il l'a beurrée des deux côtés.

WILLIAM JAMES

Tasmanie

Vous savez, bien entendu, que les Tasmaniens, qui ne pratiquaient jamais l'adultère, sont aujourd'hui une race éteinte.

SOMERSET MAUGHAM

Taxi

Les conducteurs de taxi parfois se mettent en grève. Ce sont des moments difficiles où l'on n'en trouve pas. Comme d'habitude.

ALAIN SCHIFRES

Le taxi est comme le prêt bancaire. Très difficile à trouver quand on en a besoin.

JOSÉ ARTUR

Un taxi vide s'arrête devant le 10 Downing Street. M. Attlee en descend.

WINSTON CHURCHILL

Lève son drapeau en signe de liberté.

TRISTAN BERNARD

Ne courez jamais après une femme ou un taxi. Il en passera d'autres.

PAUL REBOUX

Taylor (Liz)

La petite sœur des riches.

ORSON WELLES

Technicien

J'appelle techniciens ceux qui se trompent selon les règles.

PAUL VALÉRY

Téléphone

Quand un ami, en votre absence, vous a demandé au téléphone en insistant pour être rappelé, soyez sûr qu'il s'agit d'une affaire plus importante pour lui que pour vous.

SOMERSET MAUGHAM

Pendant trois jours après la mort, les cheveux et les ongles continuent de pousser mais les appels téléphoniques se font rares.

JOHNNY CARSON

Si j'ai demandé un faux numéro, pourquoi répondez-vous ?

JAMES THURBER

Monsieur, vous avez fait un faux numéro, mais je vous passe ma femme. Elle se fera un plaisir de vous faire la conversation.

CHON DAY

Au Paradis, quand les élus se servent du téléphone céleste, ils disent ce qu'ils ont à dire et rien de plus.

SOMERSET MAUGHAM

Le meilleur moyen de n'être pas dérangé au téléphone, c'est d'être en dérangement.

FERNAND RAYNAUD

Télévision

Depuis que nous avons la télévision à la maison, nous prenons nos repas tous du même côté de la table, comme dans la Cène de Léonard de Vinci.

MARCEL PAGNOL

Je trouve que la télévision est très favorable à la culture. Chaque fois que quelqu'un l'allume chez moi, je vais dans la pièce à côté et je lis.

GROUCHO MARX

Hier soir je dis à ma femme : « Ruth, crois-tu que la passion et le sexe, ce soit fini entre nous ? » Elle me répond : « On discutera de ça après la pub. »

MILTON BERLE

La télévision n'est pas faite pour être regardée mais pour qu'on y passe.

NOËL COWARD

Est-ce que vous réalisez que, sans Edison, nous regarderions la télé à la lueur des bougies ?

AL BALISKA

Tell

Guillaume Tell est à bon droit considéré comme un héros de l'humanité, mais que penserait-on d'un club de pères de famille qui se réuniraient deux fois par semaine pour tirer à l'arbalète sur une pomme placée sur la tête de leur fils ?

JEROME K. JEROME

Téméraire

Insensible à la valeur de nos conseils.

AMBROSE BIERCE

Tempérament

Quand on a du tempérament et qu'on n'a pas un cocu sous la main, on ne rigole pas tous les jours.

LOUIS-FERDINAND CÉLINE

Temple

L'homme est comme un temple. Quand la colonne est brisée, les femmes n'y portent plus leurs dévotions.

JULES RENARD

Temps

Le temps est un gaspillage d'argent.

OSCAR WILDE

Mon père aurait aujourd'hui cent cinq ans. Ma mère cent un ans. Louis XIV trois cents ans. Comme le temps passe !

TRISTAN BERNARD
(en 1948)

Notre temps est précieux. Perdons plutôt le vôtre.

BORIS VIAN

Temps (perdu)

Le temps perdu ne se rattrape jamais. Alors, continuons à ne rien faire.

JULES RENARD

Tendre

Il y a des femmes qui, plus elles vieillissent, plus elles deviennent tendres. Il y a aussi les faisans.

PAUL-JEAN TOULET

Ténia

Un pauvre parle d'un riche comblé :
« Je voudrais être son ver solitaire. »

ETTORE SCOLA

Tentation

Aucun souvenir dans notre mémoire ne nous laisse moins de satisfaction qu'une tentation à laquelle nous avons résisté.

JAMES BRANCH CABELL

Je résiste à tout, sauf à la tentation.

OSCAR WILDE

Hâtez-vous de céder à la tentation avant qu'elle ne vous passe.

ÉDOUARD HERRIOT

Tentative

Dans toutes les tentatives faites jusqu'à nous pour nous prouver que 2 + 2 = 4, il n'a jamais été tenu compte de la vitesse du vent.

RAYMOND QUENEAU

Terme

Tout a un terme en ce bas monde excepté le loyer qui en a quatre.

CHARLES MONSELET

Terminé

Un homme amoureux n'est pas tout à fait complet aussi longtemps qu'il n'est pas marié. Après il est terminé.

ZSA-ZSA GABOR

Testament

Un rentier mourant dicta son testament : « Je n'ai rien. Je dois beaucoup. Je lègue le reste aux pauvres. »

OSCAR WILDE

Tête

Une tête ailée vaut mieux qu'un cœur avec des testicules.

LICHTENBERG

On fait grand bruit à propos de cet homme à deux têtes. Après tout, ça ne lui fait jamais qu'une tête de plus que moi.

JACQUES PRÉVERT

Ce qui me perd moi, c'est qu'à ce moment-là, je n'ai plus ma tête à moi. Quand je la retrouve tout est terminé.

HENRI JEANSON

Je pouvais partir la tête haute. Personne ne me devait rien.

FERNAND RAYNAUD

Tête d'œuf

Situation intenable : être un jaune dans une grève de « têtes d'œufs ».

ADLAÏ STEVENSON

Texas

Ne demandez jamais à un Américain s'il est texan. S'il l'est, il vous le dira. S'il ne l'est pas, pourquoi lui faire de la peine ?

O'HENRY

Théâtre

Début d'une conférence sur le théâtre :
« Le théâtre va mal. Euripide est mort. Shakespeare est mort. Molière est mort. Et moi je ne me sens pas très bien. »

GEORGE BERNARD SHAW

Les lois du succès au théâtre tiennent en deux articles. Article premier : elles n'ont pas changé depuis deux mille ans. Article deux : personne ne les connaît.

GEORGE BERNARD SHAW

Ma pièce (un échec) se joue devant des salles à peu près vides au théâtre Sahara Bernhardt.

TRISTAN BERNARD

Chaque soir pendant les représentations d'une pièce de théâtre, c'est sur la même réplique que les spectateurs enrhumés se mettent à se moucher. C'est le moment où la pièce faiblit.

MARCEL PAGNOL

Le vrai théâtre — pour ma concierge — c'est une reine qui a des malheurs.

MARCEL ACHARD

Le théâtre est l'endroit où on s'embrasse le plus et où on s'aime le moins.

JEAN LE POULAIN

Il y a cinquante façons pour un architecte de construire un théâtre. À partir du moment où il est entendu que l'important est d'empêcher les spectateurs de voir ce qui se passe sur la scène, toutes les fantaisies sont permises.

DELFEIL DE TON

Je connais des animateurs de théâtre d'avant-garde, à ce point soucieux de montrer que ne les inspire aucun souci commercial qu'ils rêvent de monter des spectacles sur lesquels on ne lèverait jamais le rideau. Et peut-être ça vaudrait mieux.

JEAN LE POULAIN

Il faut beaucoup de courage moral pour partir ostensiblement au milieu du second acte quand on n'a commandé sa voiture que pour minuit.

HECTOR SAKI

Théâtre du peuple ! Quelle bêtise ! Appelez-le donc théâtre des aristocrates et le peuple ira.

JULES RENARD

Théorie

Avant de me marier, j'avais six théories sur la façon d'élever un enfant, maintenant, j'ai six enfants et plus aucune théorie.

JOHN WILMOT

Thérapeutique

Ma méthode est la même que celle de Masters et Johnson[1]. Sauf qu'eux, ils prennent des millions et on appelle ça de la thérapeutique. Moi, je prends cinquante dollars et on appelle ça de la prostitution.

XAVIERA HOLLANDER

Thésée

La critique est Thésée et l'Art, c'est Hippolyte.

MAURICE DONNAY

Tiens

Un tiens vaut mieux que deux « tu l'as eu ».

JACQUES AUDIBERTI

Tiers

Dialogue :

« Dans un verre, il n'y a que trois tiers.

— Ça dépend de la grandeur des tiers. »

MARCEL PAGNOL

(Marius)

Tiers Monde

À propos d'un ministre très en cour :

« Un tiers mondiste et deux tiers mondain. »

RÉGIS DEBRAY

Tigre

La tigresse est la mère de tous les tigres.

CHAVAL

Un homme tue un tigre, c'est du sport. Un tigre tue un homme, c'est de la férocité.

GEORGE BERNARD SHAW

---

1. Sexologues célèbres aux États-Unis.

Titre

Je suis pour les titres longs. Si *À la recherche du temps perdu* s'était appelé simplement *Albertine*, ce serait moins bon.

MICHEL AUDIARD

Il est toujours avantageux de porter un titre nobiliaire. Être de quelque chose, ça pose un homme comme être de garenne pose un lapin.

ALPHONSE ALLAIS

Tolérance

C'est quand on connaît des cons et qu'on ne dit pas les noms.

PIERRE DORIS

Je ne tolère pas les intolérants.

LAURENCE J. PETER

Il y a des gens qui, à propos de certains problèmes, font preuve d'une grande tolérance. C'est souvent parce qu'ils s'en foutent.

MARK TWAIN

La tolérance, il y a des maisons pour ça.

PAUL CLAUDEL

Tolérant

L'esprit de Steve était si tolérant qu'il pouvait assister à un lynchage tous les jours sans jamais critiquer personne.

THORNE SMITH

L'ennui quand on est tolérant, c'est que les gens pensent qu'on ne comprend rien au problème.

MERLE MEACHAM

Tolérer

S'il fallait tolérer aux autres ce qu'on permet à soi-même, la vie ne serait plus tenable.

GEORGES COURTELINE

Tombe

Dialogue :
« Que voudriez-vous faire graver sur votre pierre tombale ?
— Je reviens dans cinq minutes. »

EDDIE BRABEN

Tombeau

La campagne, c'est un tombeau qui est bon pour la santé.

SYDNEY SMITH

Tombola

La tombola, c'est l'opium des pauvres.

HONORÉ DE BALZAC

Le mariage est une tombola où, si vous perdez, vous ne pouvez plus jeter votre ticket.

HELEN ROWLAND

Tondre

La société se compose de deux sortes de gens : ceux qui tondent les autres et ceux qui sont tondus. Nous devons être toujours du côté des premiers contre les seconds.

TALLEYRAND

Torchon

Être torchon, c'est ne pas se mélanger avec les serviettes.

JEAN COCTEAU

Tortue

Une tortue mérite plus d'estime que certains réactionnaires conservateurs. Elle au moins, elle marche.

COMMERSON

Tôt

Le duc de Guise fut assassiné à cinq heures du matin ; vraiment pas la peine de se lever si tôt.

RAYMOND QUENEAU

Tôt au lit et tôt levé font un mâle robuste, riche et fort.

JAMES THURBER

Total

Je ne connais qu'un cas d'amour total : celui qu'on se porte à soi-même.

MARK TWAIN

Toulouse-Lautrec

Poème :

Ah, je comprends que l'on jalouse
En barman, ton profil grec
Extraordinaire Toulouse
Lautrec

ROMAIN COOLUS

Tourisme

Le tourisme est l'industrie qui consiste à transporter des gens qui seraient mieux chez eux, dans des endroits qui seraient mieux sans eux.

JEAN MISTLER

Touriste

Le touriste est un vagabond qui a de l'argent.

MICHEL CHRESTIEN

Un touriste, c'est quelqu'un qui parcourt des milliers de kilomètres pour se faire photographier devant sa voiture.

ÉMILE GANEST

Les indigènes qui tapent sur des tambours pour écarter de leur route les esprits malveillants sont la risée des riches touristes américains qui appuient sur leurs klaxons pour écarter de leur route les autres voitures.

MARY ELLEN KELLY

Tout

Tout arrive à qui sait attendre. La mort, par exemple.

BRADLEY

Tout est dans tout et réciproquement.

ALFRED CAPUS

Tout s'arrange mais mal.

ALFRED CAPUS

Pourquoi certains n'auraient pas tout ? Il y en a qui n'ont rien. Ça fait équilibre.

MICHEL AUDIARD

Tout de suite

L'Amour, c'est quand on n'a pas tout de suite ce qu'on désire.

ALFRED CAPUS

Trac

À une comédienne débutante :

« Vous n'avez jamais le trac ? Attendez d'avoir du talent. »

MADAME SIMONE

Tradition

Les traditions ? C'est comme ça qu'on appelle les manies dès qu'il s'agit de fêtes militaires ou religieuses.

MICHEL AUDIARD

Traditionaliste

Les traditionalistes sont pessimistes pour l'avenir et optimistes pour le passé.

LEWIS MUMFORD

Trafalgar

Les Anglais sont bizarres. Alors que nous donnons à nos rues et à nos places des noms de victoires : rue de Rivoli, place d'Iéna, eux donnent aux leurs des noms de défaites : Trafalgar Square, Waterloo Place...

ALPHONSE ALLAIS

Tragédie

La collaboration du glaive et du rasoir.

MIGUEL ZAMACOÏS

Les tragédies des autres sont toujours d'une banalité désespérante.

OSCAR WILDE

Tragédie (en vers)

Dire que les Romains entendaient parler comme ça du matin au soir.

HENRI MONNIER

Trahir

D'un arriviste :
« Il trahit tout, même son impatience. »

PIERRE VEBER

On ne trahit bien que ceux qu'on aime.

MAURICE SACHS

Ils trahissent leur inquiétude, faute de mieux.

COLUCHE

Train

Le meilleur moyen d'attraper un train, c'est de rater le précédent.

GILBERT K. CHESTERTON

Je n'ai jamais eu la chance de manquer un train auquel il soit arrivé un accident.

JULES RENARD

Trait

Je rassemble en moi les principaux traits de tous les grands hommes. Comme Montaigne je suis nul en calcul. Comme Cervantès j'oublie toujours de reboutonner ma braguette et comme Leibnitz je m'endors sur ma chaise à la fin des repas.

LICHTENBERG

Traître

Un de ses amis avait éreinté une de ses pièces :
« Cela est fait de main de traître. »

ALFRED CAPUS

Tranche

Si vous pouvez vous en payer une tranche, n'hésitez pas. C'est l'achat le plus rentable que vous puissiez faire.

ALEXANDRE BREFFORT

Tranquillisant

Parole de médecin :

« Madame, votre mari a besoin de repos. J'ai porté sur l'ordonnance un tranquillisant. Vous en prendrez quatre comprimés par jour. »

GEORGE BERNARD SHAW

Transistor

Quand j'entends le mot culture, je sors mon transistor.

JEAN YANNE

Transport

Dans les transports en commun, en Amérique, il y a deux classes : la première classe et avec les enfants.

ROBERT BENCHLEY

Travail

J'ai tellement besoin de temps pour ne rien faire qu'il ne m'en reste plus pour travailler.

PIERRE REVERDY

Si l'on veut gagner sa vie, il faut travailler. Si l'on veut devenir riche, il faut trouver autre chose.

ALPHONSE KARR

Le travail, c'est le refuge des gens qui n'ont rien de mieux à faire.

OSCAR WILDE

Les moralistes qui vantent le travail me font penser à ces badauds qui ont été attrapés dans une baraque de foire et qui tâchent tout de même d'y faire entrer les autres.

JULES RENARD

Le travail n'est pas fait pour l'homme et la preuve, c'est que ça le fatigue.

VOLTAIRE

Processus grâce auquel A acquiert des biens pour B.

AMBROSE BIERCE

J'adore le travail. Je resterais des heures à le contempler. Accumuler du travail est devenu chez moi presque une passion. Mon bureau en est rempli à tel point qu'il n'y a pas de place pour en mettre davantage... Et j'en prends soin. Une partie de celui que j'ai chez moi est en ma possession depuis des années et il n'y a pas, dessus, la moindre tache de doigt.

JEROME K. JEROME

Le travail, c'est bien, mais à la longue fastidieux.

LÉON-PAUL FARGUE

Travailler ! C'est bon pour ceux qui n'ont rien à faire.

HENRI JEANSON

En napolitain, le mot « travailler » n'existe pas. On dit « fatigare ».

ROBERTO ROSSELLINI

Capus travaille. Il n'est plus bon qu'à ça.

ALPHONSE ALLAIS

Traversée

L'Europe se rapproche de l'Amérique d'un centimètre par siècle. Pourtant le prix de la traversée reste le même.

FRANÇOIS CAVANNA

Trébucher

À l'occasion, il trébuche sur la vérité mais il se relève vite et fait comme si rien ne s'était passé.

WINSTON CHURCHILL

Trentaine

Une femme met quarante-cinq ans pour arriver à la trentaine.

OSCAR WILDE

Trente-cinq

Trente-cinq ans est un bon âge. Londres est rempli de femmes qui ont trente-cinq ans depuis des années.

OSCAR WILDE

Triangle

Si les triangles faisaient un Dieu, ils lui donneraient trois côtés.

MONTESQUIEU

Tribun

Vous me demandez quels sont les quatre plus grands tribuns de la politique française ? Laissez-moi chercher les trois autres.

EDGAR FAURE

Tribunal

Intervention du président :
« Si ces messieurs qui causent ne faisaient pas plus de bruit que ces messieurs qui dorment, cela accommoderait ces messieurs qui écoutent. »

CHAMFORT

Un endroit où Jésus-Christ et Judas Iscariote se présenteraient à égalité. Avec peut-être un petit avantage pour Judas.

HENRY L. MENCKEN

Tricher

Quand on a un beau jeu, il ne faut jamais tricher.

OSCAR WILDE

Tricher au jeu sans gagner est d'un sot.

CHAMFORT

Si on ne peut pas tricher entre amis, ce n'est pas la peine de jouer aux cartes.

MARCEL PAGNOL

Tricot

À propos d'un secrétariat d'État à la Condition féminine :

« Et pourquoi pas un ministère du tricot ? »

DE GAULLE

Trinité

« Dieu est un, mais alors la Sainte Trinité ?
— Jamais Dieu sans trois. »

ROLAND BACRI

Triolet (Elsa)

Inspiratrice de l'ouvrage d'Aragon Les Yeux d'Elsa *:*

« Les pupilles de la nation. »

HENRI JEANSON

Triomphe

Un soir de représentation des couturières où une salle d'amis avait acclamé une pièce nouvelle :

« Pourvu que ce triomphe soit un succès. »

MARCEL ACHARD

Tristan Bernard

Il disait : « Je suis né à Besançon dans la même Grande Rue que Victor Hugo, lui au numéro 138, moi plus modestement au 23. »

Assistant à une pièce de théâtre, il dit à l'oreille de l'ami qui l'accompagne :

« La jeune première n'est pas fameuse.
— En effet, mais c'est la petite amie du directeur. »
Alors Tristan :
« Ce n'est pas assez bien expliqué au premier acte. »

Après avoir retiré de la Banque de France les cinq derniers francs qu'il avait à son compte, à la sortie, il s'approche du factionnaire qui monte la garde devant la porte :
« En tout cas, *lui dit-il*, pour moi, vous pouvez partir. »

Dans une rue de Deauville où il se promène avec un ami, il rencontre Jeanne Marnac, qui avait été, au théâtre, une des reines de Paris, qui avait épousé un milliardaire dont elle était la veuve et l'héritière. Jeanne Marnac était accompagnée d'un jeune homme aux yeux de velours à l'accent sud-américain, couvert de bagues et de bijoux.
« C'est mon printemps, *dit-elle à Tristan en lui présentant son ami...*
— En tout cas... *dit Tristan Bernard à son compagnon cinq secondes plus tard.* En tout cas, ce n'est pas son bon marché. »

Obligé de quitter Paris, de se cacher dans le Midi, les difficultés de l'époque et de sa situation personnelle ne lui avaient pas fait perdre son humour. Il dit :
« Les Allemands, on disait "on les aura ! on les aura !". Eh bien ça y est, on les a. » *Ou encore :*
« Comment peut-on être si désœuvré en temps d'occupation ! »

Il dit aussi :
« Je crois devoir vous avertir que je fais, moi aussi, partie de ce peuple qu'on a appelé élu... élu... enfin disons en ballottage. »

À des amis qui lui demandaient quel cadeau d'anniversaire lui ferait plaisir :
« Offrez-moi donc un cache-nez. »

Il dit :
« Époque bizarre. On bloque les comptes et on compte les Bochs. »

Enfin, à sa femme, le jour de son arrestation :
« Nous vivions dans la crainte. Nous allons vivre dans l'espoir. »

Tristan Bernard au cours d'une promenade à la campagne avec son petit-fils lui montre un mouton qui bêle. L'enfant déclare :
« Ce n'est pas ainsi qu'on fait "Bêe". »
Alors Tristan Bernard :
« Toi, mon petit, tu seras critique dramatique. »

Triste

Tout animal est triste après l'amour sauf l'âne et le prêtre.

ERNEST RENAN

Méfiez-vous des gens tristes. Ils ne sont pas sérieux.

PIERRE LAZAREFF

Trois coups

Quand on frappe les trois coups il n'y a plus que des débutants.

LUCIEN GUITRY

Trompé

La Française, trompée, tuera sa rivale. L'Italienne tuerait plutôt son amant. L'Anglaise se contentera de rompre. Mais toutes se consoleront avec un autre homme.

CHARLES BOYER

Personne ne s'est jamais trompé en sous-estimant le goût du public américain.

HENRY L. MENCKEN

Tromper

J'ai trouvé le moyen de tromper les diplomates. Je dis la vérité et ils ne me croient pas.

CAVOUR

Quand je vois tous ces couples fidèles je me dis que tout le monde peut se tromper.

ROLAND BACRI

Quel dommage qu'on ne puisse pas avoir un amant sans tromper son mari.

GEORGES FEYDEAU

On n'est jamais trompé par celles qu'on voudrait.

SACHA GUITRY

Je devrais me marier parce que moi, il faut que je trompe quelqu'un.

SACHA GUITRY

Méfiez-vous des femmes qu'on épouse car celles qui ne vous trompent pas vous le reprochent toute votre vie comme si c'était de votre faute alors que, souvent, c'est de la leur.

SACHA GUITRY

Dialogue :
« Vous trompez votre femme.
— Je ne la trompe pas. Elle le sait. »

MAURICE DONNAY

Il vaut mieux se tromper avec tout le monde que d'être intelligent tout seul.

MARCEL ACHARD

Trompette

Dialogue :
« Une trompette plus une trompette, ça fait quoi ?
— Deux trompettes.
— Non. Ça fait de la musique. »

ROLAND DUBILLARD

Trompeur

Rien n'est aussi trompeur que les faits, si ce n'est les chiffres.

CONNING

Trône

Le roi déteste voir le dauphin assis par terre au pied de son trône.

JEAN CAZALET

Sur le plus beau trône du monde, on n'est jamais assis que sur son cul.

MONTAIGNE

Trop

Plus je vieillis, plus j'écoute les gens qui n'en disent pas trop.

GEORGE BERNARD SHAW

Trou

Le golf donne au raté l'occasion de faire son trou.

ALBERT WILLEMETZ

On ne meurt pas d'un trou à son pantalon, sauf si on est scaphandrier.

TOULOUSE-LAUTREC

Truc

Rencontrant le poète Gonzague Truc, Prévert le présente à sa femme :

« Je te présente M. Truc.
— Excusez mon mari, *dit Madame Prévert*, il n'a pas la mémoire des noms. »

JACQUES PRÉVERT

Truie

La grosse truie ne sait pas pourquoi, en la regardant, la maigre rigole.

LÉO CAMPION

Tsé-tsé (mouche)

Insecte d'Afrique dont la piqûre est généralement considérée comme le remède naturel contre l'insomnie ; certains préfèrent la lecture des romanciers américains.

AMBROSE BIERCE

Une mouche tsé-tsé peut vous empêcher de dormir.

JOSÉ ARTUR

Tu

Tout innocent est présumé tutoyable par les flics tant qu'il n'a pas été relâché avec des excuses.

ALAIN SCHIFRES

Venez dîner dimanche. Au dessert on se tutoiera.

EUGÈNE LABICHE

Être vieux, c'est quand on tutoie tout le monde et que personne ne vous dit « tu ».

MARCEL PAGNOL

Tuer

Tous les hommes tuent ce qu'ils détestent, à moins, bien sûr, que ça ne les tue avant.

JAMES THURBER

Tuer est une faute. Il ne faut jamais rien faire dont on ne puisse parler après le dîner.

OSCAR WILDE

On tue un homme, on est un assassin. On tue des millions d'hommes, on est un conquérant. On les tue tous, on est Dieu.

JEAN ROSTAND

Si quelqu'un vous dit : « Je me tue à vous le répéter », laissez-le mourir.

JACQUES PRÉVERT

Dialogue :
Le procureur. « C'est pourtant ignoble de tuer.
L'avocat. — Oui, mais ça fait vivre tant de monde à commencer par vous et moi. »

SACHA GUITRY
(La Poison)

Turin

Monsieur X... devait se rendre à Turin. C'est pourquoi il dit à sa femme qu'il allait à Bologne et sortit.

GIOVANNI GUARESCHI

Tuyau

À quelqu'un qui lui demandait s'il n'avait pas un tuyau pour un appartement :
« Un tuyau ? Vous n'y tiendrez jamais ! »

TRISTAN BERNARD

Aux courses, les petits tuyaux font les grandes misères.

MICHEL AUDIARD

Les tuyaux sont aussi peu sûrs dans les hôpitaux que sur les champs de courses.

PHILIPPE BOUVARD

Type

Dialogue :

« Moi, je suis un type dans le genre de Napoléon : ma femme s'appelle Joséphine.

— Moi, je suis un type dans le genre de Molière : je suis cocu. »

ALPHONSE ALLAIS

Typhon

Tout homme marié sait pourquoi l'on donne des prénoms féminins aux typhons.

ART BUCHWALD

Typhus

Le typhus, ou bien on en meurt, ou bien on en reste idiot. Je peux vous en parler. Je l'ai eu.

MARÉCHAL DE MAC-MAHON

Ulysse

Ulysse. Que vouliez-vous qu'il fît contre Troie ?

GABRIEL BACRI

Univers

Comment est-il possible de trouver une signification à un univers illimité compte tenu de mon tour de taille et de ma pointure de col.

WOODY ALLEN

Université

Les pères envoient leurs fils à l'université soit parce qu'ils y sont allés eux-mêmes, soit parce qu'ils n'y sont pas allés.

HENDREN

Uns

Les femmes des uns font le bonheur des autres.

GUSTAVE FLAUBERT

Urée

Quelques jours avant sa mort :
« J'ai trop duré et trop d'urée. »

CURNONSKY

Urgence

Si tu nais dans une cité d'urgence, dépêche-toi d'en sortir.

JOSÉ ARTUR

Urgent

Il n'y a pas d'affaires urgentes. Il n'y a que des affaires en retard.

RAYMOND LOEWY

Usage

L'usage, en Occident, est d'avoir une seule femme et un petit nombre de maîtresses.

HECTOR SAKI

Usurier

Un usurier s'occupe de vous au présent, vous prête au conditionnel, vous ruine au futur.

JOSEPH ADDISON

Va et vient

L'argent, ça va, ça vient, mais quand ça vient, ça va.

SMAÏN

Vache

Je ne connais aucune exception à cette règle, qu'il est moins coûteux d'acheter son lait que d'avoir une vache.

SAMUEL BUTLER

La vache a deux estomacs : un pour tout de suite, un pour plus tard.

BERNARD HALLER

Valéry (Paul)

Le cimetière malin.

PAUL CLAUDEL

Pour le féliciter de sa promotion dans l'ordre de la Légion d'honneur :

Loin des sentiers où vous rêvates
J'ai lu — je vis près de Paimpol —
Que la plus rouge des cravates
Décorait votre col — ô Paul.

TRISTAN BERNARD

Valet

La différence entre un maître et un valet c'est que, s'ils fument tous les deux les mêmes cigares, il n'y en a qu'un qui les paye.

ROBERT FROST

Vampire

Pensées du vampire :
« À chaque nuit suffit sa veine. »
« Quand le sang est tiré, il faut le boire. »
« Les petits suçons font les vieux vampires. »

NOËLLE DE ROISSY

L'art d'aimer consiste à joindre un tempérament de vampire à la discrétion de l'anémone.

CIORAN

Van Gogh

Je n'ai rien contre les Hollandais... Simplement je pige mal à quoi ils servent. Y aurait pas eu Van Gogh, on ne saurait même pas que ça existe.

SAN-ANTONIO

Vanité

Où est-on le plus blessé quand un ami vous joue un mauvais tour ? Dans sa naïveté ou dans sa vanité ?

SOMERSET MAUGHAM

Quand Dieu a fait l'homme, il l'a fait à mon image.

BRIAN OLDFIELD

La vanité, c'est l'orgueil des autres.

SACHA GUITRY

Ce n'est pas une maladie organique. On se gratte avec plaisir et ça passe.

TRISTAN BERNARD

Vanter

À propos d'une femme laide :
« Vous vous êtes vanté d'avoir eu ses faveurs.
— Vanté ? Non pas. Tout au plus accusé. »

TALLEYRAND

Ce n'est pas pour me vanter, mais il fait rudement chaud.

EUGÈNE LABICHE

Dire du mal des autres est une façon malhonnête de se vanter.

ARIEL DURANT

Varicelle

L'amour est comme la varicelle. Il faut être passé par là.

JEROME K. JEROME

Veau

L'homme est bon, mais le veau est meilleur.

BERTOLT BRECHT

On ne sait pas tout de l'enfant prodigue, ni qu'à l'accueil du bonhomme son père, ce cruel, répondit qu'il n'aimait pas le veau.

PAUL-JEAN TOULET

Végétarien

Il est inutile pour le mouton de militer en faveur du régime végétarien aussi longtemps que le loup sera d'une opinion différente.

DEAN WILLIAM R. INGE

Pour refuser une invitation à dîner d'une organisation végétarienne :
« La pensée de deux mille personnes croquant du céleri en même temps m'horrifie. »

GEORGE BERNARD SHAW

Si l'homme civilisé devait tuer lui-même les animaux qu'il mange, le nombre des végétariens augmenterait de façon astronomique.

CHRISTIAN MORGENSEN

Veinard

Les veinards sont ceux qui arrivent à tout. Les malchanceux sont ceux à qui tout arrive.

EUGÈNE LABICHE

Veine

In cauda, veine énorme.

VERLAINE

Vélo

Il y a deux manières de jouir d'un vélo. En bricoleur ou en randonneur. Et je pense que c'est le bricoleur qui a le plus de satisfaction. Le temps, le vent, l'état de la route, il s'en moque. Avec un tournevis, un vieux chiffon, une burette et de quoi s'asseoir, le voilà heureux pour toute une journée.

JEROME K. JEROME

Vengeance

À l'égard de celui qui vous a pris votre femme, il n'est de pire vengeance que de la lui laisser.

SACHA GUITRY

En amour, on n'aime à être vengé que par soi-même.

TRISTAN BERNARD

Venise

Ce qui frappe le plus l'odorat du voyageur quand il arrive à Venise, c'est l'absence totale du parfum de crottin de cheval.

ALPHONSE ALLAIS

À Venise, aux enterrements de troisième classe, la famille suit à la nage.

ROBERT ROCCA

Venise, cette ville où les lions volent et où les pigeons marchent.

JEAN COCTEAU

Vent

N'être pas dans le vent. À force d'être dans le vent, on finit par attraper des rhumes.

JEAN DUTOURD

Ventre

Le grave, c'est quand votre femme vous dit : « Rentre ton ventre » et que c'est déjà fait.

GAYELORD HAUSER

Rentrer son ventre sur la bascule ne rend pas moins lourd.

JOSÉ ARTUR

Quand M. Ledru-Rollin parle, son ventre s'appuie sur la tribune et y déborde.

VICTOR HUGO

Ça doit être une femme qui a inventé l'expression « La reconnaissance du ventre ».

CHARLES REGISMANSET

Ventriloque

C'est un homme qui peut parler la bouche pleine sans être mal élevé.

ROBERT SCIPION

Vénus

La Vénus callipyge avait un bel avenir derrière elle.

PIERRE DAC

Verbalisme

Le verbalisme, c'est la pensée des autres.

JEAN PAULHAN

Verbes auxiliaires

Si ma tante en avait ce serait mon oncle, et si mon oncle en était ce serait ma tante.

PIERRE DAC

Vérité

La vérité peut attendre, elle y est habituée.

DOUGLAS JERROLD

Il vaut toujours mieux dire la vérité à moins évidemment que vous ne sachiez particulièrement bien mentir.

JEROME K. JEROME

Il est monstrueux de voir comment, derrière votre dos, les gens disent de vous des choses entièrement et absolument vraies.

OSCAR WILDE

De temps en temps, les hommes tombent sur la vérité. La plupart se relèvent comme si rien n'était.

WINSTON CHURCHILL

La vérité salit les puits.

MARCEL ACHARD

La vérité n'est jamais amusante ; sans cela tout le monde la dirait.

MICHEL AUDIARD

La vérité, c'est ce qui m'arrange.

WOLINSKI

Un mensonge peut faire le tour de la terre le temps que la vérité mette ses chaussures.

MARK TWAIN

Verlaine

Paul Verlaine n'était pas sorti comme tant d'autres de la cuisse du père Hugo.

TRISTAN BERNARD

Vermouth

On est mieux assis que debout.
Et vermouth cassis.

ALPHONSE ALLAIS

Verrat

Tout homme a dans son cœur un cochon qui sommeille. Qui vivra verrat.

ROLAND BACRI

Verre

Pour savoir qu'un verre était de trop, encore faut-il l'avoir bu.

GEORGES COURTELINE

Je bois toujours le fond de mon verre et pourtant je ne sais jamais ce que je pense.

ALFRED CAPUS

« Vous vous noyez dans un verre d'eau. » Il n'y a que dans les verres d'eau qu'on se noie. Quand on est dans l'océan on arrive toujours à en sortir. Même s'il y a de la tempête.

JEAN DUTOURD

Il vaut mieux se laver les dents dans un verre à pied que les pieds dans un verre à dents.

GEORGES BIDAULT

Mon verre est petit, mais j'en ai un autre.

CHAVAL

Versé

Elle semblait avoir été versée dans ses vêtements et avoir oublié de dire : « Merci, cela suffit. »

JEROME K. JEROME

Verseau

Comme tous les verseaux, je ne crois pas à l'horoscope.

ANONYME

Vert

Quand les Verts voient rouge, ils votent blanc.

RAYMOND DEVOS

Vertu

Commencez par être riche, après vous pourrez être vertueux.

MARK TWAIN

Il y a des vertus qu'on ne peut exercer que si l'on est riche.

RIVAROL

La vertu de la femme est la plus grande invention de l'homme.

CORNELIA OTIS SKINNER

Une des propriétés de la vertu, c'est de ne pas exciter l'envie.

RIVAROL

Elle respire la vertu, mais elle est tout de suite essoufflée.

GEORGES FEYDEAU

Vespasienne

Graffiti trouvé dans une vespasienne :
« Faites-vous enculer, vous m'en direz des nouvelles. »

Veuf

Il vaut mieux être cocu que veuf. Il y a moins de formalités.

ALPHONSE ALLAIS

Veuvage

L'agréable perspective du veuvage soutient le courage de beaucoup d'épouses.

JOHN GAY

Veuve

La veuve est l'avenir de l'homme.

ALAIN SCHIFRES

Pour faire la cour à une veuve, le meilleur moment est celui où elle revient de l'enterrement de son mari.

HENRY BOHN

Si ma femme doit être veuve un jour, je préfère que ce soit de mon vivant.

GEORGES COURTELINE

Vibromasseur

Une dame du monde s'étonne que le vibromasseur électrique ayant rendu d'utiles services, personne n'ait encore songé à construire un vibromonfrère.

GASTON DE PAVLOWSKI

Vice

De profession à profession on se devine et de vice à vice aussi.

MARCEL PROUST

Le vice est toujours puni. La vertu aussi.

GUSTAVE FLAUBERT

Il n'y a pas de vice rédhibitoire.

OSCAR WILDE

Pauvreté n'est pas vice ; parbleu, un vice est agréable.

PAUL LÉAUTAUD

Ce sont les travaillistes qui considèrent qu'il est vicieux de faire des bénéfices. Le vrai vice est de faire des pertes.

WINSTON CHURCHILL

Vice : plaisir que l'on n'a pas goûté.

LOUIS ARAGON

Vice-président (des États-Unis)

La vice-présidence [des États-Unis], c'est comme le dernier morceau dans le plat. Chacun assure qu'il n'en veut pas. Et il y a toujours quelqu'un pour le prendre.

BILL VAUGHAN

Il y avait une fois deux frères. L'un partit à l'autre bout du monde. L'autre a été élu vice-président. Et on n'a plus jamais rien su ni de l'un ni de l'autre.

THOMAS MARSHALL

Victoire

La victoire a cent pères. La défaite est un orphelin.

W. I. E. GATES

Vide

Dialogue :

« Une chose vide peut-elle être douloureuse ?

— Vous n'avez donc jamais eu mal à la tête. »

ALEXANDRE DUMAS FILS

Vie

La première moitié de notre vie est gâchée par nos parents et la seconde par nos enfants.

CLARENCE DARROW

La vie, c'est comme un autobus ; quand tu te retournes, tu t'aperçois qu'il y en a déjà beaucoup qui sont descendus.

MARCEL PAGNOL

La vie, c'est ce qui nous arrive quand nous étions en train de faire d'autres projets.

THOMAS LA MANCE

On naît. On meurt. C'est mieux si entre les deux on a fait quelque chose.

FRANCIS BACON

La vie, c'est si facile quand on parle d'elle dans les cafés, mais un jour il faut en sortir des cafés.

JEAN ANOUILH

La vie est un compte de faits.

HENRI JEANSON

Vieillesse

Ce qu'il y a de bien quand on devient vieux, c'est que toutes ces choses que vous n'avez pas pu avoir quand vous étiez jeunes, vous n'en avez plus envie.

L. G. MC CANDLESS

On peut dire tout ce qu'on voudra sur la vieillesse. Ça vaut mieux que d'être mort.

STEPHEN LEACOCK

Vieillesse : période de notre existence pendant laquelle nous composons avec les vices que nous chérissons encore en vitupérant ceux que nous n'avons plus la hardiesse de pratiquer.

AMBROSE BIERCE

Le moral, ça va encore... C'est plutôt l'immoral qui m'inquiète.

CURNONSKY

La vieillesse a beaucoup d'avantages... Lequel par exemple ?

GENE FOWLER

Il n'y a pas de milieu. Quand on n'est plus jeune, on est vieux et à partir de cinquante ans, on est tous du même âge.

GEORGES COURTELINE

Vieillir

C'est jusqu'ici le seul moyen connu de ne pas mourir.

SAINTE-BEUVE

Le plus pénible, quand on vieillit, c'est de se sentir encore jeune.

ROBERT LOUIS STEVENSON

Vieux, moi ? Je peux encore faire l'amour deux fois de suite. Une fois l'hiver, une fois l'été.

ALFRED CAPUS

Et dire que les vieux arbres sont si beaux ! Hélas, on n'est pas de bois.

HENRI DUVERNOIS

Vierge

Vous savez pourquoi on trouve toujours de la laine vierge ? C'est parce que les moutons courent plus vite que les bergers.

COLUCHE

L'amour d'une vierge est aussi assommant qu'un appartement neuf. Il semble qu'on essuie les plâtres.

JULES RENARD

Elle était vierge, mais de si peu que ça ne vaut pas la peine d'en parler.

HENRY DE MONTHERLANT

Vieux

Être vieux, c'est quand vous connaissez toutes les réponses mais que personne ne vous pose plus de questions.

BERT KRUGER SMITH

Il m'a traité de vieux con et je n'ai que trente-cinq ans.

GUS BOFA

Tout le monde voudrait vivre longtemps mais personne ne voudrait être vieux.

JONATHAN SWIFT

J'ai soixante-cinq ans et je comprends que cela me classe parmi les vieux, mais si les années étaient de quinze mois, je n'aurais que quarante-huit ans.

JAMES THURBER

Pour moi, être vieux, c'est avoir cinq ans de plus que moi.

BERNARD BARUCH

Vin

Les Français sont si fiers de leurs vins qu'ils ont donné à certaines de leurs villes le nom d'un grand cru.

OSCAR WILDE

Pour arriver, il faut mettre de l'eau dans son vin jusqu'à ce qu'il n'y ait plus de vin.

JULES RENARD

Quand le vin est tiré, il faut le boire, surtout s'il est bon.

MARCEL PAGNOL

Vingt-cinq ans

Dialogue :
« Me donneriez-vous vingt-cinq ans ?
— Si j'avais vingt-cinq ans, je les garderais pour moi. »

SACHA GUITRY

Viol

Le public a besoin d'être violé dans des positions rares.

FRANCIS PICABIA

Plus fait violeur que doux sens.

ROBERT DESNOS

Le viol, c'est l'amour de la vitesse.

BENJAMIN PERET

Violon

Avec le violon, il faut choisir : ou bien tu joues juste, ou bien tu joues tzigane.

BOBBY LAPOINTE

Instrument destiné à chatouiller l'oreille par le frottement de la queue d'un cheval sur les boyaux d'un chat.

AMBROSE BIERCE

Je n'arrive pas à me rendre compte si c'est votre fils qui fait des progrès en violon ou si c'est nous qui nous habituons.

SOMERSET MAUGHAM

Violon (d'Ingres)

Je n'ai pas de violon d'Ingres et je le déplore. J'aurais aimé passer mes jours au travail et mes nuits au violon.

FRANCIS BLANCHE

Violoncelle

À une violoncelliste :
« Madame, vous avez entre les jambes un instrument qui peut donner du plaisir à des milliers de gens et tout ce que vous savez faire, c'est de le gratter. »

SIR THOMAS BEECHAM

Virage

Son corps avait autant de virages que les montagnes russes.

P. G. WOODEHOUSE

Virage dangereux, quand on cesse de râler contre les vieux crabes et qu'on commence à pester contre les jeunes chiens.

OGDEN NASH

Virginité

Dialogue :
« Elle disait qu'elle avait perdu sa virginité en tombant d'une échelle.
— Sur quoi ? »

YVES MIRANDE

La plus belle fille du monde ne peut donner ce qu'elle n'a plus.

ARMAND SILVESTRE

Viril

La seule chose virile qu'il avait en lui, il ne pouvait pas la montrer pour des raisons de décence.

LICHTENBERG

Visage

Réplique d'une femme de quarante ans se regardant dans un miroir :
« Et dire que je regretterai ce visage dans un an ! »

GEORGES DE PORTO-RICHE

Vision

Les visions ont un heureux instinct : elles n'apparaissent qu'à ceux susceptibles d'y croire.

CHAMFORT

Visiteur

Au bout de trois jours, le poisson et les visiteurs sentent.

BENJAMIN FRANKLIN

Vison

Les jolies femmes et les mères visons pratiquent le même exercice pour avoir de petits visons.

LÉO CAMPION

Visuel

Il y a trois formes d'art visuel : la peinture (on reste devant), la sculpture (on en fait le tour) et l'architecture (on peut se promener au milieu).

DAN RICE

Vitesse

On vole plus vite que le son quand l'hôtesse vous gifle avant que vous ayez ouvert la bouche.

JEAN RIGAUX

Vivre

Efforçons-nous de vivre de telle façon qu'à l'heure de notre mort, même l'employé des pompes funèbres en soit tout attristé.

MARK TWAIN

Si vous voulez vivre longtemps, vivez mieux.

ERIK SATIE

On ne vit qu'une fois. Et encore !

MARCEL ACHARD

Vocabulaire

Les deux mots les plus beaux de notre vocabulaire sont : « chèque joint ».

DOROTHY PARKER

Il se prépara un grand vocabulaire et, toute sa vie, attendit une idée.

NATHALIE CLIFFORD BARNEY

Voie

La vraie voie passe sur une corde tendue non dans l'espace, mais à ras du sol. Elle semble plutôt destinée à faire trébucher qu'à être parcourue.

FRANZ KAFKA

Voisin

Celui qui a un bon voisin, disent les Grecs, possède un bien précieux. Ceci est également vrai de la femme du voisin.

NICOLAS BENTLEY

Nous nous faisons des amis. Nous nous faisons des ennemis. Mais c'est Dieu qui fait notre voisin.

GILBERT K. CHESTERTON

Le voisin est un animal nuisible assez proche de l'homme.

PIERRE DESPROGES

Voiture

Le problème de mes voitures d'occasion c'est que moi dont ce n'est pas le métier d'acheter des voitures d'occasion, j'avais toujours affaire à des gens dont le métier était précisément d'en vendre.

JACQUES PERRET

Les hommes mettent dans leur voiture autant d'amour-propre que d'essence.

PIERRE DANINOS

Voix

Il aimait tellement le son de sa voix ; quand il était sorti, il se téléphonait chez lui pour s'entendre dans le répondeur.

ROGER PIERRE

S'il me répugne de dire tout haut ce que je pense tout bas, c'est uniquement parce que je n'ai pas la voix assez forte.

ERIK SATIE

Vol

Belles paroles ! Je me demande où vous les avez volées.

JONATHAN SWIFT

Je préfère être volé que passer mon temps à me méfier des honneurs.

WOLINSKI

Volet

Devant une maison close après la fermeture :
« Comme c'est triste, tous ces volets ouverts ! »

YVES MIRANDE

Voleur

Les voleurs respectent la propriété. Ils souhaitent simplement que la propriété des autres devienne la leur afin de pouvoir mieux la respecter.

GILBERT K. CHESTERTON

Tous les gens qui m'ont volé sont au moins commandeurs de la Légion d'honneur. Autrefois on pendait les voleurs à des croix. Aujourd'hui on pend des croix aux voleurs.

LOUIS-FERDINAND CÉLINE

Volonté

Il n'a aucune volonté — ou plutôt si : celle de sa femme.

ALFRED CAPUS

Voltaire

Il prit autant de clystères que j'ai fumé de pipes.

ALEXIS PIRON

Voter

L'Amérique est le pays dont les citoyens traversent l'océan pour défendre la démocratie et ne traversent pas la rue pour voter.

BILL VAUGHAN

Vouloir

Le monde est rempli de gens dont certains veulent travailler et les autres veulent les laisser faire.

ROBERT FROST

Vous

Je dis « vous » à mon imprésario. Avec l'argent qu'il me prend, j'ai toujours cru qu'ils étaient deux.

THIERRY LE LURON

Voyageur

Qu'est-ce en général un voyageur ? C'est un homme qui s'en va chercher un bout de conversation au bout du monde.

BARBEY D'AUREVILLY

Voyante

Personne du sexe féminin capable de voir ce qui est invisible pour son client, à savoir qu'il est un imbécile.

AMBROSE BIERCE

Vrai

Il y a deux sortes de femmes, celles qui trompent leur mari et celles qui disent que ce n'est pas vrai.

MAURICE DONNAY

Le vrai con est con. Celui qui n'est pas un vrai con n'est pas plus con qu'un autre.

SAN-ANTONIO

Vue

Ma vue se brouille de plus en plus avec moi.

MAURICE ROCHE

Vulgaire

Pour les riches, il est vulgaire de ne pas avoir d'argent et il est commun d'en gagner.

STEPHEN LEACOCK

Wagner

La musique de Wagner est meilleure que l'on pourrait le croire en l'écoutant.

MARK TWAIN

Un musicien qui manquait de mesure.

ALBERT WILLEMETZ

J'aime la musique de Wagner. Ça se joue tellement fort qu'on peut continuer à causer sans que personne fasse « chut ».

OSCAR WILDE

Wagner a des minutes délicieuses et des heures épouvantables.

ROSSINI

Waterloo

Distique :

Quand tu as bu, M... Ô sinistre lesbienne
On dirait Waterloo, Waterloo morne et pleine.

PAUL-JEAN TOULET

Je vous recommande de laisser la bataille de Waterloo dans l'état où elle est.

WELLINGTON

Welch (Raquel)

Le sein des seins.

PHILIPPE BOUVARD

Whisky

Son whisky était si extraordinaire que quand il en buvait, il parlait écossais.

MARK TWAIN

Le whisky est une mauvaise chose. Surtout le mauvais whisky.

ALPHONSE ALLAIS

Wilde (Oscar)

On lui avait demandé un prix exorbitant pour une opération chirurgicale :
« Eh bien, *dit-il*, je crois que je vais mourir très au-dessus de mes moyens. »

Il dit un jour à propos d'un mot spirituel :
« J'aimerais avoir dit cela. »
Whistler, un de ses confrères, lui dit :
« Vous l'aurez dit, Oscar, vous l'aurez dit. »

Dialogue :
Un de ses personnages offre une pilule empoisonnée à une tante fort riche et dont il est l'héritier :
La tante demande :
« Et cette pilule guérit de quoi ?
— De tout, ma tante, de tout. »

Willy

Il était célèbre pour faire travailler beaucoup de nègres dont Colette, Curnonsky, Toulet. Il n'avait pas voulu signer une pétition en faveur de Dreyfus :
« C'est la première fois qu'il refuse de signer quelque chose qu'il n'a pas écrit. »

COLETTE

Son verre n'est pas grand, mais il boit dans celui des autres.

JULES RENARD

Messieurs Willy ont beaucoup de talent.

JULES RENARD

La preuve que Shakespeare n'a pas écrit lui-même ses pièces, c'est qu'on l'appelait Willy.

ALPHONSE ALLAIS

Xerox

Xerox : une marque déposée pour un procédé de photocopie capable de reproduire l'erreur humaine rapidement et à des milliers d'exemplaires.

MERLE MEACHAM

Yacht

Avec ce que j'ai gagné au baccara, je me suis acheté une casquette de yachtman. Avec ce que j'ai perdu, j'aurais pu m'acheter le yacht.

TRISTAN BERNARD

Yeux

Les maris se choisissent les yeux ouverts et les amants les yeux fermés.

HENRI JEANSON

Z

Toi le *Z*, bâtard, lettre inutile.

SHAKESPEARE

Zaraï (Rika)

La callipyge du tilleul menthe.

PIERRE DESPROGES

Zarathoustra

Il causait, il causait, c'est tout ce qu'il savait faire.

ALEXANDRE BREFFORT

Zébi

Animal imaginaire dont tout ce qu'on sait, c'est qu'il n'a pas de peau.

PIERRE DAC

Zèbre

Le zèbre ainsi nommé à cause de sa vitesse.

TRISTAN BERNARD

Zèle

Maladie nerveuse affectant les êtres jeunes et inexpérimentés. Accès de passion suivi d'une prosternation à plat ventre.

AMBROSE BIERCE

Zèle, se dit d'un collaborateur dont on ne peut rien dire d'autre.

PIERRE DANINOS

Zéro

De même que l'on peint un zéro au-dessus de la tête des saints.

LICHTENBERG

Le zéro, collier du néant.

JEAN COCTEAU

Zigzag

Quand le marigot zigzague, le caïman doit zigzaguer aussi.

ALEXANDRE VIALATTE

Zodiaque

Je suis poisson ascendant mayonnaise.

ETTORE SCOLA

Zola (Émile)

Tant qu'il n'aura pas dépeint complètement un pot de chambre plein, il n'aura rien fait.

VICTOR HUGO

Zoo

Il était si laid que lorsqu'il allait au zoo, il lui fallait deux tickets : un pour entrer, l'autre pour sortir.

ROGER PIERRE

Enfant, j'ai dit à mon père : « Papa, emmène-moi au zoo. » Il m'a répondu : « Écoute, si le zoo veut de toi, il viendra te chercher. »

JERRY LEWIS

C'est clair : la cité n'est pas une jungle. C'est un zoo.

DESMOND MORRIS

Si le singe du zoo a cet air préoccupé c'est parce qu'il se demande s'il est le frère de son gardien ou le gardien de son frère.

EVAN ESAR

Zouaves

Ce que cette princesse disait des zouaves sous Napoléon Ier : « On ne sait jamais ce qu'ils pensent. »

JEAN COCTEAU

Zut

Vous êtes un imbécile en trois lettres et je vous dis « zut » en cinq.

MAURICE CHAPELAN

INDEX DES AUTEURS

Du même auteur

Biographie

MARCEL PAGNOL, J.C. Lattès.

Souvenirs

MARCEL PAGNOL M'A RACONTÉ, La Table Ronde.
FERNANDEL M'A RACONTÉ, La Table Ronde.
LES MEILLEURS AMIS DU MONDE, J.C. Lattès.
PARLEZ-MOI DU FOUQUET'S, J.C. Lattès.

Albums

IL ÉTAIT UNE FOIS MARCEL PAGNOL, Julliard.
LES FILMS DE MARCEL PAGNOL, avec la collaboration d'André Bernard, Julliard.

Théâtre

LE PIRATE, France Illustration.
AUGUSTE, Pierre Horay.
AH ! LA POLICE DE PAPA, La Table Ronde.
COMMENT RÉUSSIR DANS LES AFFAIRES, Adaptation.
RENDEZ-VOUS AU PLAZA, Adaptation.
RENDEZ-VOUS À HOLLYWOOD, Adaptation.
LE CHEMIN DU FORUM, Adaptation.
CHARLY ET BOBBY, Adaptation.
LIBRES SONT LES PAPILLONS, Adaptation.
LE GRAND STANDING, Adaptation.

Composition réalisée par NORD COMPO

Imprimé en France sur Presse Offset par

BRODARD & TAUPIN

GROUPE CPI

La Flèche (Sarthe).
N° d'imprimeur : 4612 – Dépôt légal Édit. 7389-12/2000
LIBRAIRIE GÉNÉRALE FRANÇAISE - 43, quai de Grenelle - 75015 Paris.
ISBN : 2 - 253 - 14474- 6

31/4474/8